写人与叙事的艺术

——金圣叹《水浒传》评点研究

付康平◎著

中国言实出版社

图书在版编目（CIP）数据

写人与叙事的艺术：金圣叹《水浒传》评点研究 /
付康平著. -- 北京：中国言实出版社，2024.6
　ISBN 978-7-5171-4821-0

　Ⅰ.①写… Ⅱ.①付… Ⅲ.①《水浒》评论 Ⅳ.
①I207.412

　中国国家版本馆CIP数据核字（2024）第106076号

写人与叙事的艺术——金圣叹《水浒传》评点研究

责任编辑：王战星
责任校对：代青霞

出版发行：中国言实出版社
　　　地　址：北京市朝阳区北苑路180号加利大厦5号楼105室
　　　邮　编：100101
　　　编辑部：北京市海淀区花园北路35号院9号楼302室
　　　邮　编：100083
　　　电　话：010-64924853（总编室）　010-64924716（发行部）
　　　网　址：www.zgyscbs.cn　电子邮箱：zgyscbs@263.net

经　销：新华书店
印　刷：北京虎彩文化传播有限公司
版　次：2024年6月第1版　2024年6月第1次印刷
规　格：710毫米×1000毫米　1/16　15.5印张
字　数：160千字

定　价：68.00元
书　号：ISBN 978-7-5171-4821-0

目　录

绪　论

　　评点兴起于南宋时期，兴盛于明清两朝，它是中国古代文学史上一种特殊的文学批评方式。评点家通过对文本进行详细批注的方式阐述自己对文本内容的认识。评点的应用范围是非常广泛的，诗词、文章、小说、戏剧都可以应用评点。评点的主要形式即评和点两种，评包括书前之序、书后之跋、读法、凡例、回首或回末总评、眉批、夹批、旁批等；点即是圈点，指的是评点家用不同的符号标出文本中的句读和关键内容。在评点小说的过程中，评点家还会订正文本之误，根据评点的需要修改文本中的具体内容和回目名称。此外，还有对全书进行删减的情况。评点家在评点过程中往往结合自己对文本的理解进行修改，最终会形成独具特色的评点本。现存最早的评点本是南宋吕祖谦的《古文关键》，它将韩愈、柳宗元、欧阳修、三苏、曾巩等人的文章汇集成册加以评点并借此阐发文章之法，《古文关键》成为文章评点的范本。现存最早的小说评点本同样出现在南宋，刘辰翁的《世说新语》评点开启了小说评点的先河。到了明代，小说评点的发展逐渐兴盛，评点家以李贽为代表。明末清初之际，金圣叹的《水浒传》评点成为小说评点史上的一座丰碑，代表着小说评点的最高成就。

本书以金圣叹对《水浒传》人物和叙事评点为研究课题，选题缘由主要有四：其一，金评本《水浒传》的独特性。根据邓雷在《明代〈水浒传〉评点研究》中的统计，明清时期《水浒传》的评点本一共有九个系统十七种本子。[①] 金圣叹的《水浒传》评本是最为独特的一个版本。与以往的百回本和百二十回本不同的是，金圣叹仅保留《水浒传》前七十一回的内容，将首回作为《楔子》，并在原有的一百零八人排座次后添加"惊噩梦"的情节作为结尾，即学术界所称"腰斩《水浒》"。同时金圣叹还对文本中的内容作了改动。可以说在《水浒传》评点史上，金圣叹的《水浒传》评本具有独特的研究价值。其二，金圣叹对《水浒传》基本问题的认识不同于大众的理解。比如，他对思想主题的认识不同于一般的"忠义"说，他认为"其书曰《水浒》，恶之至，迸之至，不与同中国也。而后世不知何等好乱之徒，乃谬加以'忠义'之目"，[②] 可见他是不赞同以"忠义"冠名《水浒传》的。同时金圣叹对《水浒传》主要人物的评点也与大众的认识不同，他将宋江列为"下下"人物，并以"权诈"、"凶恶"等字眼评点宋江。这些问题都促使我

---

① 邓雷：《明代〈水浒传〉评点研究》，东华理工大学硕士学位论文，2014年，第1—2页。
② 《第五才子书施耐庵水浒传》，见［清］金圣叹著，陆林辑校整理：《金圣叹全集》（白话小说卷），凤凰出版社2016年版，第17页。

们去探讨金圣叹评本的《水浒传》。其三，金圣叹的评点与一般评点家只是只言片语、注重情感抒发有着极大的不同，他的评本中往往具有大段的论述，评点的内容广泛，主要包括文学、文化、风俗、宗教等方面的知识，可以说金圣叹的《水浒传》评点具备一定的系统性，因而探究金圣叹的评点就是非常必要的。其四，金圣叹的《水浒传》评点形成了一套较为独立的小说理论系统，具备很高的文学理论价值。金圣叹对《水浒传》的评点涉及范围是非常广泛的，包括思想主题、结构、章法、文法、叙事技法、人物形象、人物性格、语言艺术等，甚至具体到了字句的用法。在评点过程中，金圣叹综合运用经史子集等四部书目，此外还运用了通俗小说、戏剧、俗语、谚语等相关知识去评点《水浒传》的内容。笔者在广泛阅读相关文献的前提下，在前人已经取得的学术成果的基础上，结合金圣叹评点的实际情况，对金圣叹的人物理论和叙事理论进行分析。

金圣叹对《水浒传》人物的评点分为三个方面：人物名号、人物性格、人物形象。针对人物名号，金圣叹认为《水浒传》人物的名号可以囊括文本的内容、与书中的地名产生关联、与人物的行动产生关联。从篇章结构的角度看，因为名号与名号之间存在关联，所以与之相关的篇章就可以联系起来。金圣叹在评点名号时围绕"恶"字组织了两个意象群：一个是恶兽群，另一个是恶风群（具体到评点中指"旋风"意象群）。一方面，意象群蕴含着作者的价值评判；另一方面，意象群还有聚拢人物的作用，尤其是"旋风"

意象群。针对人物性格，金圣叹在评语中着重从人物性格的个性、复杂性和天性等角度评点《水浒传》中的人物性格。人物的个性往往体现在具备某一种共同的性格的多个人物各自具有其性格的独特性、二人共处一传时相互衬托各自性格；性格的复杂性体现在一个人物身上有其主导性格和非主导性格；性格的天性意味着人物的性格是自然呈现的。针对人物形象，他主要从人物的兵器、心理活动、人物与人物之间的对比来分析人物形象的塑造。不同的兵器对应不同的人物气质、身份、名声等。人物的心理活动也塑造着人物的出身、身份、性格、即时状态、行为等。人物与人物之间的对比也有助于塑造人物形象，通过描写次要人物来塑造主要人物形象，两个相对立的人物形象可以相互"形击"、"激射"，最终凸显双方形象。

金圣叹对《水浒传》叙事的评点分为四个方面：叙事节奏、叙事角度、叙事技法以及事文关系。针对叙事节奏，金圣叹提出"急事用缓笔"、"顿、接"、"横云断山"，即叙事节奏可以放缓、暂停、打断。针对叙事角度，他在评语中提出了人物限知角度叙事和叙述者全知角度叙事。前者是借助文本中的人物从限知角度叙事，后者是叙述者亲自登场以说书人的口吻展开全知叙事。人物限知角度包括听觉限知角度和视觉限知角度。人物限知角度叙事还会在不同人物之间、同一人物的不同感官之间进行转换。人物限知角度叙事的作用是凸显"看者"或"被看者"的形象，给文本营造悬疑的艺术效果，使读者对文本中人物的经历和遭遇感同身受。叙述者全知角度包括时间、空间和叙述对象的全知。叙述者全知角度叙事的作用是揭开故事情节的悬念，为后文故事情节埋伏笔，使文本用笔多样化。人物限知角度和叙述者全知角度互补，二者都是文本叙事角度的重要组成部分。当人物角度和叙述者角度同时出现时，文本最终会形成一半人物、一半叙述者相结合的叙事角度。小说在叙事过程中，如何将事件呈现出来，是需要小说家精心安排经营的。《水浒传》的叙事同样运用多种叙事笔法。综合金圣叹的评语可以看出，他对《水浒传》叙事笔法的论述主要分为四个方面：对小说事件起始的论述，如弄引、倒插等方法；对小说事件过程的论述，如草蛇灰线、夹叙等方法；对小说事件结尾的论述，如獭尾、补叙等方法；对事件与事件之间的衔接的论述，如过接、交卸、移云接月等方法。金圣叹在论述事与文的关系时，一方面，他将"事"放在了"文"的从属地位，认为"事"是构成"文"的材料，出于作"文"的目的可以虚构"事"。另一方面，他将"事"放在与"文"同等的地位，认为"文"可以为"事""作引"，同时"事"也可以"生发""文"，"文"、"事"二者在文本进程中可以互相推动。

上篇　人物论

　　金圣叹对《水浒传》人物的评点主要从人物名号、人物性格、人物形象三个方面进行。金圣叹挖掘了《水浒传》中人物名号与文本内容和篇章结构的关系，他的人物名号论影响了后来的张竹坡评点《金瓶梅》。在承袭前人理论的基础上，金圣叹创造性地运用"性格"词汇评点人物性格的个性、复杂性和天性。此外，金圣叹还从兵器、心理活动、人物与人物之间的对比等方面来分析人物形象的塑造。

第一章 人物名号论

中国古代的文学作品中名号往往寄寓作者对人、地、物的评价。司马相如《子虚赋》以"子虚""乌有"给主人公命名，《上林赋》以"亡是公"给主人公命名，三个名号的含义分别是"'子虚'，虚言也，为楚称；'乌有先生'者，乌有此事也，为齐难；'无是公'者，无是人也，明天子之义"。① 这种通过名号寄寓作者态度的写作方法影响后世的小说创作。《金瓶梅》西门庆热结的十兄弟中许多人物的名字谐音寓示他们的为人，如应伯爵（应白嚼）、韩道国（韩捣鬼）、吴典恩（无点恩）、卜志道（不知道）、白赉光（白赖光）等，从名字谐音上可知这些人物皆游手好闲之辈。《红楼梦》中开篇人物"甄士隐"、"贾雨村"的名号分别寓意真事隐去、假语村言。有些评点家在评点过程中会关注到文本中的名号，张竹坡在《〈金瓶梅〉寓意说》中提出全书有名的人物"大半皆属寓言，庶因物有名，托名摭事"，并阐释了九十八个人物名号、九

①［汉］司马迁撰：《史记》，中华书局 1959 年版，第 3002 页。

个地点名号的寓意，该篇专论张竹坡名号评点思想。有关张竹坡的名号论，曾志松在《张竹坡〈金瓶梅〉名号评点论》一文中作了详细论述。① 除了张竹坡外，金圣叹在评点《水浒传》时也注重对人名（包括绰号）、地名、物名等名号的阐释。但是在研究名号的同时，不能局限于名号本身，还要联系文本内容。借用中国古代的一对哲学词汇"名"与"实"来说，在探讨小说名号论的同时，不能忽略名号所代表的文本内容这一"实"的范畴。

第一节　名号与文本内容

中国古代小说开篇内容一般是对整部书的檃括，例如，《儒林外史》第一回回目《说楔子敷陈大义　借名流檃括全文》，作者在回目中明确指出名流王冕的故事檃括全书内容。金圣叹同样注重对小说开篇人物姓名内涵的发掘，他试图将开篇人物的姓名与小说的内容主旨联系在一起。金圣叹认为小说开篇人物"史进"、"王进"的名字"寓言"《水浒传》的内容。他认为"史进"的名字寓意《水浒传》进于史书。他认为："史之为言史也，固也。进之为言何也？曰：彼固自许，虽稗史，然已进于史也。史进之为言进于史，

① 曾志松：《张竹坡〈金瓶梅〉名号评点论》，《明清小说研究》2018年第4期，第183—199页。

固也。"① "王进去后，更有史进。史者，史也。寓言稗史亦史也。"②
这里"进于史"的含义可以从两方面探讨，其一，进，"登也"，③
登的意思含有进入之意，但更深一层的意思是进入更高层次。所
以"进于史"意思是"进入"史书这个高层次领域。其二，"进"
还有"近"的意思，④ 依照这种解释，"进于史"意思是接近或近似
史书。按照上述分析，《水浒传》"进于史"可以有两种解释，一
是《水浒传》"进入"史书这个领域，二是《水浒传》与史书有相
近之处。《水浒传》进于史书还可以从金圣叹对"王进"这个名字
的评点得到佐证。他认为"王进"的名字寓意忠臣孝子，圣人在
上，教之而进于王道。金圣叹评："史进之为言进于史，固也。王
进之为言何也？曰：必如此人，庶几圣人在上，可教而进之于王道
也"。⑤ 忠臣孝子，圣人在上，教之而进于王道。但是《水浒传》的
故事背景是"王进去，而高俅来"，这就寓意着天下无道。一般而
言，天下有道，庶人不敢非议。庶人之议只有在天下无道时才会出
现。而《水浒传》正是庶人议一百零八人之事，金圣叹认为"庶人
之议皆史"，可见他还将《水浒传》作为一部史书看待。既然"王

---

① 《第五才子书施耐庵水浒传》，见 [清] 金圣叹著，陆林辑校整理：《金圣叹全集》（白
   话小说卷），凤凰出版社 2016 年版，第 59 页。
② 《第五才子书施耐庵水浒传》，见 [清] 金圣叹著，陆林辑校整理：《金圣叹全集》（白
   话小说卷），凤凰出版社 2016 年版，第 58—59 页。
③ [汉] 许慎撰，[清] 段玉裁注：《说文解字注》，浙江古籍出版社 2006 年版，第 71
   页。
④ 《康熙字典》（标点整理本），上海辞书出版社 2007 年版，第 1243 页。
⑤ 《第五才子书施耐庵水浒传》，见 [清] 金圣叹著，陆林辑校整理：《金圣叹全集》（白
   话小说卷），凤凰出版社 2016 年版，第 59 页。

进去"意味着天下无道，庶人开始议论，那么作者对处于庶人对立
面的"朝廷"是什么态度呢？这一点金圣叹从三阮的姓名、绰号判
断作者"尊朝廷"的写作倾向。三阮的绰号和姓名分别是立地太岁
阮小二、短命二郎阮小五、活阎罗阮小七。金圣叹认为："小七是
七，小二小五合成七，小五唤做二郎，又独自成七，三人离合，凡
得本个七焉，筹亦三七二十一，为少阳之数也。""一百八人必自居
于阳者，明非阴气所钟也，而必退处于少者，所以尊朝廷也。"[1] 评
语涉及了《易经》中的四象理论，两仪生四象，四象分为太阳、少
阳、太阴、少阴。太阳属于阳气最盛的一个"象"，而少阳的阳气
次之。联系金圣叹的评语"三阮退处少阳"意味着阳气最盛的太阳
之象属于朝廷。同时由于三阮所处石碣村是"提纲"，一百零八人
始于"石碣"，也就是说金圣叹从"少阳之数"联想到"三阮退处
少阳"体现出著书者"尊朝廷"的倾向。

　　人物的名号还寄寓作者对人物行为的评点。"名号是小说作
者表现寓意的一种重要手段"，[2] 金圣叹认为《水浒传》中的人物
名号同样寄托着作者的寓意。金圣叹评毛太公父子的姓"赖字出
《左传》；赖人姓毛，出《大藏》。然此族今已蔓延天下矣，如之
何！"[3] 评语中的"赖"字出自《左传·襄公十四年》："王室之不

---

① 《第五才子书施耐庵水浒传》，见［清］金圣叹著，陆林辑校整理：《金圣叹全集》（白
　　话小说卷），凤凰出版社 2016 年版，第 275 页。
② 曾志松：《张竹坡评点〈金瓶梅〉之名号批评研究》，广西师范大学硕士学位论文，
　　2016 年，第 1 页。
③ 《第五才子书施耐庵水浒传》，见［清］金圣叹著，陆林辑校整理：《金圣叹全集》（白
　　话小说卷），凤凰出版社 2016 年版，第 879 页。

坏，繄伯舅是赖"，①金圣叹不惜借助两部经典来评点毛氏父子老赖的行径。金圣叹有时也会反向评点人物名字，表面是作肯定，实则否定。例如，金圣叹评"毛仲义"的名字："虽姓毛，幸名义，疑尚可诉也，其又孰知虽锡嘉名，实承恶教，父子不义，同恶相济也哉？甚矣！名之不足以定人，而仁义忠信，徒欺我也。"②评州里孔目"王正"的名字"又是一个好名字人"。评牢中节级"包吉"的名字"又是一个好名字人"。③这三人的名字都用了好词汇，但是三人所作所为却与其名字相背，"极贪鄙人却名义，极奸邪人却名正，极凶恶人却名吉"。④解珍辩解兄弟二人"两头蛇"、"双尾蝎"的绰号"虽然别人叫小人这等混名，实不曾陷害良善。"金圣叹评："其语隐然相刺，亦真有两头蛇、双尾蝎之能。"⑤这里"隐然相刺"是讽刺包吉等人虽取"好名"，实则陷害良善，而评语中"有两头蛇、双尾蝎之能"说明解珍辩解之语包括双向含义，既有对自我名号的解释，也有讽刺。金圣叹还以历史上没有采用好字命名之人为例，说明真正的"名之佳者莫如霍去病、辛弃疾、晁无咎、张无垢，皆以改过自勉，其他以好字立名者，我见其人

①《左传·襄公十四年》，见（春秋）孔子、左丘明著，贾太宏译注：《春秋左传通释》，西苑出版社2016年版，第616页。
②《第五才子书施耐庵水浒传》，见［清］金圣叹著，陆林辑校整理：《金圣叹全集》（白话小说卷），凤凰出版社2016年版，第883页。
③《第五才子书施耐庵水浒传》，见［清］金圣叹著，陆林辑校整理：《金圣叹全集》（白话小说卷），凤凰出版社2016年版，第884页。
④《第五才子书施耐庵水浒传》，见［清］金圣叹著，陆林辑校整理：《金圣叹全集》（白话小说卷），凤凰出版社2016年版，第884页。
⑤《第五才子书施耐庵水浒传》，见［清］金圣叹著，陆林辑校整理：《金圣叹全集》（白话小说卷），凤凰出版社2016年版，第885页。

矣"。① 金评高毬改名为高俅："毛旁者何物也，而居然自以为立人，人亦从而立人之，盖当时诸公衮衮者，皆是也。"② 金圣叹通过对高俅名字的评点来讽刺朝堂之上的衮衮诸公，这符合金圣叹评点中"乱自上作"的思想。

人物的名号除了可以囊括文本内容、人物外，还与书中的地名相关联。吕方、郭盛的地煞星号以及绰号分别是"地佐星小温侯"、"地佑星赛仁贵"，两人的星号和绰号是相对的。此外，二人兵器都是方天画戟，武艺也是旗鼓相当，两人一出场打斗得难分难解，而且在梁山座次分别是五十四、五十五，恰好处在一百零八位好汉中间。二人一出场即是"对影山"比拼戟法，小说中"对影山"的自然环境是"两边两座高山，一般形势"，③ 它本身的地势是相对。"对影山"其实隐喻着两边高山住着的吕方、郭盛，而吕方、郭盛的星号和绰号也与小说内容"关合作致"。④

---

① 《第五才子书施耐庵水浒传》，见［清］金圣叹著，陆林辑校整理：《金圣叹全集》（白话小说卷），凤凰出版社 2016 年版，第 883 页。

② 《第五才子书施耐庵水浒传》，见［清］金圣叹著，陆林辑校整理：《金圣叹全集》（白话小说卷），凤凰出版社 2016 年版，第 60 页。

③ 《第五才子书施耐庵水浒传》，见［清］金圣叹著，陆林辑校整理：《金圣叹全集》（白话小说卷），凤凰出版社 2016 年版，第 629 页。

④ 《第五才子书施耐庵水浒传》，见［清］金圣叹著，陆林辑校整理：《金圣叹全集》（白话小说卷），凤凰出版社 2016 年版，第 954 页。

第二节 名号与篇章结构

从篇章结构的角度探讨名号涉及两个方面：一是名号"楔出"故事篇章，金圣叹从名号之间的关联出发将篇章联系起来。二是名号寓意故事结构的关节。

一、名号"楔出"故事篇章

金圣叹认为《水浒传》名号代表的故事之间存在关联。"楔子"这个概念可以解释金圣叹评语中名号代表的故事之间的关联。"章回小说的开头称为楔子始于金圣叹《第五才子书水浒传》"，"金圣叹合并后的楔子则不仅是为了引出正文，重要的是……加强了章回小说开头与正文之间的关系，使开头与正文成为血肉相连的整体，充分发挥了小说开头的结构功能和寓意功能。"[①] 金圣叹在评语中提出：

> 楔子者，以物出物之谓也。以瘟疫为楔，楔出祈禳；以祈禳为楔，楔出天师；以天师为楔，楔出洪信；以洪信为楔，楔出游山；以游山为楔，楔出开碣；以开碣为楔，楔出三十六天罡、七十二地煞，此所谓正楔也。中间又以康节、希夷二先

[①] 李小菊、毛德富：《论明清章回小说的开头模式及成因》，《河南大学学报》（社会科学版）2003 年第 6 期，第 81—84 页。

生，楔出劫运定数；以武德皇帝、包拯、狄青，楔出星辰名字；以山中一虎一蛇，楔出陈达、杨春；以洪福骄情傲色，楔出高俅、蔡京；以道童猥獕难认，直楔出第七十回皇甫相马作结尾，此所谓奇楔也。①

评语中的"楔子"内涵不局限于文本的《楔子》这个回目，而是可以在文本的任何地方体现出来。"正楔"指的是相关内容前后存在逻辑关联，"奇楔"指的是相关内容前后并没有直接的逻辑关联。名号之间的关联同样有"正楔"、"奇楔"之分。

一类是名号之间的"正楔"。它是将两个近似的名号所代表的故事关联起来。需要注意的是这里名号之间的正楔，既有两个名号近似的因素，也有两个名号背后所代表的故事本身就是有逻辑联系的因素。前一个名号代表的故事"不但是交代、提示情节的手段，更是引出下一个情节的引子"。②比如，金圣叹认为卢俊义的绰号"玉麒麟"和宝马"玉狮子"在名号上是可以关联起来的，"照夜玉狮子马"是由"前踢雪骓生来，马名照后玉麒麟立山，前映后带，绝世奇文"。③踢雪乌骓与照夜玉狮子均是宝马，所以金圣叹认为这是"前映"。他将"玉狮子"和"玉麒麟"联系起来，单就

①《第五才子书施耐庵水浒传》，见［清］金圣叹著，陆林辑校整理：《金圣叹全集》（白话小说卷），凤凰出版社2016年版，第42页。
② 张伟：《互文性视域下明清小说评点叙事的戏曲符号及其审美指向》，《贵州师范大学学报》（社会科学版）2014年第2期，第105—111页。
③《第五才子书施耐庵水浒传》，见［清］金圣叹著，陆林辑校整理：《金圣叹全集》（白话小说卷），凤凰出版社2016年版，第1069页。

"名"上来说，狮子和麒麟均是走兽，二者是近似的，金圣叹认为这是"后带"。从故事内部的联系来看，照夜玉狮子被曾头市占据成为史文恭的坐骑，而大破曾头市后擒获史文恭之人正是玉麒麟卢俊义。玉狮子和玉麒麟可以"后带"，既有在"名"上同属走兽的因素，也有故事情节上存在联系的因素。

另一类是名号之间的"奇楔"。"奇楔"不同于"正楔"，"奇楔"涉及了全书开篇的回目与正文内容的关系，即"楔子与正文之间没有什么更为密切的联系"。[①]"奇楔"指二者没有逻辑关联，但属于同一类，前者"楔"出后者，这里侧重的是同一属性。比如，评语中"以武德皇帝、包拯、狄青，楔出星辰名字"。包拯、狄青分属文曲星、武曲星，这与天罡星、地煞星在名号上是近似的，均属星辰。也就是说二者在"名"的方面存在联系，名号背后所代表的故事本身没有直接的逻辑联系，但评点者将其关联起来。金圣叹还将和正文中人物名号相关的事件与小说"楔子"中的事件关联起来，比如晁盖因其托举青石宝塔镇住鬼魂的故事而有了"托塔天王"的绰号，金圣叹认为这"暗射"《楔子》中"开碣走魔事"。[②]从"开碣走魔事"到"托塔天王"就属于"奇楔"，反之则是"暗射"。可见在金圣叹评点中，"楔子"可以"楔"出正文，正文也可暗射"楔子"。

---

① 刘相雨：《论〈红楼梦〉的楔子——兼论中国古典长篇小说的开头模式》，《红楼梦学刊》1999 年第 1 期，第 55—62 页。

② 《第五才子书施耐庵水浒传》，见［清］金圣叹著，陆林辑校整理：《金圣叹全集》（白话小说卷），凤凰出版社 2016 年版，第 263 页。

二、名号寓意故事结构的关节

除了将名号与名号关联起来之外，金圣叹还从名号出发探讨相关人物在篇章结构中所处的位置。金圣叹认为在武十回中潘金莲和玉兰两个人物的名字本身是对仗的，"金玉莲兰，千古的对矣"。[①]从对仗的角度看，"金"和"玉"相对，"莲"和"兰"相对。同时金圣叹还注意到"武松一篇始于杀金莲，终于杀玉兰"。[②]而且金圣叹还指出："前杀金莲是心窝里，仿杀玉兰亦是心窝里，藏此三字为暗记也。"[③]金圣叹从潘金莲和玉兰的名字出发联系到与二人相关联的事件，正因如此，金圣叹才认为金莲、玉兰"为武松十来卷一篇大文两头锁钥也"。[④]评语中的"锁钥"有两方面含义：一个是人物名字本身是相对的；另一个是武松传首尾事件相呼应。因为人物绰号相近似，所以能将上下文的故事像"关索"一样连接起来。关索具有"联系"和"扣旨"的功能，[⑤]此处指的就是"联系"功能。小说写朱仝追赶李逵，却遇见柴进，金评"不见黑旋风，却

---

① 《第五才子书施耐庵水浒传》，见［清］金圣叹著，陆林辑校整理：《金圣叹全集》（白话小说卷），凤凰出版社 2016 年版，第 548 页。

② 《第五才子书施耐庵水浒传》，见［清］金圣叹著，陆林辑校整理：《金圣叹全集》（白话小说卷），凤凰出版社 2016 年版，第 548 页。

③ 《第五才子书施耐庵水浒传》，见［清］金圣叹著，陆林辑校整理：《金圣叹全集》（白话小说卷），凤凰出版社 2016 年版，第 564 页。

④ 《第五才子书施耐庵水浒传》，见［清］金圣叹著，陆林辑校整理：《金圣叹全集》（白话小说卷），凤凰出版社 2016 年版，第 548 页。

⑤ 刘君浩：《从"关锁"、"血脉"术语看章法观在明清传奇评点中的转化》，《中国文学研究（辑刊）》2007 年第 3 期，第 186—202 页。

见小旋风，无端自成关锁"。① 黑旋风、小旋风分别是李逵、柴进的绰号，小说中两个"旋风"分别先后和朱仝产生关联形成两个故事情节，这两个故事情节形成了"黑旋风"——"小旋风"这一"关锁"。金圣叹评点晁盖梦见北斗七星"一部大书，罗列一百八座星辰，此处乃忽然撰出一梦，先提出北斗七星，夫北斗七星者，众星之所环拱也，晁盖为此泊之杓，于斯验矣"。② 金圣叹由梦中的北斗七星联系到一百零八星宿，他从"名"的角度将晁盖梦中的北斗七星与天罡、地煞等星宿联系起来，二者都属于天上的星辰。小说中晁盖梦中的北斗七星寓意着晁盖等七人聚义的故事，评语中"晁盖为此泊之杓"意为晁盖是七星聚义的首脑人物。晁盖在全书结构起"提纲挈领"的作用，但是作为提纲挈领之人，晁盖却在第十三回才出场，金圣叹认为作者属于"有全书在胸而后下笔著书者"，③ 所以不安排晁盖在第一回出场。同时，"北斗七星"出现在梦中寓意着"一百八人、七十卷书，都无实事"。④ 金圣叹还由这个梦联系到"大地梦国，古今梦影，荣辱梦事，众生梦魂，岂惟一部书一百八人而已，尽大千世界无不同在一局，求其先觉者，自大雄氏以外无

①《第五才子书施耐庵水浒传》，见［清］金圣叹著，陆林辑校整理：《金圣叹全集》（白话小说卷），凤凰出版社 2016 年版，第 927 页。

②《第五才子书施耐庵水浒传》，见［清］金圣叹著，陆林辑校整理：《金圣叹全集》（白话小说卷），凤凰出版社 2016 年版，第 272 页。

③《第五才子书施耐庵水浒传》，见［清］金圣叹著，陆林辑校整理：《金圣叹全集》（白话小说卷），凤凰出版社 2016 年版，第 261 页。

④《第五才子书施耐庵水浒传》，见［清］金圣叹著，陆林辑校整理：《金圣叹全集》（白话小说卷），凤凰出版社 2016 年版，第 272 页。

闻矣"。^①晁盖梦中的北斗七星与一百零八个天罡、地煞等均属星宿，这就意味着晁盖之梦是一百零八人的写照，晁盖之梦寓意全书"无实事"。

第三节 "名号"意象群

曾志松在《张竹坡〈金瓶梅〉名号评点论》中提出文学创作过程中"利用拟物的方式构建意象群表意"，^②就是说用自然界的一些事物来象征生活中的某些品性，这些意象会有一定的寓意，并且其中还寄寓作者的褒贬。评点者所要做的就是围绕这些意象组织意象群。曾志松指出金圣叹在评点名号时围绕"恶"字组织了两个意象群：一个是恶兽群，另一个是恶风群（具体到评点中指"旋风"意象群）。很明显他侧重于从价值评判的角度对这两个意象群作分析，认为这两个意象群主要说明人物之"恶"。其实除了从价值评判的角度分析以外，还可以将这两个意象群尤其是"旋风"意象群联系小说中的一百零八位好汉上梁山的情况作分析，进而得出意象群还有聚拢人物的作用。

---

① 《第五才子书施耐庵水浒传》，见［清］金圣叹著，陆林辑校整理：《金圣叹全集》（白话小说卷），凤凰出版社 2016 年版，第 262 页。
② 曾志松：《张竹坡〈金瓶梅〉名号评点论》，《明清小说研究》2018 年第 4 期，第 183—199 页。

一、"名号"意象群寄寓褒贬

由名号组成的意象群寄寓作者的褒贬。林岗在《明清之际小说学之研究》中指出优秀的小说家和评点家都受这一思维方式的影响，"作者在关键性字眼、人物的名字或浑名里暗藏谐音和隐喻……而谐音、隐喻和其他文字游戏所表示的意义往往暗含作者对人物的褒贬"。[①]《水浒传》中的人物名号形成了两个意象群，这两个意象群都寄寓褒贬。一是恶兽群，它是由带有野兽名号的绰号形成的，包括"跳涧虎"、"百花蛇"、"豹子头"等。金圣叹认为"跳涧虎"、"百花蛇""颣括"全书一百零八人"皆非好相识"。金圣叹还进一步认为"跳涧虎"、"百花蛇"是对全书一百零八人的颣括。金圣叹评道："次出跳涧虎陈达，白花蛇杨春，盖颣括一部书七十回一百八人为虎为蛇，皆非好相识也。何用知其为是颣括一部书七十回一百八人？曰：楔子所以楔出一部，而天师化现恰有一虎一蛇，故知陈达、杨春是一百八人之总号也。"[②]他的理由是小说《楔子》是对全书的颣括，而《楔子》中龙虎山先后出现老虎和蛇就是一百零八人的缩影。又因为老虎和蛇分别是陈达、杨春的绰号，所以"陈达、杨春是一百八人之总号"。而且金圣叹还将《楔子》中真人所说蛇与虎"并不伤人"的习性和一百零八人联系

① 林岗：《明清之际小说学之研究》，北京大学出版社 1999 年版，第 179 页。
② 《第五才子书施耐庵水浒传》，见［清］金圣叹著，陆林辑校整理：《金圣叹全集》（白话小说卷），凤凰出版社 2016 年版，第 59—60 页。

起来，认为"并不伤人"可以作为"一部水浒传一百八人总赞"。①
金圣叹认为林冲的绰号"豹子头"寓意林冲是"恶兽之首"。在金
圣叹看来："虎生三子，必有一豹。豹为虎所生，而反食虎，五伦
于是乎附地矣。作者深恶其人，故特书之为豹，犹楚史之称《梼
杌》也。"②豹子寓意"恶兽"，林冲最先上梁山泊，而且梁山泊景
象最早由"林冲眼中看出"，所以林冲是豹子之"头"，"豹子头"
自然寓意"恶兽之首"。林冲上山之后，才有后文众好汉纷纷上山
落草，可见林冲是上山落草的众好汉之首，所以"豹子头"中"豹
子"二字无疑是对一百零八人的寓示，这说明"一百八人者，皆恶
兽也"。③将"楚史称梼杌"最早是在《孟子·离娄》中：

> 孟子曰："王者之迹熄而《诗》亡，《诗》亡然后《春秋》
> 作。晋之《乘》，楚之《梼杌》，鲁之《春秋》，一也；其事则
> 齐桓晋文，其文则史。孔子曰：'其义则丘窃取之矣。'"④

梼杌本是恶兽，有些学者认为作为楚史的梼杌和鲧被称为梼
杌一样，都是人们对楚民族的一种诬词。⑤金圣叹认为楚史"名标

---

①《第五才子书施耐庵水浒传》，见［清］金圣叹著，陆林辑校整理：《金圣叹全集》（白
话小说卷），凤凰出版社2016年版，第49页。
②《第五才子书施耐庵水浒传》，见［清］金圣叹著，陆林辑校整理：《金圣叹全集》（白
话小说卷），凤凰出版社2016年版，第279页。
③《第五才子书施耐庵水浒传》，见［清］金圣叹著，陆林辑校整理：《金圣叹全集》（白
话小说卷），凤凰出版社2016年版，第279页。
④杨伯峻译注：《孟子译注·离娄下》，中华书局2008年版，第148页。
⑤姚益心：《鲧·梼杌·楚史》，《江汉论坛》1982年第10期，第53—58页。

《梼杌》，义取惩恶，而欲以禁楚国中一二之为巨憝者"。[1]"巨憝"
即巨恶，《梼杌》有惩恶的功能。"犹楚史之称《梼杌》"的评语更
加证明了"野兽"意象群本身包含的"恶"的价值评判。

二是"旋风"意象群。有关"旋风"的含义，一般解释为行动
迅猛，好像旋风一样。也有将"旋风"视为邪灵恶鬼加以禳厌的风
俗，例如，《燕北录》记载："戎主及契丹臣庶等，如见旋风时，便
合眼，用鞭子空中打四十九下，口道'坤不克'七声（汉语魂风
也）以为禳厌。"[2]金圣叹评语中的"旋风"与之类似，他认为"小
旋风"和"黑旋风"两个绰号中"旋风"隐喻"恶风"。他说："旋
风者，恶风也。其势盘旋，自地而起，初则扬灰聚土，渐至奔沙走
石，天地为昏，人兽骇窜，故谓之旋。旋音去声，言其能旋恶物聚
于一处故也。水泊之有众人也，则自林冲始也，而旋林冲入水泊，
则柴进之力也。名柴进曰'旋风'者，恶之之辞也。然而又系之
以'小'，何也？夫柴进之于水泊，其犹青萍之末矣，积而至于李
逵亦入水泊，而上下尚有定位，日月尚有光明乎耶？故甚恶之，而
加之以'黑'焉。夫视'黑'，则柴进为'小'矣，此'小旋风'
之所以名也。"[3]在金圣叹看来"旋"字有"旋恶物聚于一处"之
意，《水浒传》中柴进和李逵二人都是旋聚众人入水泊，所以二人

①《小题才子书》，见［清］金圣叹著，陆林辑校整理:《金圣叹全集》（散文杂著卷），
凤凰出版社 2016 年版，第 747 页。
②［宋］王易:《燕北录》，见［清］厉鹗撰:《辽史拾遗》卷二十四，清光绪广雅书局丛
书本。
③《第五才子书施耐庵水浒传》，见［清］金圣叹著，陆林辑校整理:《金圣叹全集》（白
话小说卷），凤凰出版社 2016 年版，第 223 页。

是"恶风"。金圣叹还指出这两个绰号代表的人相聚一处时其中蕴含的贬义更明显。高唐州李逵下井救柴进,"黑旋风"、"小旋风"同在井下。金评:"今两旋风都入高唐枯井之底,殆寓言当时宋江扰乱之恶,至于无处不至也。"[①] 理由是一般情况下"水在井中,未必知天风",但是在这个情节中两"旋风"同在井中,金圣叹认为这说明"风"已经无处不在,而且是旋聚恶物之风。结合金圣叹对宋江"过都历国横行州郡"的评点,这寓意宋江等人"扰乱之恶"。金圣叹评语中"旋风"绰号的象征意义,"并不仅仅局限于李逵和柴进二人,而是笼罩在整个梁山英雄豪杰群体之上"。[②] 可见"旋风"意象群涵盖范围广泛,其所蕴含的贬义范围同样广泛。

二、"名号"意象群聚拢人物

除了从价值评判的角度分析两个意象群以外,联系小说中众多好汉上梁山的过程会发现意象群还有聚拢人物的作用。张艳侠在《金圣叹小说"文法"理论探析》中提出《水浒传》人物的结撰方法之一就是用"统领式"对人物进行串联,[③] 即一个中心人物的出现将诸多人物聚集在一起,这个中心人物的名号本身就有聚拢人物的内涵。以金圣叹评语中的"旋风"意象群为例,金圣叹认为"小

---

① 《第五才子书施耐庵水浒传》,见[清]金圣叹著,陆林辑校整理:《金圣叹全集》(白话小说卷),凤凰出版社 2016 年版,第 968 页。

② 赵羽:《略释〈水浒传〉中李逵的绰号"黑旋风"》,《文化学刊》2020 年第 2 期,第 115—119 页。

③ 张艳侠:《金圣叹小说"文法"理论探析》,辽宁大学硕士学位论文,2014 年,第 23 页。

旋风"、"黑旋风"等绰号与柴进、李逵在整部小说中的定位有关系。因为将诸多好汉旋入水泊是此二人之力。"旋音去声,言其能旋恶物聚于一处故也。"[1]也就是说金圣叹认为"旋风"有旋聚众人入水泊之意。他将"旋风"的绰号和人物以及众多好汉上梁山的过程联系起来。

柴进绰号"小旋风",在金圣叹看来"山东济州梁山泊宛子城蓼儿洼,是柴进口中提出,故号之为小旋风也"。[2]"小旋风"在小说中的作用是旋出"梁山泊宛子城蓼儿洼",而且全书第一个被逼上梁山的好汉林冲是由"小旋风"旋入水泊,"旋林冲入水泊,则柴进之力也"。小说写林冲最初上梁山时,山上王伦、杜迁、宋万"三个人一样说柴大官人面上,可见是个旋风"。[3]这是因为这三人与柴进交厚,评语的言外之意是"小旋风"柴进的影响力波及梁山最初的三位头领。柴进说:"便杀了朝廷的命官,劫了府库的财务,柴进也敢藏在庄里。"对此金圣叹评道:"旋风之名不虚。"[4]联系小说内容林冲、武松、宋江、李逵等人都曾惹下官司后在柴进庄上躲藏。由此可见评语中小旋风"旋恶物聚于一处"的解释不虚,这种艺术构思对安置人物有十分巧妙的作用,它把众多人物有机地联系

①《第五才子书施耐庵水浒传》,见〔清〕金圣叹著,陆林辑校整理:《金圣叹全集》(白话小说卷),凤凰出版社 2016 年版,第 223 页。

②《第五才子书施耐庵水浒传》,见〔清〕金圣叹著,陆林辑校整理:《金圣叹全集》(白话小说卷),凤凰出版社 2016 年版,第 225 页。

③《第五才子书施耐庵水浒传》,见〔清〕金圣叹著,陆林辑校整理:《金圣叹全集》(白话小说卷),凤凰出版社 2016 年版,第 232 页。

④《第五才子书施耐庵水浒传》,见〔清〕金圣叹著,陆林辑校整理:《金圣叹全集》(白话小说卷),凤凰出版社 2016 年版,第 409 页。

在一起。①

"黑旋风"旋聚众人入水泊，可以从金圣叹对李逵参加战斗的评点看出来。金评江州劫法场后李逵引众人杀至浔阳江边："山泊、江上、如许人马；城里李逵，只是一个。可云多寡不敌之至矣。却忽然写出引众人三字，便令山泊一十七人，及江上九人，无不悉为李逵所统。"②评语中诸多好汉"悉为李逵所统"，流露出旋聚众人之意。攻打无为军后宋江恳请江州众位好汉上山时，小说写宋江说言未绝，李逵先跳起来，便叫道："都去！都去！但有不去的，吃我一鸟斧，砍做两截便罢！"③由此也能看出"黑旋风"有旋聚众人入水泊之意。

金圣叹还比较了"小旋风"、"黑旋风"两个人物绰号中"小"与"黑"的区别。他认为二者区别在于二人在旋好汉入水泊的过程中所起作用的程度不同。由柴进旋好汉入水泊，金圣叹称之为"青萍之末"，所以称为"小旋风"；由李逵旋入水泊的好汉数不胜数以至"日月无光"，所以称为"黑旋风"。就人数而言，"小旋风"旋聚的人物较少，而"黑旋风"旋聚的人物较多，除江州人马外，李云、朱富、焦挺等均由"黑旋风"旋入水泊。

金圣叹还用"旋风"等字眼评点顾大嫂。在小说第四十八回

---

① 张艳侠：《金圣叹小说"文法"理论探析》，辽宁大学硕士学位论文，2014年，第23页。

②《第五才子书施耐庵水浒传》，见［清］金圣叹著，陆林辑校整理：《金圣叹全集》（白话小说卷），凤凰出版社2016年版，第732—733页。

③《第五才子书施耐庵水浒传》，见［清］金圣叹著，陆林辑校整理：《金圣叹全集》（白话小说卷），凤凰出版社2016年版，第743页。

《解珍解宝双越狱　孙立孙新大劫牢》中，故事内容是营救解珍解宝，孙新提议采用劫狱的办法救解珍兄弟，顾大嫂道："我和你今夜便去。"金批："亦可号之为母旋风，意思实与李逵无二。"[①]邹渊提议众人劫狱后上梁山泊，顾大嫂道："最好！有一个不去的，我便乱枪戳死他！"金批："写顾大嫂活是黑旋风。"[②]顾大嫂劝孙立里应外合救解珍解宝兄弟，说道："伯伯！你不要推聋装哑！"金评："口未开，便责之，活是黑旋风意思。"[③]顾大嫂身怀利刃假扮送饭人"先去"牢房，金评："绝妙大嫂，只'先去'二字，活是黑旋风意思。"[④]上述评语中以"旋风"评顾大嫂有两层含义：其一，顾大嫂的性格处世和李逵类似，顾大嫂和李逵在性格上都有豪爽火爆蛮横的特点，"旋风"这个绰号正好可以形容二人的性格。"旋风"可以指宋代时的一种火炮，引信点着便可发炮。[⑤]罗树妹在《误传多年的〈水浒传〉好汉绰号》中写道：《水浒传》中之所以称李逵为"黑旋风"，一是说他肤色黝黑，二是说他脾气暴躁，像火炮一

---

①《第五才子书施耐庵水浒传》，见［清］金圣叹著，陆林辑校整理：《金圣叹全集》（白话小说卷），凤凰出版社 2016 年版，第 888 页。

②《第五才子书施耐庵水浒传》，见［清］金圣叹著，陆林辑校整理：《金圣叹全集》（白话小说卷），凤凰出版社 2016 年版，第 889 页。

③《第五才子书施耐庵水浒传》，见［清］金圣叹著，陆林辑校整理：《金圣叹全集》（白话小说卷），凤凰出版社 2016 年版，第 890 页。

④《第五才子书施耐庵水浒传》，见［清］金圣叹著，陆林辑校整理：《金圣叹全集》（白话小说卷），凤凰出版社 2016 年版，第 892 页。

⑤《三朝北盟会编》记载："金人攻东水门，矢石飞注如雨，或以磨磐及砖碌绊之，为旋风礮。"见［宋］徐梦莘撰：《三朝北盟会编》卷六十六，清光绪三十四年许涵渡校刻本。

样"沾火就着"。① 比如顾大嫂说不愿上梁山的戳死，劝孙立参与劫狱时软硬兼施，对此金圣叹评："活是黑旋风"，意思是此处顾大嫂的语言类似江州攻打无为军后宋江提议上山时李逵的说话口气，都有蛮横的风格。从顾大嫂劝人劫狱、劫狱时敢为人先以及劫狱后安排去路，这些内容都体现出她豪爽、蛮横、敢想敢干的特点。其二，"旋风"二字还有旋聚众人之意。在整个过程中母大虫顾大嫂的作用不可忽略。本回中的好汉多与顾大嫂相关联，解珍解宝姑母之女是顾大嫂，给顾大嫂报信的是乐和，顾大嫂之夫是孙新，孙新之兄是孙立，劝说孙立参与劫狱的是顾大嫂，可以看出顾大嫂与众人的关联以及在推动"劫狱"这个故事进展中的作用。最为关键的是众人上梁山也是顾大嫂下的决心，这一点足以说明以"旋风"二字评顾大嫂其中就包含着将登州八位好汉"旋入水泊"之意。

本章小结

金圣叹通过对《水浒传》名号的评点，揭露了人物的名号与故事内容、篇章结构的关联，同时他对名号的评点还构成了名号意象群，从中可以体会作者的褒贬倾向和意象群对人物的聚拢作用。

---

① 罗树妹：《误传多年的〈水浒传〉好汉绰号》，《当代广西》2015 年第 7 期，第 63 页。

第二章　人物性格论

黑格尔说:"性格就是理想艺术表现的真正中心。"[①] 莱辛在《汉堡剧评》中提出:"对于作家来说,只有性格是神圣的,加强性格,鲜明地表现性格,是作家在表现人物特征的过程中最当着力用笔之处。"[②] 西方学者将表现人物性格放置到了文学的中心位置。中国学者在明清时期的小说评点中开始关注人物性格问题。在小说评点领域,最早使用"性格"评点人物的是金圣叹,他在评点《水浒传》时曾说:"别一部书,看过一遍即休。独有《水浒传》,只是看不厌,无非为他把一百八个人性格,都写出来。"[③] 在金圣叹的思想观念中,《水浒传》之所以百看不厌,是因为《水浒传》能够将人物的性格刻画出来。而且《水浒传》更加具备艺术性的地方在于《水浒传》写出来的人物性格各有不同,不同的人物具有不同的性

---

① [德] 黑格尔:《美学》(第一卷),朱光潜译,商务印书馆 2009 年版,第 300 页。
② [德] 莱辛:《汉堡剧评》,张黎译,上海译文出版社 1981 年版,第 66 页。
③ 《第五才子书施耐庵水浒传》,见 [清] 金圣叹著,陆林辑校整理:《金圣叹全集》(白话小说卷),凤凰出版社 2016 年版,第 30 页。

格，他说："《水浒传》写一百八个人性格，真是一百八样。若别一部书，任他写一千个人，也只是一样；便只写得两个人，也只是一样。"[①] 由上可见，金圣叹十分看重人物性格在小说理论中的地位。因为人物性格各异，写出来的人物形象才各式各样。金圣叹在评语中着重从人物性格的个性、复杂性和自然性等角度评点《水浒传》中的人物性格。

第一节　人物性格的个性

在谈人物性格的个性之前要先谈性格的共性。不同人物的性格有共性，性格的共性指的是多个人物具备某一种共同的性格。针对人物性格中的共性，金圣叹在评点史进和鲁达的性格时说："此回方写过史进英雄，接手便写鲁达英雄；方写过史进粗糙，接手便写鲁达粗糙；方写过史进爽利，接手便写鲁达爽利；方写过史进刿直，接手便写鲁达刿直。作者盖特地走此险路，以显自家笔力，读者亦当处处看他所以定是两个人，定不是一个人处，毋负良史苦心也。"[②] 除了"英雄"这个特点不能算作性格特点外，其他的特点如粗糙、爽利、刿直等均属于史进和鲁达性格特点的共性。即便不同人物之间具有相同的性格，但细究起来，具有共同性格的人物仍然

---

① 《第五才子书施耐庵水浒传》，见［清］金圣叹著，陆林辑校整理：《金圣叹全集》（白话小说卷），凤凰出版社 2016 年版，第 30 页。

② 《第五才子书施耐庵水浒传》，见［清］金圣叹著，陆林辑校整理：《金圣叹全集》（白话小说卷），凤凰出版社 2016 年版，第 85 页。

有其个性。

个性体现在具备某一种共同性格的几个人物各自具有其性格的独特性。人物性格"全在同而不同处有辨"，①金圣叹在论述《水浒传》人物的"粗卤"时评点道：

> 《水浒传》只是写人粗卤处，便有许多写法。如鲁达粗卤是性急，史进粗卤是少年任气，李逵粗卤是蛮，武松粗卤是豪杰不受羁勒，阮小七粗卤是悲愤无说处，焦挺粗卤是气质不好。②

即便人物的性格有共性但是"一人有一人性格，各各不同"。③在金圣叹看来鲁达、史进、李逵、武松、阮小七、焦挺等人都具有"粗卤"的性格，这是上述人物在性格方面的共性。同时上述人物各自又具有其性格的个性，即同中有异，尤其是前四者鲁达、史进、李逵、武松等人各自分别具有性急、任气、蛮、不羁的个性。正是因为有了鲁达的性急、史进的任气、李逵的蛮、武松的不羁等个性的存在，才塑造了作为性格共性的形色各异的"粗卤"。这种个性的成因有两方面：一是不同人物虽然有共同性格但是各自的性

---

① [明] 施耐庵、罗贯中著，李贽评：《水浒传》，上海古籍出版社 1988 年版，第 48 页。
② 《第五才子书施耐庵水浒传》，见 [清] 金圣叹著，陆林辑校整理：《金圣叹全集》（白话小说卷），凤凰出版社 2016 年版，第 31 页。
③ [明] 罗贯中著，[清] 毛宗岗评改：《三国演义》，上海古籍出版社 1989 年版，第 445 页。

格有先天、后天之分。金圣叹认为鲁达和李逵的"粗卤"性格的形成原因存在差异，"鲁达自说粗卤，尚是后天之发"，即鲁达的"粗卤"是后天形成的。[①]而李逵"连粗卤不知是何语"，言外之意是李逵"粗卤"是"天性"的，金圣叹对李逵有"不是世间性格"[②]的评语也可佐证这一点。而鲁达的"粗卤"是后天形成的。至于两者的高下，金圣叹认为鲁达"未及李大哥也"，可见金圣叹对性格中自然形成的"天性"的认同。二是不同人物有共同性格但各自的"心地"不同。金圣叹认为宋江与吴用二人性格中都有"奸猾"的一面，但是二者相比，吴用"只是比宋江，却心地端正"。而金圣叹对宋江与吴用的评价是"吴用定然是上上人物"，宋江是"下下"，出现这种区别评价的原因可以参考评语中"心地端正"四字，吴用与宋江在同一性格下的不同之处在于心地是否端正。这种同中有异的性格论在毛宗岗评《三国演义》中得到体现，第二十一回中评论刘备和关羽："英雄作事，须要审势量力，性急不得。玄德深心人，故有此等算计。云长直心人，别无此等肚肠。两人同是豪杰，却各自一样性格。云长之不及玄德者在此，玄德之不及云长者亦在此。"[③]刘备和关羽二人的共性是都没有性急的特点，但不同之处是刘备深沉，关羽性直。

---

① 《第五才子书施耐庵水浒传》，见〔清〕金圣叹著，陆林辑校整理：《金圣叹全集》（白话小说卷），凤凰出版社2016年版，第681页。

② 《第五才子书施耐庵水浒传》，见〔清〕金圣叹著，陆林辑校整理：《金圣叹全集》（白话小说卷），凤凰出版社2016年版，第681页。

③ 〔明〕罗贯中著，〔清〕毛宗岗评改：《三国演义》，上海古籍出版社1989年版，第260页。

个性还体现在不同人物由于其心理状态的差别，虽然口中说出类似的话语，但最终呈现出各自不同的性格特征。心理状态的不同最终会呈现出不同的性格，金圣叹评语中的"性格概括了作为个体的人对于周围世界的稳固态度和惯常行为方式方面的心理特征"。① 比如，小说中武松面对潘金莲的勾引时说道："武二是个顶天立地噙齿戴发男子汉，不是那等败坏风俗没人伦的猪狗！"② 面对潘巧云的诬陷，石秀对杨雄说道："哥哥，兄弟虽是个不才小人，是顶天立地的好汉，如何肯做别样之事？"③ 从内容上看武松和石秀都是自表心迹，说出来的话都是表明自己是顶天立地的好汉，不会做出乱人伦之事。但是，在金圣叹看来类似的语言体现出武松和石秀截然不同的性格特点，"前武松亦曾说，却觉其阔大；今在石秀文中，便见其尖刻"。④ 为什么类似的语言导致武松的"阔大"和石秀的"尖刻"不同的性格特点呢？这需要回到二人说话语境中去分析。武松之语虽是表露心迹，但武松面对嫌疑"落落然受之，曾不置辩"，没有刻意地去证明自己的清白。而石秀"则务必辩之，背后辩之，又必当面辩之……务令杨雄深有以信其如冰如玉而后已"，⑤

---

① 吴子林：《传神写照：金圣叹的人物性格理论》，《中国文学研究》2004 年第 3 期，第 45—50 页。

② 《第五才子书施耐庵水浒传》，见［清］金圣叹著，陆林辑校整理：《金圣叹全集》（白话小说卷），凤凰出版社 2016 年版，第 439 页。

③ 《第五才子书施耐庵水浒传》，见［清］金圣叹著，陆林辑校整理：《金圣叹全集》（白话小说卷），凤凰出版社 2016 年版，第 836 页。

④ 《第五才子书施耐庵水浒传》，见［清］金圣叹著，陆林辑校整理：《金圣叹全集》（白话小说卷），凤凰出版社 2016 年版，第 836 页。

⑤ 《第五才子书施耐庵水浒传》，见［清］金圣叹著，陆林辑校整理：《金圣叹全集》（白话小说卷），凤凰出版社 2016 年版，第 833—834 页。

石秀急于证明自己的清白。言外之意就是，武松之语是对自己内心伦理道德的坚守，而石秀之语是向他人证明自己的清白，一个是基于伦理规范，一个是为自己。所以二人的境界有高下之分，故而带给人的感觉是武松"阔大"、石秀"尖刻"。

人物性格的个性还体现在二人共处一传时，相互衬托出各自的性格。在金圣叹的评语中，不同人物性格相互衬托指的是将两个性格不同的人物放在同一个传记中能够更好地显现出各自的性格。这就是对立统一规律的体现，它是"作家表现人物的基本法则"。① 金圣叹在评语中提出宋江和李逵共处一传时相互衬托各自的性格。一是金圣叹认为宋江的"权诈"和李逵的"直"可以相对比。金圣叹对宋江性格特点的评价是"权诈"，对李逵性格特点的评价是"粗直"、"爽直"、"直遂"等。大闹江州后，宋江劝众人上山，李逵以斧砍威胁，金圣叹认为"一个跪说，一个斧砍，谁是谁非，人必能辨"，"写宋江权术处，偏写李逵爽直相形之"。② 宋江口中推让梁山之主，李逵叫道："哥哥休说做梁山泊主，便做个大宋皇帝你也肯！"金圣叹评："每每宋江一番权诈后，便紧接他大哥一番直遂以形击之，妙不可言。"③ 金圣叹认为在处世方面"权诈人一生受苦，

---

① 陈果安：《金圣叹小说理论研究》，湖南师范大学出版社 1994 年版，第 115 页。
② 《第五才子书施耐庵水浒传》，见［清］金圣叹著，陆林辑校整理：《金圣叹全集》（白话小说卷），凤凰出版社 2016 年版，第 743 页。
③ 《第五才子书施耐庵水浒传》，见［清］金圣叹著，陆林辑校整理：《金圣叹全集》（白话小说卷），凤凰出版社 2016 年版，第 1077 页。

如宋江其验也。真率人世界越阔，如李逵其验也"。① 从上述内容可以发现，"一路写宋江权诈处，必紧接李逵粗言直叫，此又是画家所谓反衬法"。② 绘画艺术中有反衬之法，清代蒋和《画学杂论》中所述："山水篇幅以山为主，山是实，水是虚。画水村图，水是实而坡岸是虚。写坡岸平远浅淡，正见水之阔大。凡画水村图之坡岸，当比之烘云托月。"③ 将其引入文学创作中，两人相反的性格相形而出，这种将两人相对立的性格同步描写出来的方法就是"反衬法"。文本用"画家反衬法"相继写出相对立的人物性格来，"读者但见李逵粗直，便知宋江权诈"。④ 读者阅读了其中一个人物的性格，便很容易把握另一个相对立的人物性格。二是金圣叹还将李逵的"真诚"和宋江的"权诈"对比。"偏写李逵慌说，偏愈见其真诚；偏写宋江信义，偏愈见其权诈。"⑤ 当然，金圣叹在评语中将二人对比有些包含了价值判断。比如，他认为宋江李逵"合传之旨"是令宋江"权诈都尽"。⑥ 这是从基本的道德角度评价二人，其中

---

① 《第五才子书施耐庵水浒传》，见［清］金圣叹著，陆林辑校整理：《金圣叹全集》（白话小说卷），凤凰出版社 2016 年版，第 1077 页。

② 《第五才子书施耐庵水浒传》，见［清］金圣叹著，陆林辑校整理：《金圣叹全集》（白话小说卷），凤凰出版社 2016 年版，第 732 页。

③ ［清］蒋和：《画学杂论》，见俞建华：《中国古代画论精读》，人民美术出版社 2011 年版，第 119 页。

④ 《第五才子书施耐庵水浒传》，见［清］金圣叹著，陆林辑校整理：《金圣叹全集》（白话小说卷），凤凰出版社 2016 年版，第 732 页。

⑤ 《第五才子书施耐庵水浒传》，见［清］金圣叹著，陆林辑校整理：《金圣叹全集》（白话小说卷），凤凰出版社 2016 年版，第 786—787 页。

⑥ 《第五才子书施耐庵水浒传》，见［清］金圣叹著，陆林辑校整理：《金圣叹全集》（白话小说卷），凤凰出版社 2016 年版，第 689 页。

包含了对二人的褒贬。金圣叹认为"此书处处以宋江、李逵相形对写，意在显暴宋江之恶"。[①] 甚至在有些时候作者本是用李逵的"朴诚"显现出宋江之恶，"却不料反成李逵之妙也"。[②]

除了宋江和李逵的性格相互衬托外，金圣叹还认为杨雄、石秀的性格也相互衬托。金圣叹对杨雄性格的评价是"直性"。对石秀性格的评价是"石秀又狠毒，又精细"、[③] "精细之至"、[④] "精细之极，石秀可畏"。[⑤] 同时，金圣叹认为杨雄和石秀的性格特点可以相互衬托，"一路都写杨雄直性，只是有粗无细，全是衬出石秀"。[⑥] 一个直性，一个精细。杨雄的"直性"衬托出石秀的"精细"。

人物性格相互衬托，这种衬托是否有前提呢？不论是李逵与宋江，还是杨雄与石秀，性格相对立的两人在文本中都存在互动，两人都共处于同一篇传记中，如恩格斯所说："把各个人物用更加对立的方式彼此区别得更加鲜明些。"[⑦] 其中李逵和宋江在金圣叹看来

---

① 《第五才子书施耐庵水浒传》，见［清］金圣叹著，陆林辑校整理：《金圣叹全集》（白话小说卷），凤凰出版社 2016 年版，第 772 页。

② 《第五才子书施耐庵水浒传》，见［清］金圣叹著，陆林辑校整理：《金圣叹全集》（白话小说卷），凤凰出版社 2016 年版，第 32 页。

③ 《第五才子书施耐庵水浒传》，见［清］金圣叹著，陆林辑校整理：《金圣叹全集》（白话小说卷），凤凰出版社 2016 年版，第 836 页。

④ 《第五才子书施耐庵水浒传》，见［清］金圣叹著，陆林辑校整理：《金圣叹全集》（白话小说卷），凤凰出版社 2016 年版，第 831 页。

⑤ 《第五才子书施耐庵水浒传》，见［清］金圣叹著，陆林辑校整理：《金圣叹全集》（白话小说卷），凤凰出版社 2016 年版，第 832 页。

⑥ 《第五才子书施耐庵水浒传》，见［清］金圣叹著，陆林辑校整理：《金圣叹全集》（白话小说卷），凤凰出版社 2016 年版，第 820 页。

⑦ 吕德申主编：《马克思主义文论选》（第四卷），高等教育出版社 1992 年版，第 389 页。

属于"合传",而且这种"合传"让宋江"权诈都尽","成李逵之妙"。正因为两人共处同一篇传记中,两个人物可以及时互动,发生关联,其中一人的性格在展现的同时,另一人的性格也可以同步得到展现。这种情况类似于中国古代的双鱼图,黑色衬托着白色,白色也在衬托着黑色。没有黑色,白色也就无法显现;没有白色,黑色也就无法显现。两个人物相对立的性格也是如此,比如,杨雄的"直性"与石秀的"精细",正是因为对方性格的衬托才得以显现。但是这种对立的前提是共存于一个整体,正如双鱼图黑白对立却又共存于一个整体一样,杨雄与石秀二人的性格特点得以显现的前提是两人共存于第四十三、四十四、四十五回且二人有故事情节上的关联互动。宋江与李逵的性格特点得以显现的前提是两人共存于第三十七至第四十回且二人有故事情节上的关联互动。

不同人物的基因遗传等先天因素和成长环境、生活经历、人生阅历等后天因素是不同的。即便是具备共同性格的两个人,因其先天禀赋和后天的成长环境、生活经历、人生阅历的不同也会造成各自的性格。文学作品中人物与人物的相貌、年龄、身份等客观因素固然有不同,但人物与人物之间的不同更多的是由于性格,这是人物区别于其他人物的主要标志。

第二节 人物性格的复杂性

人物的性格并不是单一的,而是复杂的,它是由多种性格集合而成的一个整体。参照金圣叹在《水浒传》第二十五回回评：

　　或问于圣叹曰："鲁达何如人也？"曰："阔人也。""宋江何如人也？"曰："狭人也。"曰："林冲何如人也？"曰："毒人也。""宋江何如人也？"曰："甘人也。"曰："杨志何如人也？"曰："正人也。""宋江何如人也？"曰："驳人也。"曰："柴进何如人也？"曰："良人也。""宋江何如人也？"曰："歹人也。"曰："阮七何如人也？"曰："快人也。""宋江何如人也？"曰："厌人也。"曰："李逵何如人也？"曰："真人也。""宋江何如人也？"曰："假人也。"曰："吴用何如人也？"曰："捷人也。""宋江何如人也？"曰："呆人也。"曰："花荣何如人也？"曰："雅人也。""宋江何如人也？"曰："俗人也。"曰："卢俊义何如人也？"曰："大人也。""宋江何如人也？"曰："小人也。"曰："石秀何如人也？"曰："警人也。""宋江何如人也？"曰："钝人也。"然则《水浒》之一百六人，殆莫不胜于宋江。然而此一百六人也者，固独人人未若武松之绝伦超群。然则武松何如人也？曰："武松，天人也。"武松天人者，固具有鲁达之阔，林冲之毒，杨志之正，柴进之良，阮七之快，李逵之真，吴用之捷，花荣之雅，卢俊义之大，石秀之警者也。断曰第一人，不亦宜乎？①

---

①《第五才子书施耐庵水浒传》，见［清］金圣叹著，陆林辑校整理：《金圣叹全集》（白话小说卷），凤凰出版社2016年版，第478—479页。

　　金圣叹在评点中提及十位人物的性格特点，"鲁达之阔，林冲之毒，杨志之正，柴进之良，阮七之快，李逵之真，吴用之捷，花荣之雅，卢俊义之大，石秀之警"，他认为与这十位人物性格特点相反的性格特点——狭、甘、驳、歹、厌、假、呆、俗、小、钝——同时存在宋江的身上。金圣叹还指出武松的身上具备了上述十位人物的性格特点——阔、毒、正、良、快、真、捷、雅、大、警。这说明在金圣叹看来宋江和武松身上的性格特点是多样的，其性格具有复杂性。金圣叹"初步看到了人物性格塑造的多元复合性"，这可以理解为"性格兼容论"。[①] 这里需要特别讨论的是评语中"然则《水浒》之一百六人，殆莫不胜于宋江。然而此一百零六人也者，固独人人未若武松之绝伦超群"。金圣叹认为除武松以外一百零六人胜过宋江，武松胜过一百零六人，那么其评价的标准是什么？金圣叹对宋江和武松的评价标准是不一样的。金圣叹认为一百零六人胜过宋江，这并不是从人物性格和人物塑造的角度判断的，而是从宋江其人的性格本身判断的，评语带有价值判断。这一点从评语中也可看出，金圣叹评宋江的性格特点多用负面词汇。反观武松，金圣叹认为武松胜过一百零六人，是"第一人"，评语中的"第一"不是对武松本身性格的价值判断，而是对武松其人的性格塑造和人物塑造的判断，这是对武松这个人物性格复杂性的肯定。人物的性格无论怎样复杂，各种性格特征都必须有机地统一于

---

① 李桂奎：《中国"写人论"的古今演变》，《文史哲》2005 年第 1 期，第 103—109 页。

整体，这就要求性格具有"整一性"。假如没有"整一性"就会导致"人物性格的分裂和行为的失调"，"性格的整一性，是由构成性格的基本质点决定的，在同一质点的基础上，各种性格要素，呈放射性表现，因此外视复杂，而回归内里，又有以质点为核心的同一性"。[①]金圣叹评语中的武松集多种性格特点于一身可以说很复杂，这些复杂的性格又基于"忠勇"这一性格质点统一于整体，最终塑造了武松"天人"的形象。

金圣叹一方面肯定性格的复杂性，反对将人物性格单一化、简单化，同时他又认为"人物性格是多样性的统一，在人物性格的不同侧面之间，应该有一个主导方面贯彻始终，从而使人物构成一个有机的整体"，[②]也就是说人物性格的复杂性服从于人物性格的主导方面。毕竟"无论人物性格是怎样丰富复杂，人物性格还具有相对的稳定性"。[③]每一个人物的性格整体中由"主导性格"决定并统摄这个人物的言行举止，这就是其性格中稳定的一面。在创作时，"作家在突出人物主导性格时，首先必须依靠典型的事件和细节，典型的语言、行动和心理，表现出主导性格自身的丰富性"。[④]金圣叹在评点人物时注意将其"主导性格"和人物的言行联系起来，分

---

① 齐鲁青：《金圣叹小说人物性格批评论》，《内蒙古大学学报》（人文社会科学版）2000年第4期，第1—6页。

② 陈果安：《植根于民族文化的典型论：金圣叹性格说》，《湖南师范大学社会科学学报》1992年第3期，第66—71页。

③ 缪小云：《金圣叹小说人物性格理论探微》，扬州大学硕士学位论文，2003年，第6页。

④《性格矛盾与主导性格》，《文艺理论研究》1982年第4期，第60页。

析性格和言行相符合的一面。本论文以金圣叹对《水浒传》中的鲁达和林冲的性格评点为例分析人物的"主导性格"。

其一，《水浒传》在塑造鲁达这个人物形象时着重突出的是鲁达的"粗卤"和"爽直（爽快）"的性格，这是鲁达的"主导性格"。金圣叹认为鲁达的性格中有"爽直"的一面，这可以从鲁达的许多言行中看出来，比如，鲁达用三拳打郑屠和用一脚打周通的动作简单直接，体现出"鲁达爽直过人"。金圣叹还将鲁达对于出家的态度和对于世事的态度与其性格联系起来。鲁达对于出家的态度是"说定了"，金圣叹认为这体现他对人生的态度"爽直"。又评鲁达对于世事的态度："真是看得天下无难事。"评鲁达三言两语解决刘太公之女和周通的婚事问题体现他的"爽直"。对于鲁达这种"直接爽快"的人物性格，金圣叹评点道："何处更有此人？"金圣叹对鲁达爽心直口更是直接表示："我慕其人。"

其二，《水浒传》在塑造林冲这个人物形象时着重突出其"精细"的性格，这是林冲的"主导性格"。金圣叹认为从林冲的动作和语言中可以看出其性格中的"精细"。比如，大雪压垮了草料场，林冲担心火盆里的火炭燃烧起来，随后他的一系列动作是"搬开破壁子，探半身入去摸时，火盆内火种都被雪水浸灭了"，这里作者对林冲"极力写出精细"。[1]再如，风雪山神庙过后，林冲"再穿了白布衫，系了搭膊，把毡笠子带上，将葫芦里冷酒都吃尽了。被

---

[1]《第五才子书施耐庵水浒传》，见［清］金圣叹著，陆林辑校整理：《金圣叹全集》（白话小说卷），凤凰出版社 2016 年版，第 217 页。

与葫芦都丢了不要，提了枪"，这一系列动作在前文已经叙述一遍，这里又叙述一遍，"显出林冲精细"。[①] 林冲在朱贵酒店，先请酒保吃一碗酒，然后问梁山泊的路。对此，金批："梁山泊不好便问，故先请他吃一碗酒，写出林冲精细。"[②] 林冲与吴用对话，林冲道："只因小可犯下大罪，投奔柴大官人，非他不留林冲"，金批："此六字令我读之骇然。盖写林冲，便活写出林冲来，写林冲精细，便活写出林冲精细来。何以言之？夫上文吴用文中，乃说柴进肯荐林冲上山也。林冲却忽然想道：他说柴进荐我上山，或者疑到柴进不肯留我在家耶？说时迟，那时疾，便急道一句非他不留林冲六个字，千伶百俐，一似草枯鹰疾相似。妙哉妙哉，盖自非此句，则写来已几乎不是林冲也。"[③] 金圣叹根据上下文林冲吴用的对话，分析出林冲的精细性格。

　　人物的性格是一个整体，"主导性格"处于统摄地位，不代表主导性格可以独立于次要方面而存在，因为离开了次要，就无所谓主要。"从性格的整体来看，主导性格即存在于性格的矛盾对立和多侧面的联系之中，它的鲜明、突出，有赖于复杂性的深刻描绘和丰富表现。"[④] 也就是说人物的言行中有些是与主导性格相符的东

---

①《第五才子书施耐庵水浒传》，见［清］金圣叹著，陆林辑校整理：《金圣叹全集》（白话小说卷），凤凰出版社 2016 年版，第 220 页。

②《第五才子书施耐庵水浒传》，见［清］金圣叹著，陆林辑校整理：《金圣叹全集》（白话小说卷），凤凰出版社 2016 年版，第 227 页。

③《第五才子书施耐庵水浒传》，见［清］金圣叹著，陆林辑校整理：《金圣叹全集》（白话小说卷），凤凰出版社 2016 年版，第 357 页。

④《性格矛盾与主导性格》，《文艺理论研究》1982 年第 4 期，第 60 页。

西，有些是和主导性格不相符的东西。人物性格中有对立统一的一面，它体现为"基本性格（主导性格）制约和规定下的丰富性和复杂性"。①本论文以金圣叹对鲁达和李逵的"主导性格"和"非主导性格"的评点为例进行分析。

鲁达的"主导性格"是"粗卤"与"爽快"，但是鲁达的言行中却有精细的一面。"粗卤"是鲁达的主要性格，一般情况下"粗卤"不会有特别委婉曲折的语言，但是鲁达的语言中却有"曲折语"。鲁达说："你依着洒家，把他弃了"，金评："放过太公，揽归自己，既压之以不得不从之势，又善化其不能相忘之心，粗卤如鲁达，有此曲折语，益见其妙也。"②可以看出鲁达的"曲折语"背后是对多方人物的考量，从中也可以看出其"精细"。"粗卤"与"精细"本是相互对立的两个特点，但在金圣叹看来却共存于鲁达一身。在《读第五才子书法》中金圣叹评鲁达："论粗卤处，他也有些粗卤；论精细处，他亦甚是精细。"③小说写"鲁达寻思道"，金批"写粗人偏细，妙绝"。④这种情况看似矛盾，实则是不矛盾的。因为人本身的复杂性，人的性格中也容易出现两种对立的特点。再如，鲁达性格的"爽快"与说话的"勾勒"。金圣叹还注意到

①缪小云：《金圣叹小说人物性格理论探微》，扬州大学硕士学位论文，2003 年，第 7 页。

②《第五才子书施耐庵水浒传》，见［清］金圣叹著，陆林辑校整理：《金圣叹全集》（白话小说卷），凤凰出版社 2016 年版，第 141 页。

③《第五才子书施耐庵水浒传》，见［清］金圣叹著，陆林辑校整理：《金圣叹全集》（白话小说卷），凤凰出版社 2016 年版，第 31 页。

④《第五才子书施耐庵水浒传》，见［清］金圣叹著，陆林辑校整理：《金圣叹全集》（白话小说卷），凤凰出版社 2016 年版，第 98 页。

了"爽快"虽是天性，但不代表鲁达时刻都会体现出爽快。相反，有时他还表现出一种不够爽快干脆的状态。比如，鲁达对周通道："大丈夫作事，却休要翻（反）悔。"金评："再勒一句，妙绝。""爽快是鲁达天性，此偏多用勾勒，乃愈见其爽快，妙绝。"①金批鲁达天性是爽快，但具体到实际中也会"勾勒"。勾，（句）"曲也"。②勒，"抑也"。③评语说鲁达"勾勒"的意思是鲁达处理问题不直接，并且通过反面再补一句。但是在金圣叹看来，"勾勒"反而会更衬托其爽快。除上述以外，金圣叹认为鲁达的语言有很多与其性格不相符的情况，这主要表现在"鲁达亦有假意之日"，④评鲁达说郑屠诈死："鲁达亦有权诈之日"，⑤评鲁达："便不说过往僧人，鲁达亦有贼智耶？"⑥鲁达的性格是爽直的，但他语言中体现出的假意、权诈、贼智与其性格不相符，所以评点者会有意料之外的感觉。

金圣叹还认为李逵身上也存在和主导性格不相符的东西，李逵

---

①《第五才子书施耐庵水浒传》，见［清］金圣叹著，陆林辑校整理：《金圣叹全集》（白话小说卷），凤凰出版社2016年版，第141页。

②［汉］许慎撰，［清］段玉裁注：《说文解字注》，浙江古籍出版社2006年版，第88页。

③《康熙字典》（标点整理本），上海辞书出版社2007年版，第77页。

④《第五才子书施耐庵水浒传》，见［清］金圣叹著，陆林辑校整理：《金圣叹全集》（白话小说卷），凤凰出版社2016年版，第98页。

⑤《第五才子书施耐庵水浒传》，见［清］金圣叹著，陆林辑校整理：《金圣叹全集》（白话小说卷），凤凰出版社2016年版，第98页。

⑥《第五才子书施耐庵水浒传》，见［清］金圣叹著，陆林辑校整理：《金圣叹全集》（白话小说卷），凤凰出版社2016年版，第130页。

"粗直是其天性"，① "李逵天性爽直"。② 也就是说李逵的性格中有粗直、爽直的一面，但金圣叹还注意到李逵性格中与粗直、爽直相对立的一面。例如，小说写戴宗道："你如何不吃饭？"李逵应道："我且未要吃饭哩。"金批："看他说谎，铁牛苦心。"③ 再如，李逵杀虎后看见猎户谎称自己是客人，不是"此间人"。金评："偏写李逵慌说，偏愈见其真诚"，"看他会谎说，妙绝"。④ 从评语可以看出李逵除了有粗直的性格外，还有说谎的行为，"写李逵粗直不难，莫难于写粗直人处处使乖说谎也"。⑤ 粗直之人似乎是不善于说谎的，粗直与说谎似乎是没有关联甚至是相对的，但是《水浒传》偏偏让粗直之人说谎。金圣叹认为写李逵说谎反而体现其真诚。"说谎"本身不能算作性格特点，但说谎意味着其人性格中有"奸猾"的一面。李逵性格中粗直、爽直的特点和奸猾的特点形成对立。可见，在李逵身上可以存在不同乃至相对立的性格特点，这从金圣叹对李逵的其他评点中也可看出。李逵下井救柴进吩咐不要割断绳索，金圣叹认为为了写"李逵朴至，便倒写其奸猾"，而且"写得

---

① 《第五才子书施耐庵水浒传》，见［清］金圣叹著，陆林辑校整理:《金圣叹全集》(白话小说卷)，凤凰出版社 2016 年版，第 795 页。

② 《第五才子书施耐庵水浒传》，见［清］金圣叹著，陆林辑校整理:《金圣叹全集》(白话小说卷)，凤凰出版社 2016 年版，第 775 页。

③ 《第五才子书施耐庵水浒传》，见［清］金圣叹著，陆林辑校整理:《金圣叹全集》(白话小说卷)，凤凰出版社 2016 年版，第 949 页。

④ 《第五才子书施耐庵水浒传》，见［清］金圣叹著，陆林辑校整理:《金圣叹全集》(白话小说卷)，凤凰出版社 2016 年版，第 787 页。

⑤ 《第五才子书施耐庵水浒传》，见［清］金圣叹著，陆林辑校整理:《金圣叹全集》(白话小说卷)，凤凰出版社 2016 年版，第 678 页。

李逵愈奸猾，便愈朴至"。①正如金圣叹所说，李逵"朴至"是通过写其"奸猾"体现出来的，"奸猾"本是"朴至"的反面，但正因为对"奸猾"的描写才写出李逵的"朴至"。金圣叹评语说明人物的性格特点有时是通过与之相反的性格特点表现出来的，而且越是着重描写相反的性格特点，越容易突出人物的性格，这体现了相对立的性格可以相互衬托。

主导性格和非主导性格的统一涉及了人物性格变与不变的辩证关系。②在一定条件下人物的性格可能不会发生变化，呈现出主导性格；在另一些条件下人物性格发生变化，呈现出非主导性格。这里金圣叹看到了人物本来的性格和人物在实际活动中表现出的与性格相反的状态，本来的性格是一以贯之的，但偶尔也会出现与本来性格不同甚至是相反的情况，这种情况的出现无损于其主导性格。"在完整的性格中，往往性格的矛盾和多样性展现得愈充分，主导性格愈能显示其生命的活力，愈能使人物造成浮雕式的立体感。"③虽然鲁达的"曲折语"和说话时的"勾勒"和其"粗卤"与"爽快"的主导性格不相符，但是这种看似矛盾的言行将鲁达这个人物形象展示得很充分；虽然李逵表现出的奸猾、说谎与其"粗直"、"朴至"的主导性格不相符，但是这种看似矛盾的言行将李逵这个人物形象展示得更加饱满。正是因为有了非主导性格的存在，才衬

---

①《第五才子书施耐庵水浒传》，见［清］金圣叹著，陆林辑校整理:《金圣叹全集》(白话小说卷)，凤凰出版社2016年版，第968页。

②陈果安:《金圣叹小说理论研究》，湖南师范大学出版社1994年版，第111页。

③《性格矛盾与主导性格》，《文艺理论研究》1982年第4期，第60页。

托出其性格中的生命力。

第三节　人物性格的自然性

晚明时期，朝政腐败，社会统治松散，商品经济的发展，加之"心学"思想的影响，在思想界逐渐出现了对程朱理学和传统封建礼教的批判，强调对人的价值、欲望、个性和人格的肯定。这其中以李贽为代表，他对那些禁锢正常人性的封建礼教予以批判，强调"顺其性"，他说：

> 盖声色之来，发于情性，由乎自然，是可以牵合矫强而致乎？故自然发于情性，则自然止乎礼义，非情性之外复有礼义可止也。惟矫强乃失之，故以自然之为美耳，又非于情性之外复有所谓自然而然也。[1]

传统的思想主张"发乎情，止乎礼义"，[2]认为人的言行是对内在情感的表达，但是在表达过程中要合乎一定的礼义。但是李贽认为发自于内在情性的东西本身就是一种自然的状态，情性"自然"发出也会"自然"停止，没有必要在"情性"之外特别树立

---

① 《焚书·读律肤说》，见张建业主编：《李贽文集》（第一卷），社会科学出版社 2000 年版，第 123 页。

② 《毛诗序》，见陈子展撰述：《诗经直解》，复旦大学出版社 1983 年版，第 2 页。

一个"礼义"去作规范。这种思想影响了明末清初的金圣叹。金圣叹在评点《水浒传》时多次以"天真"、"天性"、"至性"去评点他所看重的"上上人物"的性格。"他重视的是表现出人的天性、行为的自发性，即'天真'之趣、'稚子之声'，理性是从属于自然的。"①

"天真烂漫"是金圣叹对李逵特征的总概括，金圣叹在《读第五才子书法》中评："李逵是上上人物，写得真是一片天真烂熳（古代汉语多用"天真烂熳"写法，现代汉语多用"天真烂漫"写法，本书引用评语原文时，采用古代汉语写法）到底。看他意思，便是山泊中一百七人，无一个入得他眼。《孟子》'富贵不能淫，贫贱不能移，威武不能屈'，正是他好批语。"金圣叹以"天真烂漫"这一特征将李逵评为上上人物，"对程朱理学一贯强调的礼义束缚而言，这是对人的自然性情、性格的解放"。②李逵的"天真烂漫"体现在很多个方面：一是天真烂漫体现在李逵赖赌账被宋江发现后"惶恐满面"的表情，金批："天真烂熳，不是世人害羞身分。"金批："写他自辩处，恰与上文解银取赎语相违，得却一边，失却一边，天真烂熳，妙不可说。"③二是天真烂漫体现在李逵的假动作，李逵被张顺诓进水里"假挣扎赴水"。金批："偏写他假

---

① 吴子林：《传神写照：金圣叹的人物性格理论》，《中国文学研究》2004年第3期，第45—50页。

② 王国健：《晚明个性解放思潮与小说人物性格》，《文学评论》2003年第6期，第29—34页。

③《第五才子书施耐庵水浒传》，见［清］金圣叹著，陆林辑校整理：《金圣叹全集》（白话小说卷），凤凰出版社2016年版，第685页。

处，偏是天真烂熳"。① 这里金圣叹认为李逵虚假的动作反而显出李逵天真烂漫的性格特征，这种反差带来的审美效果是"绝倒"。三是天真烂漫体现在李逵心中没有恩怨之分，"宋江与银不以为恩，张顺水浸不以为怨，天真烂熳，荡荡乎乎"。② 不以宋江为恩，不以张顺为怨，原因和李逵"天真烂熳，荡荡乎乎"的性格有关。金圣叹评李逵对于宋江送银子："彼亦何感？彼亦何怨？"③ 理由是李逵"任凭天地间之人公同用之"。同时李逵心中不以呵斥为怨，李逵"先因要去被喝，至此忽又要去，一似并不记得曾被喝者，真写得好"。④ 对之前的呵斥不以为然，不将过去的经历带到当下，或者李逵对以往的被呵斥并不在意。四是天真烂漫体现在李逵回家探母的纯孝表现，"李逵见人取爷，不便想到娘，直至见人取娘，方解想到娘，是写李逵天真烂熳也"。李逵哭道："干鸟气么！这个也取爷，那个也望娘，偏铁牛是土掘坑里钻出来的！"金批："何等天真烂熳，活写出纯孝之人来。"⑤ 五是天真烂漫体现在李逵战斗的过程中求战不得后的反应，李逵"拍着双斧，隔岸大骂"，金批："战阵之事，偏写出天真烂熳来"，"不许他探路，真

①《第五才子书施耐庵水浒传》，见［清］金圣叹著，陆林辑校整理：《金圣叹全集》（白话小说卷），凤凰出版社2016年版，第693页。

②《第五才子书施耐庵水浒传》，见［清］金圣叹著，陆林辑校整理：《金圣叹全集》（白话小说卷），凤凰出版社2016年版，第694页。

③《第五才子书施耐庵水浒传》，见［清］金圣叹著，陆林辑校整理：《金圣叹全集》（白话小说卷），凤凰出版社2016年版，第677页。

④《第五才子书施耐庵水浒传》，见［清］金圣叹著，陆林辑校整理：《金圣叹全集》（白话小说卷），凤凰出版社2016年版，第863页。

⑤《第五才子书施耐庵水浒传》，见［清］金圣叹著，陆林辑校整理：《金圣叹全集》（白话小说卷），凤凰出版社2016年版，第767页。

乃别破肚皮，何意得做先锋，又被阔港截住，忽然想出下水过去，真是一片天真烂熳，令我读之又吓又笑也"。[①] 这里写的是战斗过程中不能完全遂了李逵的心愿。金圣叹以"天真烂漫"评李逵的性格，同时对这种性格的自然性持肯定态度。小说里戴宗对李逵说道："你便请问'这位官人是谁'便好"，金批："暗用苏东坡教坏司马君实仆事。"[②] 苏轼教司马光家仆事出自《古今谭概》，司马光家仆三十年来称司马光"秀才"，苏东坡教之改称"大参相公"，司马光说："好一仆，被苏东坡教坏了。"[③] 引文说被"教坏"意思是对原始的自然状态的破坏。金批将其引入小说借以说明戴宗教导李逵反而破坏了李逵身上自然、天真的一面，也可看出金评对自然天性的肯定。从金圣叹的评语中能够看出，金圣叹毫不掩饰他对李逵不以一般的道德、礼仪、规范为准则而是以自己心中的准则作为处世的观念的赞赏。李逵没有恩怨的观念、不受礼仪束缚、不以一般的世俗意义上约定俗成的规则为道理而是以心中所想为道理，金圣叹对李逵的这些处世法则的赞赏，"实质是把率性而为的精神追求而不是外在的行为节操视为人生最高标准和原则，从而肯定以率性为核心的人格本体观"。[④]

---

① 《第五才子书施耐庵水浒传》，见 [清] 金圣叹著，陆林辑校整理：《金圣叹全集》（白话小说卷），凤凰出版社 2016 年版，第 864 页。

② 《第五才子书施耐庵水浒传》，见 [清] 金圣叹著，陆林辑校整理：《金圣叹全集》（白话小说卷），凤凰出版社 2016 年版，第 681 页。

③ [明] 冯梦龙辑：《古今谭概·卷三十六杂志部》，明刻本。

④ 裴宏：《金圣叹的率性意识与李逵评点》，《明清小说研究》2001 年第 3 期，第 27—34 页。

在评语中，金圣叹以"天性"和"至性"评点人物。要了解二者的含义，先要探究"性"的含义。金圣叹在评语中说道："故曰：'自诚明，谓之性。'性之为言故也，故之为言自然也，自然之为言天命也。"① 这里金圣叹引用《中庸》"自诚明，谓之性"，② 能够真诚而明晓道理就是"性"，评语强调的是能够自然、真实地将内在表达出来。强调自然、真实地表达内在，金圣叹将其概括为"忠"，他说："盖忠之为言中心之谓也。喜怒哀乐之未发，谓之中；发而为喜怒哀乐之中节，谓之心；率我之喜怒哀乐自然诚于中形于外，谓之忠。"③ 人的内在状态自然、如实地呈现出来就是"忠"，没有任何矫饰、虚假地造作。

"天性"侧重于"性"的来源问题，"天性"强调先天赋予的"性"，不是后天人为干预形成的。这一点，从金圣叹的评语中可以总结出来。金圣叹认为在人际交往互动层面也有"天性"蕴含其中，他认为"若武大之视二如子，是天性之人之事也"。也就是说武大关爱武松是人的"天性"。又如，金评："兄弟二人，武大爱武二如子，武二又爱武大如子。武大自视如父，武二又自视如父。二人一片天性，便狂此句话来，妙绝。"④ 武大和武松相互敬爱也是人

---

① 《第五才子书施耐庵水浒传》，见［清］金圣叹著，陆林辑校整理：《金圣叹全集》（白话小说卷），凤凰出版社 2016 年版，第 769 页。

② 《中庸·第二十一章》，见［宋］朱熹撰：《四书章句集注》，中华书局 1983 年版，第 32 页。

③ 《第五才子书施耐庵水浒传》，见［清］金圣叹著，陆林辑校整理：《金圣叹全集》（白话小说卷），凤凰出版社 2016 年版，第 771 页。

④ 《第五才子书施耐庵水浒传》，见［清］金圣叹著，陆林辑校整理：《金圣叹全集》（白话小说卷），凤凰出版社 2016 年版，第 442 页。

的"天性"使然。对于丧葬之礼，金圣叹认为："礼，人之临其所
亲之葬也，惟恐其速下也。曰：从此一别，其终已矣。故必求其又
迟又迟焉。夫其天性则有然也。"①唯恐速葬也是人"天性"的一部
分。金批："秦明忠孝天性。"②这里金圣叹强调忠孝是一种自然、天
然形成的"性"。此外，金圣叹认为"忠恕天性，八十翁翁道不得，
周岁哇哇却行得"，评语的意思是忠恕不是后天习得的，而是先天
的。上述评语更加说明"天性"意味着先天自然形成的，而不是后
天人为干预的结果。至于"天性"在人物性格层面的体现需要结合
金圣叹对鲁达、李逵、阮小七三人性格的评点。金圣叹认为爽直
（爽快）是鲁达的天性，这一点在评语中多有体现。鲁达口头答应
赵员外不吃酒打人，金评："爽直自是天性，定无食言，且今日依，
是真正依，后日吃酒打人，是另自吃酒打人，亦并非食言也。"③鲁
达从桃花山后"滚"下，金评："爽快，自是天性。"④鲁智深听了
道："这撮鸟敢如此无礼物倒怎么利害！洒家便去结果了那厮！"金
批："直爽是大师天性。"⑤金圣叹指出爽直（爽快）是他的天性。金

①《第五才子书施耐庵水浒传》，见［清］金圣叹著，陆林辑校整理：《金圣叹全集》（白
　话小说卷），凤凰出版社2016年版，第482页。
②《第五才子书施耐庵水浒传》，见［清］金圣叹著，陆林辑校整理：《金圣叹全集》（白
　话小说卷），凤凰出版社2016年版，第614页。
③《第五才子书施耐庵水浒传》，见［清］金圣叹著，陆林辑校整理：《金圣叹全集》（白
　话小说卷），凤凰出版社2016年版，第111页。
④《第五才子书施耐庵水浒传》，见［清］金圣叹著，陆林辑校整理：《金圣叹全集》（白
　话小说卷），凤凰出版社2016年版，第143页。
⑤《第五才子书施耐庵水浒传》，见［清］金圣叹著，陆林辑校整理：《金圣叹全集》（白
　话小说卷），凤凰出版社2016年版，第1048页。

圣叹还以"天性"评价李逵，他认为"李逵天性爽直",① "粗直是其天性",② "天性一直之李逵"。③ 在金圣叹看来李逵的"爽直"、"粗直"是"天性"。金圣叹认为阮小七"天性粗快"。④ 在金圣叹看来这几个人物的性格特点都是"天性"的体现，其性格都是先天赋予的，不是后天形成的。巧合的是，金圣叹在《读第五才子书法》中将鲁达、李逵、阮小七都评为"上上人物"。当然，金圣叹评判人物的标准既有人物塑造的成功与否，也包含对人物的价值评判。但上述三位人物的"天性"性格也是其成为"上上人物"的重要依据。

"至性"的含义需要参照"至"字解释。《康熙字典》解释：至，极也。⑤ 侧重于一种极限状态。"至性"侧重于对"性"本身的程度问题，即将"性"发挥至极限状态，"至"指"性"的极限，"性"意味着能够自然地将内在表达出来，"至性"意味着内在的自然呈现到了一个极限状态。金圣叹以"至性"评点人物，意思是人物的言行是对人物内在自然的呈现，而且这种自然程度达到极致，尽最大可能自然呈现，不带有任何的矫饰。"偏至之性

---

①《第五才子书施耐庵水浒传》，见［清］金圣叹著，陆林辑校整理：《金圣叹全集》（白话小说卷），凤凰出版社 2016 年版，第 775 页。

②《第五才子书施耐庵水浒传》，见［清］金圣叹著，陆林辑校整理：《金圣叹全集》（白话小说卷），凤凰出版社 2016 年版，第 795 页。

③《第五才子书施耐庵水浒传》，见［清］金圣叹著，陆林辑校整理：《金圣叹全集》（白话小说卷），凤凰出版社 2016 年版，第 939 页。

④《第五才子书施耐庵水浒传》，见［清］金圣叹著，陆林辑校整理：《金圣叹全集》（白话小说卷），凤凰出版社 2016 年版，第 281 页。

⑤《康熙字典》（标点整理本），上海辞书出版社 2007 年版，第 970 页。

又深涵于情性中,使情性成为区分人的主要标志。"① 参照金圣叹用"至性"评点李逵。李逵在宋江下牢狱后"不吃酒",早晚在牢里服侍寸步不离,金圣叹认为这是其"至性人可敬可爱"的体现。② 李逵探母回山后诉说娘被虎吃一事"流下泪来",金圣叹认为这写出李逵"至人至性"。③ 李逵对柴进说道:"我便走了,须连累你。"金圣叹认为李逵说的话是"至性人语"。④ 李逵的性格特点、为人处世是一种自然的流露,是对自我内在真实状态的真实呈现,而且没有任何矫饰和虚假造作。金圣叹对与李逵言行类似的燕青也有"至性"的评语。燕青解救卢俊义后说道:"我背着主人去",金圣叹认为"遂宛然李铁牛身分者,至性所发,固当不谋而合也"。⑤ 燕青所说的话和李逵的身份相似,因二者都体现忠诚的一面,而且都是"至性",都是内在的完整的自然呈现且没有矫饰。

---

① 田艳芳:《论"偏至之性"说对中国古代性格理论的意义》,陕西师范大学硕士学位论文,2016年,第8页。

② 《第五才子书施耐庵水浒传》,见〔清〕金圣叹著,陆林辑校整理:《金圣叹全集》(白话小说卷),凤凰出版社2016年版,第708页。

③ 《第五才子书施耐庵水浒传》,见〔清〕金圣叹著,陆林辑校整理:《金圣叹全集》(白话小说卷),凤凰出版社2016年版,第796页。

④ 《第五才子书施耐庵水浒传》,见〔清〕金圣叹著,陆林辑校整理:《金圣叹全集》(白话小说卷),凤凰出版社2016年版,第938页。

⑤ 《第五才子书施耐庵水浒传》,见〔清〕金圣叹著,陆林辑校整理:《金圣叹全集》(白话小说卷),凤凰出版社2016年版,第1119页。

本章小结

金圣叹在评点《水浒传》人物性格时着重从个性、复杂性和自然性的角度分析。人物的个性往往通过具备某一种共同性格的多个人物各自具有其性格的独特性、二人共处一传性格相互衬托体现出来；性格的复杂性体现在一个人物身上有其主导性格和非主导性格；性格的自然性意味着人物的性格是自然呈现的。

第三章　人物形象论

　　金圣叹在评语中研究了人物形象的塑造，他主要从人物的兵器、心理活动、人物与人物之间的对比来分析人物形象的塑造。兵器是《水浒传》众多人物不可或缺的物件，不同的兵器对应不同的人物气质、身份、名声等。同时人物的心理活动也会塑造人物的出身、身份、性格、即时状态、行为等。人物与人物之间的对比也有助于塑造人物形象，通过描写次要人物来塑造主要人物形象，两个相对立的人物形象可以相互"形击"、"激射"，最终凸显双方形象。

第一节　用兵器塑造人物形象

　　将兵器和人物形象联系起来在文学作品中由来已久。《史记·项羽本纪》记载："汉有善骑射者楼烦，楚挑战三合，楼烦辄杀之。

项王大怒，乃自被甲持戟挑战。"①项羽的人物形象和兵器"戟"相得益彰。在唐代的诗歌中就有很多将兵器和人物形象联系起来的作品，王维《赠裴旻将军》："腰间宝剑七星文，臂上雕弓百战勋。见说云中擒黠虏，始知天上有将军。"②顾况《赠韦清（一作青）将军》："身执金吾主禁兵，腰间宝剑重横行。接舆亦是狂歌者，更就将军乞一声。"③"刀和剑的发展集中体现了唐文化特点，剑灵活潇洒的特点展现出了唐文人心目中的侠客形象，刀刚毅顽强的精神则映照出那些渴望驰骋疆场、励志报国的将士。"④兵器刻画着人物形象。金圣叹认为《水浒传》中的兵器与人物的气质、身份、名声密切相关。"《水浒传》中的武器符号被公认的成就是……承担起塑造人物形象的使命。"⑤在《水浒传》中许多好汉都有兵器，兵器的持有者在和兵器长期的配合中达到一种和谐的状态，人物与兵器和谐相处的过程也是兵器塑造人物形象的过程。金圣叹在评点小说中林冲买刀、杨志卖刀两个故事情节时他提出"宝刀为即豪杰之替身"，他将兵器和人物形象联系起来，他说：

① [汉] 司马迁撰：《史记》，中华书局 1959 年版，第 328 页。

② 王维：《赠裴旻将军》，见 [清] 彭定求等编：《全唐诗》，中州古籍出版社 2008 年版，第 602 页。

③ 顾况：《赠韦清（一作青）将军》，见 [清] 彭定求等编：《全唐诗》，中州古籍出版社 2008 年版，第 1353 页。

④ 张云云、储冬叶：《唐诗中的"刀光剑影"》，《汉字文化》2022 年第 2 期，第 72—75 页。

⑤ 黄祎：《金庸武侠小说中的武器符号研究》，苏州大学硕士学位论文，2018 年，第 13 页。

今观《水浒》之写林武师也，忽以宝刀结成奇彩；及写杨制使也，又复以宝刀结成奇彩。夫写豪杰不可尽，而忽然置豪杰而写宝刀，此借非非常之才，其亦安知宝刀为即豪杰之替身，但写得宝刀尽致尽兴，即已令豪杰尽致尽兴者耶。且以宝刀写出豪杰，固已；然以宝刀写武师者，不必其又以宝刀写制使也。今前回初以一口宝刀照耀武师者，接手便又以一口宝刀照耀制使，两位豪杰，两口宝刀，接连而来，对插而起，用笔至此，奇险极矣。①

金圣叹用对比的方法评点林冲和杨志，他认为均是豪杰与刀的故事。在金圣叹看来宝刀"照耀"着林冲和杨志，"宝刀为即豪杰之替身，但写得宝刀尽致尽兴，即已令豪杰尽致尽兴者耶"。评语的意思是小说通过写兵器来塑造人物形象。整体上看，《水浒传》中的兵器"服务于人物形象刻画这一根本需求"，"兵器也可以说是类型化英雄形象的延伸和补充，是对梁山英雄武术精神的一种另类阐释"。②

兵器对人物形象的塑造体现在以下方面：其一，兵器衬托人物的气质。不同人物应该有不同的气质，人物的气质有其相对应的兵器，兵器衬托人物气质，在小说中人物使用的兵器和人物的气

---

① 《第五才子书施耐庵水浒传》，见［清］金圣叹著，陆林辑校整理：《金圣叹全集》（白话小说卷），凤凰出版社 2016 年版，第 236 页。

② 黄一帆：《对〈水浒传〉中武术英雄人物及其所持兵器的特征探析》，河南大学硕士学位论文，2017 年，第 46 页。

质相辅相成。《水浒传》中"人物性格中男性气质这个维度与武器特点之间关系最密切",① "兵器的造型、重量、使用技巧等必与人物特征匹配"。② 例如,金圣叹认为小说"写花荣,文秀之极",③ 花荣的形象是"文秀"的儒将形象。花荣绰号"小李广",花荣的主要兵器是弓箭,小说写花荣一箭分开双戟的过程是"左手去飞鱼袋内取弓,右手向走兽壶中拔箭搭上箭,拽满弓,觑着豹尾绒绦较亲处,飕的一箭,恰好正把绒绦射断"。这段文字在金圣叹看来是"分外耀艳语"。④ 花荣梁山射雁的过程是"花荣便问他讨过一张弓来,在手看时,却是一张泥金鹊画细弓,正中花荣意,急取过一枝好箭"然后射中大雁,金批:"花荣妙箭,安肯以寻常之弓试哉!文人所以必用妙笔,美人所以必须妙镜也。"⑤ 花荣两次射箭所用的器具都是非常之物,飞鱼袋、走兽壶、泥金鹊画细弓等都是极具高雅的器具,只有这样才能衬托出花荣"文秀"的人物形象。这就好比妙笔衬托文人、妙镜衬托美人一样,人物形象需要相对应的物件衬托。再如,鲁达离开五台山时跨了戒刀,提了禅杖,"过往人看了,果然是个莽和尚。"金批:"亦在过往人眼中看出莽和尚

---

① 周烁方:《金庸武侠小说中武器意象的研究》,北京林业大学硕士学位论文,2012年,第39页。

② 王凌:《中国古代小说的兵器书写》,《西安工业大学学报》2018年第6期,第662—668页。

③《第五才子书施耐庵水浒传》,见〔清〕金圣叹著,陆林辑校整理:《金圣叹全集》(白话小说卷),凤凰出版社2016年版,第596页。

④《第五才子书施耐庵水浒传》,见〔清〕金圣叹著,陆林辑校整理:《金圣叹全集》(白话小说卷),凤凰出版社2016年版,第630页。

⑤《第五才子书施耐庵水浒传》,见〔清〕金圣叹著,陆林辑校整理:《金圣叹全集》(白话小说卷),凤凰出版社2016年版,第639页。

三字来。"①评语的意思是戒刀和禅杖有助于塑造鲁达"莽和尚"的
气质。小说还有意在禅杖上多用笔墨,比如,鲁达在桃花庄上说:
"你们众人不信时,提俺禅杖看",庄客提不动,金圣叹评:"为禅
杖出色写。"②众位泼皮看见禅杖都道:"两臂没水牛大小气力,怎
使得动!"金批:"特地将禅杖在此处喝采一番,便觉前后皆精神
百倍。"③重点写禅杖的沉重,衬托出鲁达武艺高强的"莽和尚"
气质。

其二,兵器"照耀"人物身份。在《水浒传》中随着故事情节
的进展人物的身份随之变化,人物的兵器"照耀"着人物的身份
状态。例如,整个杨志卖刀的过程"一路写杨志软顺,并无半点刚
忿,止为英雄失路一哭"。④从宝刀无人识货到宝刀被牛二粗鲁对
待,整个卖刀的过程"照耀"出杨志落魄将门子弟的身份。杨志卖
刀时将宝刀上"插了草标儿"两个时辰无人问津,金圣叹认为"宝
刀上加草标二字,辱没杀人,才德之士,而必借容羔雁,亦此四
字矣"。⑤"人们的生存焦虑与兵器想象结合催生了宝贝兵器这一特

①《第五才子书施耐庵水浒传》,见〔清〕金圣叹著,陆林辑校整理:《金圣叹全集》(白
话小说卷),凤凰出版社 2016 年版,第 129 页。
②《第五才子书施耐庵水浒传》,见〔清〕金圣叹著,陆林辑校整理:《金圣叹全集》(白
话小说卷),凤凰出版社 2016 年版,第 137 页。
③《第五才子书施耐庵水浒传》,见〔清〕金圣叹著,陆林辑校整理:《金圣叹全集》(白
话小说卷),凤凰出版社 2016 年版,第 167 页。
④《第五才子书施耐庵水浒传》,见〔清〕金圣叹著,陆林辑校整理:《金圣叹全集》(白
话小说卷),凤凰出版社 2016 年版,第 241 页。
⑤《第五才子书施耐庵水浒传》,见〔清〕金圣叹著,陆林辑校整理:《金圣叹全集》(白
话小说卷),凤凰出版社 2016 年版,第 240 页。

殊的文学意象。"①杨志的祖传宝刀见证了杨家的丰功伟绩，也见证了杨志的郁郁不得志，宝刀跟随主人或者战场搏杀，或者无用武之地。宝刀的境遇也是刀主人的境遇，宝刀在杨志手中需要加草标才能被人赏识，这与才德之士需要借助羔雁等礼物才能受到重用类似。宝刀照耀杨志，宝刀加草标"照耀"杨志不被赏识，英雄无用武之地。遇见牛二时，"牛二抢到杨志面前，就手里把那口宝刀扯将出来"，金批："就手扯出，非所以待宝刀也，然豪杰失路往往遭此矣，宝刀不能哭，其奈之何哉！"②宝刀被扯出的动作表面上看是说牛二难识宝刀，实际上刻画了与宝刀相关联的杨志不受待见的英雄失路形象。再如，兵器及其相关的招式同样"照耀"人物的身份，林冲和洪教头比试武艺，两人都曾是枪棒教头，所以用棒作兵器。同时兵器的招式照耀着洪、林二人不同的身份。洪教头"把棒来尽心使个旗鼓，吐个门户，唤做'把火烧天势'"。金批："棒势亦骄愤之极。"③"把火烧天"四字说明人物内心怒火中烧，这个招式塑造了洪教头傲慢性急的教头身份。林冲"横着棒，使个门户，吐个势，唤做'拨草寻蛇势'"。金批："棒势亦敏慎之至。"④"拨草寻蛇"四字说明人物内心谨慎细致，这个招式塑造了林冲谨慎敏感

---

① 王凌：《中国古代小说的兵器书写》，《西安工业大学学报》2018 年第 6 期，第 662—668 页。

② 《第五才子书施耐庵水浒传》，见［清］金圣叹著，陆林辑校整理：《金圣叹全集》（白话小说卷），凤凰出版社 2016 年版，第 241 页。

③ 《第五才子书施耐庵水浒传》，见［清］金圣叹著，陆林辑校整理：《金圣叹全集》（白话小说卷），凤凰出版社 2016 年版，第 203 页。

④ 《第五才子书施耐庵水浒传》，见［清］金圣叹著，陆林辑校整理：《金圣叹全集》（白话小说卷），凤凰出版社 2016 年版，第 203 页。

的囚徒身份。

其三，兵器是人物名声的"替身"。由于人物本身名声在外，人物的兵器又随着人物的影响力而传播，于是就有了见兵器如见本人的情况，兵器就成为人物名声的代替物。这些兵器甚至被传奇化，"成为某些英雄人物性格的延伸和补充，甚至成为塑造他们鲜活形象的一部分"。[①] 小说写"李逵探母"时遇见李鬼"手里拿着两把板斧"，金批："令人忽思江州时打扮"，[②] 在金圣叹看来板斧本身就是构成李逵这个人物形象的重要因素。李逵遇见李鬼假扮自己劫道时，说道："匝耐道无礼，在这里夺人的包裹行李，坏我的名目，学我使两把板斧！"金批："李逵爱名目，兼爱其板斧，是以君子爱品节，兼爱其羔雁也。"[③] 评语同样说明了板斧和李逵名目的关系，在小说中板斧就意味着李逵的名声，李逵爱惜自己的名声，所以不愿看到有人学他使板斧。李逵下山遇见焦挺，焦挺怀疑李逵的真假，李逵道："你不信，只看我这两把斧。"金批："人闻李逵，乃至闻其板斧；李逵自信，乃至自信板斧，写得妙绝。"[④] 评语的意思是小说中人对李逵形象的直接认识就是他的兵器"板斧"，而李逵本人也以自己的板斧为荣，认为板斧可以代表自己。"从一件令人

---

① 李碧晴：《明后期神魔小说中的兵器、法宝研究》，湖南师范大学硕士学位论文，2015年，第63页。

② 《第五才子书施耐庵水浒传》，见［清］金圣叹著，陆林辑校整理：《金圣叹全集》（白话小说卷），凤凰出版社2016年版，第777页。

③ 《第五才子书施耐庵水浒传》，见［清］金圣叹著，陆林辑校整理：《金圣叹全集》（白话小说卷），凤凰出版社2016年版，第778页。

④ 《第五才子书施耐庵水浒传》，见［清］金圣叹著，陆林辑校整理：《金圣叹全集》（白话小说卷），凤凰出版社2016年版，第1188页。

印象深刻的兵器背后，就能窜出一个活生生的人物形象，这也就是历代评点大家所说的'人刀俱活'或'人枪合一'。"①

上述三类情况都是直接用兵器塑造人物的气质、身份、名声。有些时候小说还会借助古人兵器塑造人物。兵器成为历史人物的"相关配备"，林保淳先生指出："所谓'相关配备'，指的是经常伴随于'人物'出现，几近于足以成为人物象征的相关物件，如一提及孙悟空、关云长，则'金箍棒'与'青龙偃月刀'必然同时出现；后者虽是武器，但已成为前者的象征，高明的作家，通常不会轻易放过此二者间的联系。"②《水浒传》中有些人物形象是仿照其他文艺作品中历史人物形象来塑造的，因此历史人物运用的兵器也会被应用到《水浒传》中的人物身上，而这些兵器自然成为塑造人物形象的最佳要素。这些兵器具备了"形貌指向"，"使用工具武器和奇异武器的大多数人物一般都在形貌上异于普通武人"，③而与历史上相似兵器拥有者相貌相近。例如，对影山吕方、郭胜出场时都介绍自己使用方天画戟，一个叫"小温侯"吕方，一个叫"赛仁贵"郭盛，金圣叹分别在二人的自我介绍之后评："一个古人。"④吕方使用方天画戟表明他"爱学吕布为人"，郭胜使用方天画戟表

① 牟彪:《〈水浒传〉中兵器描写文本功能之考述》,《现代语文》(学术综合版)2014年第7期，第24—25页。

② 林保淳:《古典小说中的类型人物》(台北：里仁书局2003年版)，转引自王凌:《中国古代小说的兵器书写》,《西安工业大学学报》2018年第6期，第662—668页。

③ 黄祎:《金庸武侠小说中的武器符号研究》,苏州大学硕士学位论文，2018年，第41页。

④《第五才子书施耐庵水浒传》,见［清］金圣叹著，陆林辑校整理:《金圣叹全集》(白话小说卷)，凤凰出版社2016年版，第631页。

明他学习薛仁贵打扮（一身白袍）。二人的方天画戟将人物塑造成
为类似古人的形象。小说塑造"病尉迟"孙立的形象是参照历史人
物尉迟恭的形象，比如"落腮（络腮）胡须"，"八尺以上身材"，
"虎眼竹节钢鞭"，金圣叹在这些文字后评："是尉迟。"① 这些要素
都是构成人物形象的基本要素。其中的"虎眼竹节钢鞭"就是以兵
器塑造人物形象。又如，小说在塑造"双鞭"呼延灼的形象时写
道："骑一匹御赐踢雪乌骓，使两条水磨八棱钢鞭，真似呼延赞"，
金批："借一古人画出呼延。"② 这里的古人指的就是北宋名将呼延
赞，即艺术作品中"铁鞭呼延赞"。此处小说用"两条水磨八棱钢
鞭"等基本要素"画出"了呼延灼的人物形象。此外，"大刀"关
胜"生得规模与祖上云长相似，使一口青龙偃月刀"，不仅面相与
关羽相似，而且兵器也和关羽一样，金圣叹认为"画出一名士"。③
《水浒传》参考《三国演义》中关羽的艺术形象来塑造关胜的形象。
《三国演义》中关羽相貌："身长九尺，髯长二尺；面如重枣，唇若
涂脂；丹凤眼，卧蚕眉。"④《水浒传》中关胜相貌："八尺五六身躯，
细细三柳髭须，两眉入鬓，凤眼朝天；面如重枣，唇若涂朱。"⑤

---

①《第五才子书施耐庵水浒传》，见［清］金圣叹著，陆林辑校整理：《金圣叹全集》（白
　话小说卷），凤凰出版社2016年版，第890页。
②《第五才子书施耐庵水浒传》，见［清］金圣叹著，陆林辑校整理：《金圣叹全集》（白
　话小说卷），凤凰出版社2016年版，第990页。
③《第五才子书施耐庵水浒传》，见［清］金圣叹著，陆林辑校整理：《金圣叹全集》（白
　话小说卷），凤凰出版社2016年版，第1136页。
④［明］罗贯中著，［清］毛宗岗评改：《三国演义》，上海古籍出版社1989年版，第7
　页。
⑤《第五才子书施耐庵水浒传》，见［清］金圣叹著，陆林辑校整理：《金圣叹全集》（白
　话小说卷），凤凰出版社2016年版，第1136页。

《三国演义》中关羽的兵器是"青龙偃月刀",《水浒传》中关胜绰号"大刀","青龙偃月刀"强化了关胜"与祖上云长相似"的艺术形象。

第二节　用心理活动塑造人物形象

中国古代小说心理描写的最大特点是"通过白描手法将心理活动呈现在读者面前,亦即将人物的心理变化外化为看得见、感觉得到的语言、神态、动作变化"。[①]人物的心理活动往往与人物的出身、身份、性格、即时状态、行为等要素密不可分,因此小说通过对人物的心理描写来塑造人物形象。心理活动对人物形象的塑造包括两类:一是单独的心理活动塑造人物形象;二是心理活动与人物动作或人物主导性格相结合塑造人物形象。

一、用单独的心理活动塑造人物形象

心理活动反映人物的出身。人物的出身在人物的言行举止中往往会打下深深的烙印。《水浒传》中的杨志本是三代将门之后、五侯令公之孙,杨志出场时已是没落将门子弟。将门世家的形成是北宋出于边境需要"不得已采取的权宜之法,但其'重文轻武'、'以文御武'的基本国策却从来没有改变,'将门'现象也只是表面显

---

① 张蕾:《明清古典小说心理描写艺术初探——以〈金瓶梅〉、〈红楼梦〉为例》,《社会科学家》2007 年 11 月增刊(S2),第 221-222 页。

赫却无实际根基的一种假象。"① 即便如此，小说中没落处境中杨志的三次心理活动同样能够反映他将门之后的身份。一是杨志在王伦劝其留在梁山时心中思量："王伦劝俺，也见得是，只是洒家清白姓字，不肯将父母遗体来点污了，指望把一身本事，边庭上一枪一刀，博个封妻荫子，也与祖宗争口气；不想又吃这一闪！"② 金圣叹认为杨志心中所想"洒家清白姓字"就是"杨家语"，"博个封妻荫子，也与祖宗争口气"也是"杨家语"。杨志的传记可以结合中国古代小说史上的"家将小说"分析，"家将小说""以演义体形式歌颂了家族群体对于皇室的忠烈"③ 和对家族的孝。杨志出身将门，所以杨志认为自己是清白姓字。但是杨志本人没有功业，所以渴望疆场立功封妻荫子，疆场立功体现杨志对于皇室的"忠"，封妻荫子与祖宗争气体现他对家族的"孝"。这些心理活动都符合他作为一个将门之后的人物形象。二是杨志在东京城盘缠使尽后寻思道："只有祖上留下这口宝刀，从来跟着洒家。如今事急无措，只得拿去街上，货卖得千百贯钱钞，好做盘缠，投往他处安身。"④《水浒传》此处的叙事中金银"成为后来所生故事的'伏脉'"。⑤ 杨志盘

① 张帆：《简述北宋"祖宗家法"下的"将门"现象——以"折家将"为例》，《黑龙江史志》2014年第10期，第40—42页。

②《第五才子书施耐庵水浒传》，见〔清〕金圣叹著，陆林辑校整理：《金圣叹全集》（白话小说卷），凤凰出版社2016年版，第240页。

③ 刘怀堂：《道著与情衰：中国古典小说的忠孝书写》，《江汉论坛》2015年第11期，第94—99页。

④《第五才子书施耐庵水浒传》，见〔清〕金圣叹著，陆林辑校整理：《金圣叹全集》（白话小说卷），凤凰出版社2016年版，第240页。

⑤ 李桂奎：《〈水浒传〉的"财欲"叙事及其结构形态》，《水浒争鸣》2009年第00期，第350—366页。

缠用尽，才有了后文"杨志卖刀"的故事。杨志迫于生计用家传宝刀换得银两的想法符合金圣叹所说的"天汉桥下英雄失路"的人物形象。三是杨志在丢失生辰纲后曾经打算在黄泥冈下跃身一跳寻短见，但又寻思道："爹娘生下洒家，堂堂一表，凛凛一躯。自小学成十八般武艺在身，终不成只这般休了？"金批："杨志语。"① 此处杨志心中想的是自己一身的武艺不能就此寻了短见。这体现了杨志不愿埋没自己才能的想法，符合杨志没落将门之后的人物形象。

心理活动反映人物的即时状态。在第八回，林冲遇见柴进和洪教头的三次"寻思"体现了林冲"英雄失路"的形象。《水浒传》中人物发配的故事表现了"封建恶势力逼得英雄失路的悲剧"以及"被压抑、被摧残的悲惨境遇"。② 林冲在发配途中的心理活动反映了他英雄失路的"被压抑、被摧残"的状态，林冲戴罪之身寄人篱下的状态使林冲生出了卑微、谨小慎微、敏感的心理特质，由此产生的一系列心理活动才塑造了林冲"英雄失路"的形象。一是林冲刺配沧州途中在柴进庄外遇见衣着华贵、众人簇拥的柴进时，"林冲看了寻思道：'敢是柴大官人么？'又不敢问他，只肚里踌躇"。金圣叹认为林冲和柴进"本是一色人物，只因身在囚服，便于贵游之前，不复更敢伸眉吐气，写得英雄失路，极其可怜"。③ 林冲只是

---

① 《第五才子书施耐庵水浒传》，见［清］金圣叹著，陆林辑校整理：《金圣叹全集》（白话小说卷），凤凰出版社 2016 年版，第 312 页。

② 郑春元：《失路英雄回归旧路的惨烈悲剧——〈水浒〉主旨蠡测》，《十堰大学学报》1992 年第 3 期，第 40—46 页。

③ 《第五才子书施耐庵水浒传》，见［清］金圣叹著，陆林辑校整理：《金圣叹全集》（白话小说卷），凤凰出版社 2016 年版，第 198 页。

在心中猜测遇见之人可能是柴进，只能在心中"踌躇"。这里的心理活动体现出林冲戴罪之后遇见权贵进而产生的谨小慎微的表现，这符合林冲英雄失路的形象。二是林冲遇见洪教头时，洪教头"歪戴着一顶头巾，挺着脯子，来到后堂"，林冲寻思道："庄客称他做教师，必是大官人的师父。"于是急忙躬身拜见，金圣叹评："写林冲"。同样作为教头，民间教头的生活处境使之养成"一般通性，小气、悭吝、浮躁"，[①]而作为官方教头的林冲在发配途中的心理活动反而谨小慎微。林冲寻思的过程和之后急忙躬身的举动表现了林冲卑微的态度，这和林冲英雄失路的形象相符。三是柴进让林冲和洪教头较量枪棒，林冲自肚里寻思道："这洪教头必是柴大官人师父，我若一棒打翻了他，柴大官人面上须不好看。"金批："写林冲。"[②]金圣叹认为"寻思"的过程"写林冲"，评语"写"字是说林冲的心理活动有助于塑造林冲的形象。林冲考虑到了洪教头是柴进的师父，顾及柴进的面子所以不能一棒打翻洪教头。整个"寻思"的过程体现林冲谨小慎微的心理特质，这符合林冲英雄失路的形象。

心理活动反映人物的身份。不同的人物身份思考问题的角度是不同的，金圣叹认为小说写王伦的内心活动非常符合秀才的形象。这一点从林冲、杨志、晁盖等人上梁山时王伦的心理活动就

---

① 黄季鸿：《〈水浒传〉中的教头》，《明清小说研究》2010 年第 1 期，第 108—118 页。
② 《第五才子书施耐庵水浒传》，见［清］金圣叹著，陆林辑校整理：《金圣叹全集》（白话小说卷），凤凰出版社 2016 年版，第 201 页。

可以看出。一是林冲上梁山落草时，王伦有一系列心理活动，小说写道：

> 王伦动问了一回，蓦然寻思道："我却是个不及第的秀才，因鸟气合着杜迁来这里落草，续后宋万来，聚集这许多人马伴当。我又没十分本事，杜迁、宋万武艺也只平常。如今不争添了这个人，他是京师禁军教头，必然好武艺。倘着被他识破我们手段，他须占强，我们如何迎敌？不若只是一怪，推却事故，发付他下山去便了，免致后患。只是柴进面上却不好看，忘了日前之恩。如今也顾他不得！"①

王伦对于林冲落草持有疑忌的态度，他担心林冲反客为主强占梁山，又担心拒绝林冲而折了柴进的面子。金圣叹认为小说"接手便写王伦疑忌，此亦若辈故态，无足为道"。②"若辈"指王伦本是落第秀才，尽管王伦从落第秀才转变为梁山头目，但其身上仍然具有秀才的底色。金圣叹通过对人物性格的纵向挖掘，即人物性格中的"历史继承性、延续性"③来评点王伦猜疑、嫉贤妒能的性格特质塑造了王伦落第秀才的人物形象。二是杨志上梁山后，王伦招

---

① 《第五才子书施耐庵水浒传》，见 [清] 金圣叹著，陆林辑校整理：《金圣叹全集》（白话小说卷），凤凰出版社 2016 年版，第 231 页。

② 《第五才子书施耐庵水浒传》，见 [清] 金圣叹著，陆林辑校整理：《金圣叹全集》（白话小说卷），凤凰出版社 2016 年版，第 223 页。

③ 丛远东：《王伦形象面面观及其美学价值》，《南京师大学报》（社会科学版）1992 年第 1 期，第 97—100 页。

待杨志，酒至数杯，王伦心里想道："不如我做个人情，并留了杨志，与他（林冲）作敌。"金批："写秀才经济可笑。"①可笑之处在于王伦试图留下杨志牵制林冲，使二者之间达到平衡，"已经落草为寇"却"拿读书人的思路来解决问题"，②这种想法写出了王伦想法简单、经邦济世能力浅薄，有力地塑造了秀才的形象。需要特别说明的是《水浒传》中王伦的秀才形象"仅是被讽刺的儒生，却非全书'有心贬抑儒家'的典型"。③三是晁盖等七人劫生辰纲打败官军后上梁山提出落草，王伦同样有一些心理活动，小说写"王伦听罢，骇然了半晌，心内踌躇，做声不得，自己沉吟，虚作应答"。金圣叹认为这五句话"活写出秀才"。④其中"心内踌躇"、"自己沉吟"分别是"里边写一句"，即人物的心理活动。王伦的心理活动体现他遇事不够果断、犹豫不决的心理特质，这些特质有力地塑造了秀才的形象。

二、用心理活动与动作、性格结合塑造人物形象

心理活动与人物的行为举动相结合塑造人物形象。小说中"鲁达拳打镇关西"前后两次心理活动和鲁达的行为举动相结合才塑造

---

① 《第五才子书施耐庵水浒传》，见［清］金圣叹著，陆林辑校整理：《金圣叹全集》（白话小说卷），凤凰出版社 2016 年版，第 238 页。

② 黄森林：《浅析〈水浒传〉中王伦的人物形象》，《传奇·传记文学选刊》（理论研究）2010 年第 10 期，第 31—32 页。

③ 杜贵晨：《水浒传的"儒家"底色——〈水浒传〉"贬抑儒家"吗？》，《南都学坛》2020 年第 6 期，第 43—48 页。

④ 《第五才子书施耐庵水浒传》，见［清］金圣叹著，陆林辑校整理：《金圣叹全集》（白话小说卷），凤凰出版社 2016 年版，第 354 页。

了鲁达"粗人偏细"的形象,"鲁智深虽然经常做事武断莽撞,但是性格中丝毫不乏细腻的一面"。[①] 例如,在小说第二回中鲁达得知金翠莲的遭遇后放走金翠莲父女二人之后的心理活动就能体现鲁达粗中有细的人物形象,"鲁达寻思恐怕店小二赶去拦截他",在店中坐了两个时辰,"约莫金公去得远了"才起身去找镇关西,金圣叹认为这个寻思的过程体现出鲁达"粗人偏细"的形象。[②] 鲁达帮助金氏父女离开时对店小二动武,这可以体现出鲁达粗鲁的一面,但在金氏父女离开后,鲁达能考虑到店小二可能拦截,所以自己在店中坐了两个时辰给金氏父女逃走争取时间,这一心理活动能够体现鲁达细心的一面,整个过程将鲁达"粗人偏细"的形象展现出来。再如,小说写鲁达在三拳打死镇关西之后有一番心理活动,这同样有助于塑造鲁达"粗人偏细"的形象,鲁达寻思道:"俺只指望打这厮一顿,不想三拳真个打死了他。洒家须吃官司,又没人送饭,不如及早撒开。"金批:"写粗人偏细,妙绝。"[③] 此处鲁达打死镇关西的举动体现他粗鲁的一面,但在打死人后又想到可能会吃官司因此决定撤离的心理活动体现了鲁达心细的一面,整个过程展现了鲁达"粗人偏细"的形象。从上述两段写鲁达的心理活动可以看出,鲁达的心理活动都是在他动武之后才有一番"寻思"。动武体现鲁

---

① 吴立源:《〈水浒传〉中鲁智深形象研究》,渤海大学硕士学位论文,2018 年,第 46—47 页。

②《第五才子书施耐庵水浒传》,见 [清] 金圣叹著,陆林辑校整理:《金圣叹全集》(白话小说卷),凤凰出版社 2016 年版,第 95 页。

③《第五才子书施耐庵水浒传》,见 [清] 金圣叹著,陆林辑校整理:《金圣叹全集》(白话小说卷),凤凰出版社 2016 年版,第 98 页。

达粗鲁的一面，两番"寻思"体现鲁达"细"的一面，合二为一体现鲁达"粗人偏细"的形象。行为举动表现的人物形象特质和心理活动表现的人物形象特质相对立、形成反差。

　　心理活动与人物的主导性格相结合塑造人物形象。小说塑造的人物往往有其主导性格，"无论人物性格是怎样丰富复杂，人物性格还具有相对的稳定性"。① 比如，李逵的主导性格就是粗鲁、蛮横，粗鲁、蛮横之人如果有心理活动就会塑造出一个带有喜剧化的"妙人"形象。李逵和戴宗寻访公孙胜时，小说写"李逵半夜砍杀罗真人"前后有几次"寻思"的过程。金圣叹认为这体现出李逵"妙人"的形象。李逵寻思道："却不是干鸟气么？你原是山寨里人，却来问甚么鸟师父！我本待一斧砍了，出口鸟气；不争杀了他，却又请那（哪）个去救俺哥哥？"又寻思道："明朝那厮又不肯，不误了哥哥的大事？我只是忍不得了。"金批："李逵又有寻思之日，李逵又有寻思两遍之日，都是妙人奇事。""只是忍不得，一似李逵又有忍得之日，妙人奇事。"② 在金圣叹看来，李逵"寻思"这一举动本身就值得玩味，在小说中李逵是一个粗鲁之人，李逵有寻思的过程，本身就体现出了喜剧化的人物形象。同时就"寻思"的内容而言，李逵心想自己"忍不得，一似李逵又有忍得之日"，同样体现出了喜剧化的形象。李逵发现自己没有杀掉罗真人后，寻

---

① 缪小云：《金圣叹小说人物性格理论探微》，扬州大学硕士学位论文，2003年，第6页。

② 《第五才子书施耐庵水浒传》，见［清］金圣叹著，陆林辑校整理：《金圣叹全集》（白话小说卷），凤凰出版社2016年版，第960页。

思:"那厮知道我要杀他,却又鸟说!"金批:"偏奸猾,妙人。"[①]李逵寻思的内容是以己度人,体现出奸猾的一面,但是由于李逵本人粗鲁的性格,所以他心理活动中奸猾的一面与粗鲁的性格相映衬反而体现出李逵"妙人"的形象。

第三节　用人物之间的衬托塑造人物形象

人物的形象还有赖于其他人物的衬托。恩格斯说:"把各个人物用更加对立的方式彼此区别得更加鲜明些。"[②]鲁迅说:"优良的人物,有时候是要靠别种人来比较、衬托的,例如上等与下等,好与坏,雅与俗,小器与大度之类。没有别人,即无以显出这一面之优,所谓'相反而实相成者',就是这。"[③]金圣叹在评点《水浒传》时也提出通过人物之间的对比衬托塑造人物形象,它包括两类:人物之间有主次之分,通过描写次要人物来衬托主要人物形象;人物之间不分主次,两个人物前后相随"形击"、"激射"之后塑造出人物形象。

通过描写次要人物来衬托主要人物形象。次要人物的传记"依

---

① 《第五才子书施耐庵水浒传》,见〔清〕金圣叹著,陆林辑校整理:《金圣叹全集》(白话小说卷),凤凰出版社 2016 年版,第 962 页。

② 吕德申主编:《马克思主义文论选》(第四卷),高等教育出版社 1992 年版,第 389页。

③ 鲁迅:《且介亭杂文·论俗人应避雅人》,人民文学出版社 1973 年版,第 171 页。

附或潜藏于主要人物的传记中，并与那些主要人物一起构成"[①]整部小说。次要人物衬托主要人物分为两类：一是正面衬托，这种衬染表明次要人物和描写对象有共同点。即着重描写次要人物的某一特点以此衬染描写对象的某一特点。例如，金圣叹认为小说写武松认罪后县、府两地的官吏百姓周全武松的仗义行为是为了衬染武松的形象。小说写武松认罪后，上户之家资助银两、送酒食钱米，管下的士兵相送酒肉，府尹将"武松的长枷换了一面轻罪枷枷了下在牢里"，"武松下在牢里，自有几个士兵送饭"，陈府尹哀怜武松仗义派人看觑他，节级牢子不要他钱把酒食给他吃，陈府尹将卷宗改判轻了派心腹去京师替武松干办。从这一系列文字可以看出县、府两地的官吏百姓都在周全武松。金圣叹认为官吏百姓都在周全武松"写出义烈感人"，将武松周围的人物写得为人仗义。但是这并不是作者的初衷，小说的目的是用周围人物的仗义衬染武松的形象。这种写法"常被用于具有相似或相近性质、特征的两种以上描写对象间，使其中主要描写对象的性质、特征更加鲜明突出，从而能达到更为强烈的表现效果"。[②]金圣叹认为"此篇写武松既写得异常，则写四边人定不得不都写得异常。譬如画虎者，四边草木都须作劲势，不然，便衬不起也。不知文者，竟漫谓难得陈文昭，真痴人说

① 叶楚炎：《诸葛天申、宗姬原型人物考论——兼论〈儒林外史〉中次要人物的叙事意义》，《江苏师范大学学报》（哲学社会科学版）2018 年第 3 期，第 16—24 页。
② 饶卿：《古文中"正衬"笔法的价值体现》，《焦作大学学报》2021 年第 1 期，第 26—28 页。

梦矣"。① 评语的意思是小说写阳谷县众人周全武松，是为了通过众人的表现衬染武松的形象。只有将县、府两地的官吏百姓都塑造成仗义的形象才能更好地衬染武松的形象。这就好比画虎，老虎出没的环境中草木都有"劲势"，如此更加衬染出老虎的气势。再如，小说写花荣与宣赞对阵，花荣一箭射去被宣赞用刀隔开，金圣叹说："写宣赞者，非止写宣赞也，写宣赞所以写关胜也。古有之云：'欲知其人，先看所使。'但极写宣赞，便已衬出关胜来也。"② 评语的意思是要想了解一个人，先观察他使用的人。一个人物的形象可以从相关人物身上得到衬托。宣赞可以凭借自己的武艺隔开花荣之箭，这说明宣赞武艺高强。宣赞又是作为关胜的副将上阵的，由此可以看出关胜也是武艺超群的将领。二是反面衬托，即"染叶衬花之法"。通过描写"叶"来衬托"花"，叶与花的颜色是不一致的，颜色反差越大，越能凸显描写对象。"选取具有对立、相反的性质特点的客体来衬托主体事物，达到服务主体、突出主体的目的。"③ 金圣叹以绘画艺术中的衬染法来分析小说中的人物塑造，在文学创作中衬染者的形象和描写对象反差越大，越能凸显描写对象。"主要人物的性格特征总是在与众多的人物（包括次要人物）的关系

① 《第五才子书施耐庵水浒传》，见［清］金圣叹著，陆林辑校整理：《金圣叹全集》（白话小说卷），凤凰出版社 2016 年版，第 505 页。

② 《第五才子书施耐庵水浒传》，见［清］金圣叹著，陆林辑校整理：《金圣叹全集》（白话小说卷），凤凰出版社 2016 年版，第 1141—1142 页。

③ 饶卿：《古文中"正衬"笔法的价值体现》，《焦作大学学报》2021 年第 1 期，第 26—28 页。

中显现出来的。"① 例如，卢俊义率领人马路遇梁山人马，小说写众车夫躲在车子底下，金圣叹认为"勤勤描写众人，皆染叶衬花之法"。② 金圣叹的意思是此处运用的就是描写"叶"来衬托"花"的写法，通过描写卢俊义随行的车夫惊恐的表现衬托出卢俊义英雄的形象。再如，小说写二龙山头目邓龙是和尚还俗做强盗，而金圣叹认为这"衬出英雄削发做和尚来，故知此语非表邓龙脚色，乃作鲁达渲染也"。③ 这里的渲染指的是用次要人物的身份衬染主要人物的遭遇。邓龙和尚还俗做强盗衬染鲁达英雄出家做和尚的人生遭遇。

有些时候人物之间不分主次，两个人物前后相随"形击"、"激射"之后塑造出人物形象。金圣叹认为小说通过"形击"法塑造人物。金圣叹在《读第五才子书法》中提出"形击"法：

> 只如写李逵，岂不段段都是妙绝文字，却不知正为段段都在宋江事后，故便妙不可言。盖作者只是痛恨宋江奸诈，故处处紧接出一段李逵朴诚来，做个形击。其意思自在显宋江之恶，却不料反成李逵之妙也。此譬如刺枪，本要杀人，反使出一身家数。④

① 吴柏森：《"染叶衬花"及其他——析金圣叹关于〈水浒〉次要人物描写的评论》，《水浒争鸣》1987 年 00 期，第 316—328 页。
② 《第五才子书施耐庵水浒传》，见［清］金圣叹著，陆林辑校整理：《金圣叹全集》（白话小说卷），凤凰出版社 2016 年版，第 1095 页。
③ 《第五才子书施耐庵水浒传》，见［清］金圣叹著，陆林辑校整理：《金圣叹全集》（白话小说卷），凤凰出版社 2016 年版，第 315 页。
④ 《第五才子书施耐庵水浒传》，见［清］金圣叹著，陆林辑校整理：《金圣叹全集》（白话小说卷），凤凰出版社 2016 年版，第 32 页。

　　"形"指外形、形象，"击"指击打，意思是主动向对象施加影响。评点中的"形击"就是塑造出一个形象去主动对另一个形象施加影响（碰撞）。此处的"击"体现出两个形象之间发生强烈的对照关系，而且这种对照具有强烈的指向性。"'形击写人'是中国古代小说家们创作的一个有意识的传统。"①"形击"法的前提是"形击"双方的人物处于同一篇传记中，而且两个形象本身分庭抗礼（身份上可以有主仆、主从之分）。评语中提出写李逵的文字"段段都在宋江事后"，作者在写宋江的文字后"处处紧接出一段李逵"的文字。宋江李逵共处一传构成了"宋江——李逵"式的人物组合，这在明清小说中成为常见的形态，这种组合表现为性格上的互补、身份上的主从关系、文本中对立统一式的有机结合。②具体到正文中，在第三十七回《及时雨会神行太保　黑旋风斗浪里白条》中，金圣叹评点："宋江处处以银子为要务，李逵却初入书便是借钱，作者特特将两人写在一处，中间形击真假，笔笔妙绝。"③小说将宋江和李逵写在一个章回中，这是二者产生"形击"的前提。形击法"使此人物在反衬彼人物中显示出此人物的神韵风

---

① 袁惠苹：《论中国古代小说的"一男双美"人物配列》，《厦门广播电视大学学报》2010年第2期，第61—67页。

② 张艳：《"宋江—李逵"式人物组合的意义阐释》，《延安大学学报》（社会科学版）2015年第6期，第85—89页。

③《第五才子书施耐庵水浒传》，见［清］金圣叹著，陆林辑校整理：《金圣叹全集》（白话小说卷），凤凰出版社2016年版，第680页。

采，强调写好用来衬托的人物形象"。①"形击"过程中涉及的双方
都会在此过程中凸显自身的形象，让两个形象在相互"对击"的过
程中都更加鲜明。作者为了将宋江奸诈的形象展现出来，特意塑造
李逵朴诚的形象去"形击"宋江的奸诈。整个过程中李逵是"形
击"的发起者，宋江是"形击"的接受者，"形击"目的是凸显宋
江的形象，但在这个过程中也凸显了李逵的形象。

金圣叹评语中的"形击"法涉及人物的语言、行为的形击。其
一，语言上的"形击"包括：一是"形击"双方的语言前后"紧
接"。例如，小说写宋江道："军师言之极当；今日小可权当此位，
待日后报仇雪恨已了，拿住史文恭的，不拘何人，须当此位。"黑
旋风李逵在侧边叫道："哥哥休说做梁山泊主，便做个大宋皇帝你
也肯！"金圣叹评："每每宋江一番权诈后，便紧接他大哥一番直遂
以形击之，妙不可言。"宋江的语言之后紧接着李逵之语点破。二
人的语言在形式上紧密衔接，一人说出之后，另外一人紧随其后
点破以"形击"，由此产生"妙"的效果。二是"形击"双方的语
言内容相对立。比如，宋江道："倘蒙将军不弃微贱，就为山寨之
主。"董平答道："小将被擒之人，万死犹轻。若得容恕安身，已为
万幸！若言山寨为主，小将受惊不小。"对此，金圣叹评宋江之语：
"欺董平乎？欺卢俊义乎？"也就是说他认为宋江说的是欺诈之语，
而对于董平之语他认为是"庄语"，金圣叹认为小说"特将山寨之

---

① 何红梅：《清代〈红楼梦〉评点中的水浒人物——李逵和宋江》，《明清小说研究》
2023 年第 3 期，第 169—186 页。

主四字作庄语相对，以形击宋江也"。① 欺诈之语和庄语在内容上是相对立的。其二，行为上的"形击"体现为相同行为包含不同的含义。比如，在小说中卢俊义夫人和燕青两人都有送别流泪的行为，李固带领车仗离开，林娘子流泪。卢俊义离开，燕青流泪。金圣叹评："写娘子昨日流泪，今日不流泪也，却恐不甚明显，又特地紧接燕青流泪，以形击之，妙笔妙笔。"② 这里采用的"形击"法需要结合《春秋》中"叙事微用笔著"笔法，"孔氏著《春秋》，隐桓之间则章，至定哀之际则微，为其切当世之文而罔褒，忌讳之辞也"。③ 通过细微的叙事体会人物的好恶。金圣叹认为卢娘子和燕青二人都有流泪的行为，但二人流泪背后的内涵不同，卢娘子流泪说明她和李固有私情；燕青流泪说明他对主人卢俊义忠心，一个不忠、一个忠。

金圣叹在评语中还会采用"激射"这个词表明两个形象之间的碰撞。"'形击'强调的是作者的感情倾向，'激射'强调的是对比双方的张力。"④ "激射"有喷射、冲击的意思，人物之间的"激射"是指一个人物身上具备的特质冲击着另一个人物。金圣叹认为李逵、宋江两个人物形象相互"激射"。其一，李逵、宋江二人对待忠孝的行为相"激射"。金圣叹认为小说"写李逵口中并不说忠说

①《第五才子书施耐庵水浒传》，见［清］金圣叹著，陆林辑校整理：《金圣叹全集》（白话小说卷），凤凰出版社 2016 年版，第 1223 页。

②《第五才子书施耐庵水浒传》，见［清］金圣叹著，陆林辑校整理：《金圣叹全集》（白话小说卷），凤凰出版社 2016 年版，第 1092 页。

③［汉］司马迁撰：《史记》，中华书局 1959 年版，第 2919 页。

④ 陈果安：《金圣叹小说理论研究》，湖南师范大学出版社 1994 年版，第 286 页。

孝，而忽然发心服侍宋江，便如此寸步不离，'激射'宋江日日谈忠说孝，不曾伏侍（服侍）太公一刻也"。① 宋江时刻标榜自己的忠孝之行，但却不曾服侍宋太公。而李逵口中不说孝顺却在实际行动中践行，"其取娘陡然一念，实反过于宋江取爷百千万倍"。② 李逵、宋江二人对待忠孝的行为相互"激射"。其二，李逵、宋江二人处世过程中对待银子的态度相互"激射"。《水浒传》通过"钱财"镜照人性的美丑，再现世情百态。③ 金圣叹认为在宋江和李逵二人的章回中，宋江和李逵两人因为银子而产生的一系列活动相互"激射"。一是宋江和李逵对待银子的不同态度可以相互"激射"。金圣叹认为小说"写宋江则以银子为其生平，写李逵则以银子视同儿戏，笔墨激射，令人不堪"。宋江看重银子，李逵不看重银子。二是宋江和李逵在钱财方面对待他人的态度也产生"激射"。金圣叹评："上文宋江猜戴宗必为五两银，故自家下来；此文李逵猜主人不惜十两银，故径来告借。写两个人，一个纯以小人待君子，一个纯以君子待小人，其厚其薄，天地悬隔，笔墨激射，令人不堪。"宋江看重银子，所以以为戴宗也是谋求钱财；李逵不看重银子，所以以为店主人也不看重银子。三是宋江和李逵在钱财方面对待他人的态度截然不同，相互"激射"。李逵认为宋江重视银子和宋江本

---

① 《第五才子书施耐庵水浒传》，见［清］金圣叹著，陆林辑校整理：《金圣叹全集》（白话小说卷），凤凰出版社 2016 年版，第 708—709 页。
② 《第五才子书施耐庵水浒传》，见［清］金圣叹著，陆林辑校整理：《金圣叹全集》（白话小说卷），凤凰出版社 2016 年版，第 753 页。
③ 李桂奎：《〈水浒传〉的"财欲"叙事及其结构形态》，《水浒争鸣》2009 年第 00 期，第 350—366 页。

人的实际行为"激射"。李逵认为"没一文做好汉请他（宋江）"，金圣叹认为"没一文便做不得好汉，此宋江一路来所以独做成好汉也"，李逵之语恰恰说出了宋江以银子为生平，所以李逵与宋江"激射"。

本章小结

金圣叹在评语中着重论述了上述几类塑造人物形象的方法，评语中对人物形象塑造的论述涉及了人物的外在装扮和内在心理等多个维度，同时还涉及了人物与人物之间的对比。可以说金圣叹从多角度、多方面来发掘人物形象的塑造，他的人物形象塑造理论丰富了小说评点史上的人物论。

下篇　叙事论

　　小说在叙事过程中如何将事件呈现出来是需要小说家精心安排经营的。明清评点家在评点小说时其中一个重要方面就是围绕小说的叙事进行评点。金评本之前的《容与堂本水浒传》评语中已经出现"叙事"字眼，袁无涯《水浒传》评本中提出"叙事养题"这一较深层次的理论命题。金圣叹主要围绕叙事节奏、叙事角度、叙事笔法等评点《水浒传》的叙事。在评语中，金圣叹提出"急事用缓笔"、"顿、接"、"横云断山"等术语用以探讨叙事节奏的减缓、停顿和截断。金圣叹从限知和全知两个角度评点《水浒传》的叙事角度，并在评语中探讨人物限知角度、叙述者全知角度的类型和作用。此外，他还指出作者有时会将人物角度和叙述者角度结合起来，最终形成一半人物、一半叙述者相结合的叙事角度。金圣叹分别从小说事件起始、事件进程、事件结尾以及事件之间的衔接等方面评点《水浒传》的叙事笔法。金圣叹还论述了事与文的关系，一方面，他将"事"放在了"文"的从属地位，认为"事"是构成"文"的材料，出于作"文"的目的可以虚构"事"。另一方面，他将"事"放在与"文"同等的地位，认为"文"可以为"事""作引"，同时"事"也可以"生发""文"，"文"、"事"二者在文本进程中可以互相推动。

第四章　叙事节奏论

　　音乐、舞蹈、文学都讲究对节奏的控制，"节奏是一切艺术的灵魂"。[①]音乐旋律的缓急、舞蹈动作的快慢都是借助节奏的变化获得审美效果。文学概莫能外，清代学者刘大櫆认为："文章最要节奏，譬之管弦繁奏中，必有希声窈渺处。"[②]金圣叹同样关注文学作品的叙事节奏，他对《水浒传》叙事节奏的论述主要分为三个层面：叙事节奏的减缓、叙事节奏的停顿、叙事节奏的截断。叙事节奏的减缓指的是叙述急事时故意采用缓笔写出，有意减缓文本的叙事节奏。叙事节奏的停顿是一种短暂性的打断，它指的是文木在叙事进程中出于节制笔墨和故事内容情理的需要出现节奏上的"跌顿"。叙事节奏的长时间截断指的是文本在叙事进程中采用"横云断山"法在连续几个回目或同一个回目中插入与叙事内容相去甚远的内容，内容的变化引起叙事节奏的变化。

---

① 郝铭建主编:《朱光潜美学文集》(第 2 卷)，上海文艺出版社 1982 年版，第 110 页。
② [清] 方东树著，汪绍楹点校:《昭昧詹言》(卷一)，人民文学出版社 1961 年版，第 24 页。

第一节 叙事节奏减缓："急事用缓笔"

金圣叹认为小说写急事的办法一般有两种，一是写急事少用笔，这是一般文人作文之法，这种方法可以快速将急事叙述完毕。另一种是《水浒传》作者采用的办法，他与一般文人作文之法相反，写急事多用笔。金圣叹提出："写急事不得多用笔，盖多用笔则其事缓矣。独此书不然，写急事不肯少用笔，盖少用笔则其急亦遂解矣。"[①]金圣叹主张的是叙述急事的过程中通过多用笔来减缓行文的叙事节奏。它不仅可以给读者造成着急、惊吓的心理感受，还可以给文本带来奇幻、诡谲的艺术效果。

"急事用缓笔"涉及了叙事的"进速"和本事的"进速"问题，两者的"进速"可以保持一致，也可以相反相违。叙事与本事的"进速"保持一致，那是情节本身的节奏。叙事与本事的"进速"相反相违，那是叙述的节奏。[②]"急事用缓笔"就是有意减缓叙述的节奏。金圣叹在评语中针对江州劫法场、徐宁丢失保甲等急事作出评点，他认为《水浒传》在叙述这两件急事时采用的就是多用笔来减缓叙事节奏。同时金圣叹认为小说在细节叙事中采用忙中用闲笔来减缓叙事节奏。

---

①《第五才子书施耐庵水浒传》，见［清］金圣叹著，陆林辑校整理：《金圣叹全集》（白话小说卷），凤凰出版社 2016 年版，第 716 页。

② 陈果安：《金圣叹小说理论研究》，湖南师范大学出版社 1994 年版，第 223 页。

《水浒传》中江州法场问斩宋江、戴宗可称为"急事",但作者非但没有少用笔使其快快结束,却多用缓笔使事件难以很快结束。参照金圣叹对小说中江州问斩宋江戴宗一篇文字的评点:

> 乃此偏写出早辰(晨)先着地方打扫法场;饭后点士兵刀仗刽子;巳牌时分……此一段是牢外众人打扮诸事,作第一段。次又写扎宋江、戴宗,各将胶水刷头发……此一段是牢里打扮宋、戴两人,作第二段。次又写押到十字路口,用枪棒团团围住……此一段是宋、戴已到法场,只等监斩,作第三段。次又写众人看出人,为未见监斩官来,便去细看两个犯由牌……此一段是监斩已到,只等时辰,作第四段。使读者乃自陡然见有"第六日"三字便吃惊起,此后读一句吓一句,读一字吓一字,直至两三页后,只是一个惊吓。①

按照金圣叹的评语,"急杀人事,偏又写得细"。法场问斩本是非常"急"的事,但文本却用很详细的笔墨将问斩之前的文字从总体上分为四段,"牢外众人打扮诸事"、"牢里打扮宋、戴两人"、"宋、戴已到法场,只等监斩"、"监斩已到,只等时辰"等四段文字一一写出。写急事多用缓笔,"在制造悬念的时刻,减缓可以起

---

①《第五才子书施耐庵水浒传》,见〔清〕金圣叹著,陆林辑校整理:《金圣叹全集》(白话小说卷),凤凰出版社 2016 年版,第 716—717 页。

到放大镜那样的作用"，①在整段叙事进程中，从牢营之外到牢营之内再到法场，叙事空间发生了很大的转换，叙事的对象大大增加。"小说对形貌衣着、居室陈设、周边环境、人物心理的描写越来越精细，停顿的使用也就越来越多，作品的叙事密度大大增加。这样一来，故事时间大大缩短，但文本篇幅却没有减少，叙事的节奏自然是明显放慢。"②在整段文字的评点中，金圣叹多次用"越急杀人"、"偏要细写"等字眼说明叙事之"急"和用笔之"细"。小说甚至两遍描写梁山泊救援的好汉，对此金圣叹评："写如此匆忙事，偏板板下东西南北四字，却又偏板板用两遍，而又能不见其板板，偏见其匆忙，见其笔力过人处。"③正是"缓笔"的存在大大减缓了原有的叙事节奏。而且急、缓之间形成反差，"急"与"缓"相互衬托使行文的叙事节奏显得更加缓慢。

《水浒传》叙述徐宁丢失宝甲之后家人反应的文字中同样采用了"缓"笔。丢失保甲本身属于急事，但叙事的过程却"缓处极缓"。参照原文内容以及金圣叹对原文的评点：

　　娅嬛（原文写法，即"丫鬟"）急急寻人去龙符官报徐宁，连央了三四替人，（定忙处极忙极。）都回来说道："金枪班直

①［荷兰］米克·巴尔：《叙述学·叙事理论导论》，谭君强译，北京师范大学出版社2015年版，第98页。
② 苗怀明：《〈红楼梦〉的叙事节奏及其调节机制》，《曹雪芹研究》2017年第1期，第61—71页。
③《第五才子书施耐庵水浒传》，见［清］金圣叹著，陆林辑校整理：《金圣叹全集》（白话小说卷），凤凰出版社2016年版，第726页。

随驾内苑去了，（写缓处缓极。）外面都是亲军护御守把，谁人能够入去！（缓处缓极。）直须等他自归。"（缓处缓极。）徐宁娘子并两个娅嬛（原文写法，即"丫鬟"）如"热鏊上蚂蚁"，走头（原文写法，应为"投"）无路，不茶不饭，慌做一团。（写忙处忙极。）

　　徐宁直到黄昏时候，（写缓处缓极。）方才卸了衣袍服色，着当值的背了，（缓处缓极。）将着金枪，慢慢家来；（缓处缓极。）到得班门口，邻舍说道：（偏写邻舍说，表出家中嚷做一片。）"娘子在家失盗！等候得观察不见回来。"①

　　丢失保甲之后丫鬟派人报知徐宁不成，娘子和丫鬟走投无路、茶饭不思等内容都体现出事情之"急"。但是文本却在叙述急事的同时写徐宁随驾、黄昏慢慢回家，这些内容都是作者有意写出的缓笔。叙事进程中有"忙处忙极"，也有"缓处缓极"，忙与缓交错出现，使行文叙事的节奏发生了变化。金圣叹评语中指出小说叙事有六处"缓处缓极"使得原本的叙述急事的节奏变缓。

　　小说评点家除了用"急事"与"缓笔"等字眼来表达叙事节奏放缓以外，还用忙和闲来表示叙事节奏放缓。比如，张竹坡提出："读《金瓶》当看其手闲事忙处。子弟会得便许作繁衍文字。"② 金

<hr>

① 《第五才子书施耐庵水浒传》，见［清］金圣叹著，陆林辑校整理：《金圣叹全集》（白话小说卷），凤凰出版社 2016 年版，第 1008 页。

② ［清］张竹坡：《金瓶梅读法》，见朱一玄编：《金瓶梅资料汇编》，南开大学出版社1985 年版，第 223 页。

圣叹在评点中也会用"百忙中有此闲笔"的术语来探讨小说叙事节奏放缓的问题。"百忙中"一般指的是行文进程中叙述的事件是极忙的事，闲笔"就是在叙述主线故事时，用点缀、穿插的手段，叙述一些小的事件，打破叙事的单一性，使不同的节奏、不同的气氛互相交织"。[①]"忙事""闲笔"和"急事""缓笔"的内涵基本一致。叙事的过程极忙、极杂，但作者偏偏在繁忙的叙事中夹入一些与正叙事的内容无关的描写，这就使得行文内容多出了许多笔墨，整个叙事过程中对这些人物的描写使得行文节奏不再像原有的节奏那样紧凑，反而变得很"闲"。闲笔虽然对故事情节的发展没有起到直接性的作用，但是却"规定着矛盾冲突情节的发展节奏"。[②]忙事中用闲笔意味着叙事节奏的放缓。以鲁提辖拳打镇关西这个故事中的叙事为例，叙事过程本是围绕鲁达和镇关西郑屠展开，但是小说叙事过程中却用了一定的笔墨描写周围的人物，比如，小说在买肉的主顾、店小二、邻舍、火家、过路人等人身上用笔，"那店小二那（哪）里敢过来，连那正要买肉的主顾也不敢拢来"。金批："又夹叙一句店小二，又增出一句买肉的，奇不可言。"[③]"众邻舍并十来个火家，那（哪）个敢向前来劝"，金批："百忙中偏又要夹入店

---

① 叶朗：《〈红楼梦〉中的"闲笔"》，《曹雪芹研究》2020 年第 4 期，第 73—78 页。
② 郭慧杰：《〈金瓶梅词话〉"闲笔"艺术论》，《河南理工大学学报》（社会科学版）2018 年第 2 期，第 80—84 页。
③《第五才子书施耐庵水浒传》，见［清］金圣叹著，陆林辑校整理：《金圣叹全集》（白话小说卷），凤凰出版社 2016 年版，第 97 页。

小二，却反先增出邻舍火家陪之，笔力之奇矫不可言。"① "两边过路的人都立住了脚，和那店小二也惊得呆了。" "两边看的人惧怕鲁提辖，谁敢向前来劝。"金批："百忙中偏要再夹一句。"② 对于这些夹写的内容，金圣叹认为同样能够达到"闲"的效果，他说："百忙中处处夹店小二，真是极忙者事，极闲者笔也。"③ "闲"笔的内容在叙事上舒缓了原有的节奏。本来的叙事是非常繁忙的，但是小说在叙事进程中夹入了一些内容，原有的"忙"就会因为夹入的内容具备"闲"的效果。类似这种繁忙的叙事中夹入内容的例子，还有"林冲棒打洪教头"这个故事。在整个叙事中"又如洪教头入来时，一笔要写洪教头，一笔又要写林武师，一笔又要写柴大官人，可谓极忙极杂矣。乃今偏于极忙极杂中间，又要时时挤出两个公人，心闲手敏，遂与史迁无二也"。④ 这些都是在繁忙的叙事中夹入一些内容。再如，"三打祝家庄"后，小说写："扈成见局面不好，投马落荒而走，弃家逃命，投延安府去了；后来中兴内也做了个军官武将。"金批："百忙中有此闲笔。"⑤ 小说介绍戴宗出场时提到大宋官制，这些内容都是由正在叙事的内容延伸出来的内容，减缓了

①《第五才子书施耐庵水浒传》，见〔清〕金圣叹著，陆林辑校整理：《金圣叹全集》（白话小说卷），凤凰出版社 2016 年版，第 97 页。

②《第五才子书施耐庵水浒传》，见〔清〕金圣叹著，陆林辑校整理：《金圣叹全集》（白话小说卷），凤凰出版社 2016 年版，第 98 页。

③《第五才子书施耐庵水浒传》，见〔清〕金圣叹著，陆林辑校整理：《金圣叹全集》（白话小说卷），凤凰出版社 2016 年版，第 97 页。

④《第五才子书施耐庵水浒传》，见〔清〕金圣叹著，陆林辑校整理：《金圣叹全集》（白话小说卷），凤凰出版社 2016 年版，第 191 页。

⑤《第五才子书施耐庵水浒传》，见〔清〕金圣叹著，陆林辑校整理：《金圣叹全集》（白话小说卷），凤凰出版社 2016 年版，第 904 页。

原有的叙事节奏。

急事用缓笔应用于文本中给读者带来的阅读体验是强烈的，"既延长了读者的感受过程，又增添了阅读的紧张感，把读者的精力全部吸引到小说的情节中来，造成了强烈的审美效果"。① 急事用缓笔带来的影响：其一，使读者在阅读过程中期待遇挫由此产生"急杀"的心理体验。读者的阅读期待和文章的实际情况不一致的时候，阅读过程中出现了期待遇挫，这会带给读者"急杀"的心理体验，读者由此产生对作者感到"可恨"的情绪反应。以武松打虎故事为例，金圣叹认为在叙事过程中急事用缓笔的写法带给读者"急杀"的心理体验。武松在景阳冈上奔过乱林，读者就期待老虎出现，但作者偏偏写武松在大石上休息，武松几乎快要睡着了老虎才出现，金圣叹认为这种写法"使读者急杀"、"才子可恨"。② 文本此处有意使用缓笔写急事，吊动读者的情绪体验。评语中"才子可恨"并不是真的对创作者有批判之心，而是创作者叙述急事时故意放缓叙事节奏产生了"阻缓效应"，"阻缓"是节奏受阻挡或者停滞，使情节发展速度进行得很慢、不慌不忙，进而产生折磨的快感。③ 读者的阅读感官迟迟不能得到满足，所以才生出"才子可恨"的想法。评语的本意仍然是表达文本写急事用缓笔带给读者"急

---

① 张俊喜：《金圣叹小说评点的叙事学研究》，内蒙古师范大学硕士学位论文，2007 年，第 118 页。

②《第五才子书施耐庵水浒传》，见［清］金圣叹著，陆林辑校整理：《金圣叹全集》（白话小说卷），凤凰出版社 2016 年版，第 421 页。

③ "阻缓效应"是什克洛夫斯基在《散文理论》中提到的一个观点。转引自许丹：《金圣叹评点〈水浒传〉叙事结构研究》，广西师范大学硕士学位论文，2016 年，第 33 页。

杀"的心理体验。其二，使读者在阅读过程中产生长时间惊吓的感觉。在一些生死危急的事件中，叙事节奏越是故意放缓，越能带给读者"惊吓"的阅读感受。以江州问斩宋江、戴宗为例，小说详细写出问斩当日打扫法场、囚犯换衣服等细节，金圣叹指出这是小说有意在叙事过程中放缓行文的节奏，"偏是急杀人事，偏要故意细细写出，以惊吓读者"，[1] 到了法场之后并没有直接叙述劫法场的内容，"只等午时到矣，却不便接午时三刻四字，却反生出众人看犯由牌一段，如得恶梦，偏不便醒，多挨一刻，即多吓一刻。吾常言写急事，须用缓笔，正此法也"。[2] 读者不只是受到惊吓，而是受到长时间的惊吓。金圣叹"特别欣赏《水浒传》通过不同情调、不同风韵的情节穿插安排，形成急缓相间、悲喜相迭的，张弛变化的叙述节奏"。[3] 他以"恶梦"比喻，故意放缓的叙事节奏带给读者的感受好比是做噩梦时在惊吓中迟迟不能醒来的感觉。噩梦的时间越长，受到的惊吓越久。对于阅读过程中惊吓的心理体验，读者并不会排斥，相反读者会很乐意在阅读过程中体验这种惊吓的感觉，金圣叹认为"读者曰不然，我亦以惊吓为快活，不惊吓处，亦便不快活也"。[4] 惊吓会带给读者刺激的体验，读者会因为惊吓而产生"快

①《第五才子书施耐庵水浒传》，见［清］金圣叹著，陆林辑校整理：《金圣叹全集》（白话小说卷），凤凰出版社 2016 年版，第 723 页。

②《第五才子书施耐庵水浒传》，见［清］金圣叹著，陆林辑校整理：《金圣叹全集》（白话小说卷），凤凰出版社 2016 年版，第 724 页。

③ 韩慧芝：《哈斯宝与金圣叹之叙事思想比较——以叙事节奏为例》，《西部蒙古论坛》2015 年第 3 期，第 62—66、127 页。

④《第五才子书施耐庵水浒传》，见［清］金圣叹著，陆林辑校整理：《金圣叹全集》（白话小说卷），凤凰出版社 2016 年版，第 723 页。

活"的感官享受。

急事用缓笔的影响还体现在文本本身的艺术效果上。其一，叙事进程放缓而产生的节奏变化也会带来"妙"的艺术效果。小说中管营以柴大官人面皮为由将林冲发往草料场，金批："拨往草料场，陆谦来历也，却用柴大官人四字起，便将前文一齐放慢，后却陡然变现出来，妙绝妙绝。"①金圣叹认为这里管营说的话将前文林冲得知陆谦等人意欲加害后连日寻找之事放慢，后文陡然写出陆谦火烧草料场险害林冲，放慢前文叙事节奏，为后文叙事节奏突然变化铺垫，慢和快的交替产生了"妙"的艺术效果。其二，叙事节奏的变化还会带来"诡谲"的艺术效果。"诡谲"即奇异、难以捉摸。叙事节奏放缓有时会营造一种奇异、难以捉摸的艺术氛围。比如，李小二得知林冲被安排去看守草料场时，李小二和林冲的对话在金圣叹看来就具备"诡谲"的艺术气氛：

李小二道："这个差使又好似天王堂，（极力放慢，诡谲之极。）那里收草料时有些常例钱钞。往常不使钱时，不能够这差使。"林冲道："却不害我，倒与我好差使，正不知何意？"（极力放慢，诡谲之极。）李小二道："恩人，休要疑心。只要没事便好了。"（写得小二反有羞悔前日失言之意，极力放慢，

---

① 《第五才子书施耐庵水浒传》，见［清］金圣叹著，陆林辑校整理：《金圣叹全集》（白话小说卷），凤凰出版社 2016 年版，第 214 页。

诡谲之极。）①

李小二和林冲的对话"极力放慢"前文的叙事节奏，这是因为前文林冲因为从李小二处知晓陆谦等人意欲加害于是四处寻找之事使得行文叙事节奏自然加快，但此处二人的对话却"放慢"，这种节奏的变化本身就显得变化多端，难以捉摸，带来"诡谲"的艺术效果。

第二节　叙事节奏暂停："顿、接"

中国古代的艺术中注重顿挫之感，音乐中讲究"唱曲之妙，全在顿挫……如喜悦之处，一顿挫而和乐出，伤感之处，一顿挫而悲恨出"。②在舞蹈艺术中"停顿作为一种具有特殊'表情'效果的节奏手段，被众多舞者悉加运用"。③金圣叹在评点中提出叙事进程有时会短暂性地停顿，即叙事进程中会出现"跌、顿"的情况，然后又会重新"接"入原有的叙事节奏，这种节奏变换之法就是"顿、接"之法。

要探讨顿接之法，先要探讨叙事节奏出现停顿的原因。叙事节

---

①《第五才子书施耐庵水浒传》，见［清］金圣叹著，陆林辑校整理：《金圣叹全集》（白话小说卷），凤凰出版社 2016 年版，第 214 页。

②［清］徐大椿著：《乐府传声》，见中国音乐学院中国音乐研究所：《中国古代乐论选辑》，1961 年版，第 434 页。

③ 黄霖、李桂奎、韩晓等著：《中国古代小说叙事三维论》，上海世纪出版集团 2009 年版，第 468 页。

奏出现短暂性停顿的原因有两个：其一，笔墨节制的需要。文本为了避免连续出现同类型的内容，所以需要节制笔墨。文本采用的办法是有意在叙事进程中作一跌顿，使原有的叙事笔墨得到收敛。比如，江州劫法场后，宋江提出攻打无为军，晁盖道："我们众人偷营劫寨，只可使一遍，如何再行得？"对此，金圣叹评点道："非写晁盖心懒，亦非写其老成，盖止为才闹江州，便打无为，笔墨无节，便同戏事。故特向主军口中商量一句，以作文章一顿也。"[1]按照金圣叹的理解这里叙事进程"一顿"其实是出于行文的考量，假如"才闹江州，便打无为，笔墨无节，便同戏事"，为了使行文进程显得正式而非"戏事"，作者才安排晁盖说出这句话使行文"一顿"，由此产生叙事节奏的变化。其二，出于情理的需要，文本的叙事进程会出现跌顿，打断原本的叙事节奏。比如，李逵拉汤隆上山入伙，汤隆道："今晚歇一夜，明日早行。"金批："故作一折。"李逵提出自己有公孙胜相伴不可延迟，汤隆道："如何这般要紧？"金批："故作一折。"[2]针对这段叙事中汤隆两次说的话，金圣叹都以"故作一折"评点。这里的"一折"指的是汤隆所说的内容相对于正常的叙事进程发生了波折，由此造成了叙事节奏的变化。金圣叹认为出现这种"折"的情况从叙事的角度看也是必要的，他说："上午街头弄锤，下午随人落草，实是出奇之事，不得不作一

---

[1]《第五才子书施耐庵水浒传》，见［清］金圣叹著，陆林辑校整理：《金圣叹全集》（白话小说卷），凤凰出版社 2016 年版，第 734 页。

[2]《第五才子书施耐庵水浒传》，见［清］金圣叹著，陆林辑校整理：《金圣叹全集》（白话小说卷），凤凰出版社 2016 年版，第 971 页。

折。"① 也就是说出于情理上的考虑，才有了两次"一折"之说。汤隆所说的话其实使二人收拾东西立刻去梁山这件事显得更加合理。

　　叙事节奏的停顿包含两个方面：其一，原有的叙事节奏因为"跌顿"被打乱，这里侧重的是小说原有的叙事节奏如何中断的问题。文本中叙事节奏的跌顿主要有两种情况，一是故事情节被打断而造成叙事节奏的跌顿，它指的是"在行文过程中，特意切断情节发展，令情节节奏表现出先抑后扬的效果"。② 比如，金圣叹认为小说在叙述宋江在浔阳江上的遭遇时，叙事进程出现多次"跌"，叙事节奏也因为"跌"而被打断。浔阳江上宋江在危急之际芦苇中"忽然摇出一只船来"，金批："谓是一救，又是一跌，匪夷所思，奇至于此。"评语的意思是宋江等人在前有大江后有追兵的危难之际好不容易等来了一艘船，可称之为"一救"，但紧接着便是船上艄公谋财害命可称之为"一跌"，将前后叙事连接起来可以看出叙事节奏产生波折。上船之后艄公听见"包裹落舱有些好响声，心中暗喜"，金批："前跌犹轻，后跌至重。奇文险笔，使读者吃吓不尽。"③ 后一次"跌"相比前一次更"重"，也就是说造成的叙事节奏变化更明显。再如，金圣叹认为叙事进程的跌顿还体现在整个林冲和洪教头比武的叙事进程中，金圣叹认为这段叙事总共出

---

① 《第五才子书施耐庵水浒传》，见［清］金圣叹著，陆林辑校整理：《金圣叹全集》（白话小说卷），凤凰出版社 2016 年版，第 971 页。

② 丁亚苹：《金圣叹〈西厢记〉评点研究》，华中师范大学硕士学位论文，2022 年，第 62 页。

③ 《第五才子书施耐庵水浒传》，见［清］金圣叹著，陆林辑校整理：《金圣叹全集》（白话小说卷），凤凰出版社 2016 年版，第 665 页。

现三次"跌顿"，小说的叙事节奏随之变化。林冲和洪教头比武之前，先是洪教头要比试，柴进"说且吃酒，此一顿已是令人心痒之极"，洪教头要和林冲较量枪棒，按照正常的叙事逻辑，接下来应该是林冲应允，然后二人比试，但文本却是柴进以吃酒为由阻挡二人比试，叙事节奏至此是"一顿"。林冲和洪教头比武开始四五个回合后，林冲"跳出圈子，忽然叫住，曰除枷也"，林冲忽然以除枷为由停止比试，叙事节奏至此又是"一顿"。林、洪二人重新准备比试时，柴进"又忽然叫住，凡作三番跌顿，直使读者眼光一闪一闪，直极奇极恣之笔也"。①整段故事情节多次被打断，总共出现三次跌顿，叙事节奏三次被打断。二是出现故事情节内容以外的旁文。相对于故事本身来说，一切故事叙述之外的文字"都应该是'旁文'，都可以构成节奏停顿"。②比如，小说第三十七回叙述"及时雨会神行太保"的内容，介绍戴宗时写道：

> 说话的，那人是谁？便是吴学究所荐的江州两院押牢节级戴院长戴宗。那时，故宋时，金陵一路节级都称呼"家长"，湖南一路节级都称呼做"院长"。原来这戴院长有一等惊人的道术：但出路时，赍书飞报紧急军情事，把两个甲马拴在两只腿上，作起"神行法"来，一日能行五百里；把四个甲马拴在

①《第五才子书施耐庵水浒传》，见［清］金圣叹著，陆林辑校整理：《金圣叹全集》（白话小说卷），凤凰出版社2016年版，第191页。
②邓百意：《中国古代小说节奏论》，复旦大学博士学位论文，2007年，第110页。

腿上，便一日能行八百里。因此，人都称做神行太保戴宗。[①]

"停顿式节奏首先表现在一些固定套语的介入上"，[②]《水浒传》的书写模式受到宋元讲史的影响，"不断运用说话人的虚拟修辞策略"，[③] 在叙事模式上带有宋元说话的特点，例如"说话的，那人是谁？"，这段文字介绍戴宗及其个人技能，本属于文本故事叙述之内的内容，但是小说在其中插入了宋代金陵、湖南两路关于节级的称谓。插入的这句话在金圣叹看来属于"正叙事中偏有此闲笔"。[④] 闲笔的文字也可称为"旁文"，它的存在暂时打断了原本介绍戴宗的文本节奏，构成了叙事节奏的停顿。再如，小说第四十九回叙述的是梁山大军第三次大战祝家庄的过程，写道："李逵再轮（抢）起双斧，便看着扈成砍来。扈成见局面不好，投马落荒而走，弃家逃命，投延安府去了；后来中兴内也做了个军官武将。"[⑤] 李逵砍杀扈成，扈成逃跑的叙事属于文本故事以内的内容，但是小说在此处插入扈成投延安府后成为中兴武将，这些属于文本故事叙述之外的内容。它同样暂时打断了原本叙述李逵大杀扈家人马的文本节奏，

① 《第五才子书施耐庵水浒传》，见［清］金圣叹著，陆林辑校整理：《金圣叹全集》（白话小说卷），凤凰出版社 2016 年版，第 679—680 页。

② 赖力行、杨志君：《论明清历史小说的叙事节奏》，《中国文学研究》2012 年第 2 期，第 75—78 页。

③ 王德威：《想象中国的方法》，百花文艺出版社 2016 年版，第 81 页。

④ 《第五才子书施耐庵水浒传》，见［清］金圣叹著，陆林辑校整理：《金圣叹全集》（白话小说卷），凤凰出版社 2016 年版，第 680 页。

⑤ 《第五才子书施耐庵水浒传》，见［清］金圣叹著，陆林辑校整理：《金圣叹全集》（白话小说卷），凤凰出版社 2016 年版，第 904 页。

构成了叙事节奏的停顿。

其二，叙事节奏在被短暂性打断后，还需要及时将其与原有的叙事进程连接上。从叙事进程上来看，有"顿"就有"接"，"一顿"是打断原有的叙事节奏，"一接"是将打乱的叙事节奏重新接回正轨。金圣叹在评语中用"顿和接"、"一顿一扬"来表示叙事节奏变化中的被打断和重新连接的情况。例如，洪教头要和林冲较量武艺，柴进说待月上来再较量枪棒，吃过五七杯酒后，月上来了，柴进提出让两位较量枪棒。对此，金圣叹评："待月是柴进一顿，月上仍是柴进一接，一顿一接，便令笔势踢跳之极。"[1]从叙事节奏上看，假如没有柴进的待月之说，那么原有的叙事进程就会一路通顺，而柴进待月之说造成原有叙事进程"一顿"。而后再由柴进"一接"，"顿"和"接"的过程就是节奏变化的过程。林冲、洪教头较量枪棒的过程本是极忙极热的，但柴进叫住打断了二人的打斗，评语里的"顿"即是打断原有的叙事进程，而"接"则是在叙事进程被打断后重新连接回原有的进程。类似的评语还体现在金圣叹用"一顿一扬"来评点文本中王婆说风情的叙事，在王婆给西门庆说十分光这段叙事中，说完九分后"只欠一分光了便完就，这一分倒难"。金圣叹在这两句话后分别评点："忽然一顿"、"忽然一扬"，"一顿一扬，使读者茫然"。[2]顿和扬是相反的词汇，一顿一

---

① 《第五才子书施耐庵水浒传》，见［清］金圣叹著，陆林辑校整理：《金圣叹全集》（白话小说卷），凤凰出版社 2016 年版，第 201 页。

② 《第五才子书施耐庵水浒传》，见［清］金圣叹著，陆林辑校整理：《金圣叹全集》（白话小说卷），凤凰出版社 2016 年版，第 453 页。

扬涉及了叙事节奏的突转，"突转"指的是正在发生的事转向相反的方面，突然改变对正在发生的事物的态度。[①] "不同于稳定平衡的重复节奏和变化不定的自由节奏，突转是变异波动的。"[②] 当然这里的"顿"与"扬"也属于叙事节奏被打断和重新连接的情况。不论是"一顿一接"还是"一顿一扬"，小说的叙事节奏先是被打断，然后又被重新连接到原有的叙事进程中，整个过程构成了叙事节奏的变化。

叙事节奏短暂停顿带给读者的阅读体验包括以下方面：其一，带给读者情绪上的波动。这种暂歇式的写法"让读者产生审美的落差感"，"从一个节奏的中断到下一个节奏的开始，这样的停顿或者暂歇，使文章一起一跌、起伏不定、一波三折，给读者带来跌宕起伏的审美感受"。[③] 叙事节奏的跌顿本身就在读者的意料之外，叙事节奏跌顿后容易使故事情节跌宕起伏，读者也会随着情节的跌宕起伏而产生情绪上的波动。尤其是在惊险刺激的故事情节中，跌顿的叙事会加重读者情绪上的波动。金圣叹认为宋江在浔阳江上的遭遇这一篇文章的叙事中"节节生奇，层层追险。节节生奇，奇不尽不止；层层追险，险不绝必追"。宋江一共遭遇到了七次追击，"如投宿店不得，是第一追；寻着村庄，却正是冤家家里，是第二追；掇

---

① [苏联] 维·什克洛夫斯基:《散文理论》，刘宗次译，百花洲文艺出版社1994年版，第137页。

② 张柠:《论叙事的节奏和速度》，《四川大学学报》(哲学社会科学版)2022年第6期，第33—42页。

③ 许丹:《金圣叹评点〈水浒传〉叙事结构研究》，广西师范大学硕士学位论文，2016年，第36页。

壁逃走,乃是大江截住,是第三追;沿江奔去,又值横港,是第四追;甫下船,追者亦已到,是第五追;岸上人又认得梢公,是第六追;舡板下摸出刀来,是最后一追,第七追也"。① 主人公宋江"脱一虎机,踏一虎机",可谓离开龙潭又入虎穴,每一次追击从叙事节奏上看都是一次"跌顿"。"跌顿"有突然停顿的意思,但它比停顿程度更深。② 这一叙事节奏的变化使读者一边阅读,一边饱受惊吓,甚至"吓亦吓不及"。③ 读者在阅读过程中伴随着叙事节奏的多次跌顿而感受到了多次惊吓。金圣叹认为同样让读者感受到情绪上波动的叙事还有小说在叙述宋江在还道村被赵氏兄弟追赶,躲进庙中的神厨里的桥段。这段叙事跌宕起伏,赵氏兄弟进出庙中搜查,几次查看神厨,但又因种种无名恶风未能发现宋江。整个叙事进程变得具备了节奏感,叙事过程写得"一起一落,又一起又一落,再一起再一落",毫无疑问整篇文章在起和落之间造成了叙事节奏上的变化,它带给读者的阅读体验就是"读者本在书外,却不知何故一时便若打并一片心魂,共受若干惊吓者"。④ 读者跟随叙事节奏的起落感受到了"惊吓"。"节奏的停顿,使读者产生起伏跌宕的审美

---

① 《第五才子书施耐庵水浒传》,见〔清〕金圣叹著,陆林辑校整理:《金圣叹全集》(白话小说卷),凤凰出版社 2016 年版,第 659 页。

② 许丹:《金圣叹评点〈水浒传〉叙事结构研究》,广西师范大学硕士学位论文,2016年,第 35 页。

③ 《第五才子书施耐庵水浒传》,见〔清〕金圣叹著,陆林辑校整理:《金圣叹全集》(白话小说卷),凤凰出版社 2016 年版,第 659 页。

④ 《第五才子书施耐庵水浒传》,见〔清〕金圣叹著,陆林辑校整理:《金圣叹全集》(白话小说卷),凤凰出版社 2016 年版,第 752 页。

感受。"① 其二，让读者产生"心痒无挠处"的感觉。读者在阅读过程中随着行文的进展，逐渐适应了小说的叙事节奏，但是在有些地方节奏的"跌顿"意味着原来的叙事节奏被打乱，这种节奏的变化会对读者的阅读感官产生一定的影响。比如，柴进提出让林冲与洪教头较量枪棒，但随之又说："且把酒来吃着，待月上来也罢。"金圣叹认为柴进提出较量枪棒却反说吃酒"使读者心痒无挠处"。读者的心理原本已经适应柴进提出的较量枪棒的叙事，突然提出饮酒待月，那读者已经被调动起来的心情自然就急不可耐，只能是"心痒无挠处"。类似的情况还出现在王婆说风情一篇的叙事中，王婆依次说出正、反九分光，然后提出"只欠一分光了便完就，这一分倒难"。对此金圣叹评点道："上来一反一正，共有十八段，已近急口令矣。得此一顿一扬，政使文情入变，譬如画龙，鳞爪都具，而不点睛，直是令人痒杀。"② 小说连续写出九分光的文字，读者的阅读期待必然是急于知道第十分光是什么，但小说的叙事偏偏"一顿一扬"，打乱了原有的叙事节奏，读者自然会因为急于知道第十分光却被打乱而产生"痒杀"的心理感受。

---

① 许丹:《金圣叹评点〈水浒传〉叙事结构研究》，广西师范大学硕士学位论文，2016年，第35页。

② 《第五才子书施耐庵水浒传》，见［清］金圣叹著，陆林辑校整理:《金圣叹全集》（白话小说卷），凤凰出版社2016年版，第453页。

第三节　叙事节奏截断："横云断山法"

在金圣叹的评语中叙事节奏除了可以被放缓以及短暂性停顿外，还会被截断，即"横云断山"。"横云断山"本是中国古代绘画技法之一，北宋郭熙、郭思的《林泉高致·山水训》中提出："山欲高，尽出之则不高，烟霞锁其腰则高矣。"①它指的是绘画过程中通过云霞将山峰拦腰遮住显示山峰的高度。金圣叹将其引入小说评点中，指的是小说叙事中叙事节奏的截断。在《读第五才子书法》中他解释为：

> 横云断山法。如两打祝家庄后，忽插出解珍、解宝争虎越狱事；又正打大名城时，忽插出截江鬼、抽裹鳅谋财倾命事等是也。只为文字太长了，便恐累坠，故从半腰间暂时闪出，以间隔之。②

"横云断山"指的是在原有的叙事进程中插入一篇与叙事进程无关的内容，彻底截断原有的叙事进程。毛宗岗也有类似的提法，他提出小说"有宜于断者"，"《三国》一书，有横云断岭、横桥锁

---

① 俞丰译注：《林泉高致今注今译》，浙江人民美术出版社 2018 年版，第 44 页。
② 《第五才子书施耐庵水浒传》，见［清］金圣叹著，陆林辑校整理：《金圣叹全集》（白话小说卷），凤凰出版社 2016 年版，第 36 页。

溪之妙"。① 这里的叙事进程涉及"两个故事通常是没有必然因果联系并相对独立的两段情节"。② 正因此，原有的叙事进程被彻底打断后，相应的叙事节奏也就彻底改变。金圣叹在评语中列举的两个例子都是在连续几个回目的叙事中插入一个与原有叙事无关的章回去截断叙事节奏。小说在叙述攻打祝家庄和攻打大名城两个大事件时，在其中插入单个回目截断原有的叙事节奏。在攻打祝家庄的叙事中，小说写梁山大军三次攻打祝家庄的叙事横跨第四十六回至第四十九回，在第二次攻打祝家庄后插入一个与正在叙述的事件关联不大的回目，即第四十八回《解珍解宝双越狱　孙立孙新大劫牢》，这个回目打断了原有的叙事节奏。在攻打大名城的叙事中，小说写梁山大军攻打大名城的叙事横跨第六十二回至第六十五回，在《宋江兵打大名城　关胜议取梁山泊》《呼延灼月夜赚关胜　宋公明雪天擒索超》两个回目之后插入第六十四回《托塔天王梦中显圣　浪里白条水上报冤》，这个回目同样截断了原有的叙事节奏。

　　叙事节奏被插入的回目截断主要是通过以下两个方面的变化体现出来的：其一，叙事空间的变化。插入的回目"横云断山"截断了原有的叙事进程，截断和被截断的"两个文本段落所讲叙的是处于不同地点的相对独立的故事，二者之间并无必然的因果联系，或者说联系并不十分紧密"，叙事内容"从一个空间转移到另一个空

---

① 《读〈三国志〉法》，见［明］罗贯中著，［清］毛宗岗评改：《三国演义》，上海古籍出版社 1989 年版，第 10 页。
② 王丽文、高永革：《间隔之妙与疏离之美——〈红楼梦〉独特的叙事艺术》，《红楼梦学刊》2009 年第 4 期，第 147－162 页。

间，还能起到变换情境氛围与叙事节奏等作用"。[1]叙事空间的变化带动叙事节奏的变化。在攻打祝家庄的叙事过程中，从第四十六回《扑天雕两修生死书　宋公明一打祝家庄》到第四十七回《一丈青单捉王矮虎　宋公明二打祝家庄》，叙事进程是杨雄石秀在祝家庄惹出是非、石秀被捉、求助李家庄庄主李应、上梁山、宋江率领大军攻打祝家庄。整个叙事过程中故事的发生地基本围绕祝家庄及其周围的李家庄和扈家庄展开。但是到了第四十八回《解珍解宝双越狱　孙立孙新大劫牢》，故事讲述的是解珍解宝被陷害入牢营，孙立孙新营救，整个叙事进程中故事的发生地是登州府。到了第四十九回《吴学究双掌连环计　宋公明三打祝家庄》故事的发生地再次回到祝家庄。从中可以看出，插入的回目在叙事空间上从祝家庄直接跳跃到登州府，空间上发生了很大的变化。在攻打大名城的叙事进程中，第六十二回《宋江兵打大名城　关胜议取梁山泊》至第六十三回《呼延灼月夜赚关胜　宋公明雪天擒索超》两个回目的叙事进程是石秀和卢俊义身陷大名府、梁山泊攻打大名府、索超安营飞虎峪、大名府求救东京、关胜领兵攻打梁山泊解大名府之围、宋江回军收服关胜、飞虎峪擒索超。整个故事的发生地基本围绕大名府、梁山泊展开。但到了第六十四回《托塔天王梦中显圣　浪里白条水上报冤》，故事内容变成了张顺去江南建康府请神医安道全，故事的发生地从大名府、梁山泊突然转入江南建康府，叙事空

---

[1] 韩晓：《横云断山：古代小说叙事空间化的一种理论总结》，《水浒争鸣》2023 年 00 期，第 153—159 页。

间出现了很大的跳动。其二，叙事题材的变化。叙事进程中插入了新的回目"使得更多的人物或事件融入小说叙事进程，而且并非繁文缛节而是张弛有度，从而大大增加了小说叙事容量"，[①]由此带来了叙事题材的转变。叙事题材的转变也会带来相应的叙事节奏的转变，这是因为叙事题材有其相对应的叙事节奏，战场征伐之事的叙事节奏往往紧凑，江湖好汉的恩怨情仇往往需要交代前因后果，其叙事节奏相对来讲更加平缓。小说写梁山大军三次攻打祝家庄的叙事横跨第四十六回至第四十九回，梁山大军攻打大名城的叙事横跨第六十二回至第六十五回。这两个故事都是先用两个回目叙述相应事件，然后插入一个与之关联不大的回目，最后又回到原有的叙事上来。这两个叙事进程的前两个回目都是战场征伐之事，但是插入的回目突然由战场之事变成了绿林好汉的人物传记。在两次攻打祝家庄之后插入解珍、解宝、孙立、孙新等人的故事强行中断原有的叙事进程，金圣叹的评价是："如此风急火急之文，忽然一阁阁起，却去另叙一事"，[②]原有的战场征伐的叙事节奏"风急火急"，这个节奏被插入的回目强行打断。插入的回目由于叙述的是江湖好汉恩怨情仇，需要交代前因后果、人物关系，所以叙事节奏自然变得平缓。攻打大名府的叙事与之类似，小说用了两个回目叙述战场征伐

---

① 杨志平:《释"横云断山"与"山断云连"——以古代小说评点为中心》,《学术论坛》2007 年第 8 期, 第 116—121 页。

②《第五才子书施耐庵水浒传》, 见 [清] 金圣叹著, 陆林辑校整理:《金圣叹全集》(白话小说卷), 凤凰出版社 2016 年版, 第 880 页。

之事，"正到苦战之后，忽然一变"，①分别变出和张顺、张旺、孙五、安道全的故事，同样进入了较为平缓的江湖叙事节奏中。插入的内容"像云彩把山隔断一样，隔断了正文，但实际上还是一座山，插叙部分同主要情节紧密相关，是艺术整体的组成部分"。②

叙事节奏"横云断山"带来的影响：其一，叙事节奏"横云断山"，避免连续几个回目的叙事出现"累坠"感。不论是攻打祝家庄还是攻打大名城都属于攻城拔寨的征伐之事，在小说中攻打祝家庄和攻打大名城都分别有三个回目的篇幅构成，这种题材对应的叙事节奏本身就是紧凑的，当它出现在连续的回目中时，会使文本的叙事节奏更加紧凑。如果将这三个回目连续写出，带来的后果是容易造成文本叙事节奏上的"累坠"感。文本采用的办法是插入一个与之关联不大的回目，"只为文字太长了，便恐累坠，故从半腰间暂时闪出，以间隔之"。③插入的回目截断了原有的叙事节奏，避免了因为大篇幅紧凑节奏造成的"累坠"感。其二，叙事节奏"横云断山"使读者在阅读感官上无法快速转变。攻打祝家庄、攻打大名府带来的"风急火急"叙事节奏，紧随其后出现江湖好汉的个人传记带来平缓的叙事节奏，"千军万马后忽然飚去，别作湍悍娟致之

---

① 《第五才子书施耐庵水浒传》，见［清］金圣叹著，陆林辑校整理：《金圣叹全集》（白话小说卷），凤凰出版社 2016 年版，第 1150 页。

② 汪远平：《"三打祝家庄"的艺术辩证法》，《杭州师院学报》（社会科学版）1983 年第 2 期，第 58—61 页。

③ 《第五才子书施耐庵水浒传》，见［清］金圣叹著，陆林辑校整理：《金圣叹全集》（白话小说卷），凤凰出版社 2016 年版，第 36 页。

文，令读者目不暇易"。① 由于叙事节奏的变化很突然，行文已经进入平缓的叙事节奏中，但是读者还沉浸在前一个"风急火急"的叙事节奏中，读者个人的感官还没有完全从"风急火急"的叙事节奏转入平缓的叙事节奏中。评语中"目不暇易"说明读者尚不能完全适应这种突然的节奏变化。其三，叙事过程中"横云断山"截断叙事节奏，可以使文本产生"奇幻"的艺术效果。比如，"三打祝家庄"和"攻打大名府"叙事过程中分别插入一个与原本叙事无关的回目，金圣叹评点道：

> 前文一打祝家庄，二打祝家庄，正到苦战之后，忽然一变，变出解珍、解宝一段文字，可谓奇幻之极。此又一打大名府，二打大名府，正到苦战之后，忽然一变，变出张旺、孙五一段文字，又复奇幻之极也。世之读者殊不觉其为一副炉锤，而不知此实一样章法也。②

插入的回目使"风急火急"的战场叙事节奏被强行打断，进入了较为平缓的江湖叙事节奏中。就艺术效果来看，插入的回目使得文本的叙事进程"忽然一变"，这种叙事进程的变化体现出"奇"的艺术效果；叙事进程的变化使得叙事节奏难以预料，呈现出了

---

① 《第五才子书施耐庵水浒传》，见［清］金圣叹著，陆林辑校整理：《金圣叹全集》（白话小说卷），凤凰出版社 2016 年版，第 879 页。

② 《第五才子书施耐庵水浒传》，见［清］金圣叹著，陆林辑校整理：《金圣叹全集》（白话小说卷），凤凰出版社 2016 年版，第 1150—1151 页。

"幻"的艺术效果。综合言之，叙事过程中"横云断山"截断了文本原有的叙事节奏，使文本产生了奇幻的艺术效果。

金圣叹提出的"横云断山"法侧重于探讨小说叙事节奏的截断，但是对于大篇章叙事节奏如何在截断之后重新接续的问题，金圣叹基本没有提及相应的理论术语。这一点要等到张竹坡来完成，他提出"趁窝和泥"法。"趁窝和泥"法有效地弥补了"横云断山"法的缺憾。二者共同构成了叙事节奏的截断与接续。"'横云断山'是'趁窝和泥'的基础，'趁窝和泥'是'横云断山'的发展。'横云断山'侧重从'断'的角度，而'趁窝和泥'则侧重从'和'，即'连'的角度来探讨空间距离感所带来的叙事上的疏离之美。"[①]

本章小结

金圣叹的叙事节奏论涵盖了叙事节奏的减缓、暂时停顿、彻底截断等方面。他的叙事节奏论吸收了传统绘画艺术中的技法以及前人关于文本节奏的理论，同时影响了后来的小说评点理论，如"横云断山"法影响了张竹坡的"趁窝和泥"法。金圣叹认为叙事节奏论的变化既可以塑造文本的艺术效果，也会影响读者在阅读过程中的心理体验和阅读感官。

---

① 王丽文、高永革:《间隔之妙与疏离之美——〈红楼梦〉独特的叙事艺术》,《红楼梦学刊》2009 年第 4 期，第 147－162 页。

第五章　叙事角度论

　　叙事角度这个理论术语在 19 世纪末由美国小说理论家詹姆斯提出，后理论界就此展开广泛讨论。其实早在金圣叹评点本《水浒传》中就已经注意到了叙事角度的问题。金圣叹在评本中主要注意到了人物限知角度叙事和叙述者全知角度叙事。前者是借助文本中的人物从限知角度叙事，后者是叙述者亲自登场以说书人的口吻展开全知叙事。此外，他还指出作者有时会将人物角度和叙述者角度结合起来，最终形成一半人物、一半叙述者相结合的叙事角度。

第一节　人物限知角度叙事的类型

　　人物限知角度叙事指的是"叙事者知道的和人物一样多，人物不知道的事，叙事者无权讲述，而只能讲述作品中人物所闻见之事。叙事者可以是一个人，也可以是几个人轮流充当"。[①] 叙事内容通过小说中人物的听觉、视觉、感觉等限知角度写出来。人物限知角度叙事"不是要让作者替人物说话，而是要让人物的感觉和意识自己充当叙事者"。[②] 西方文艺理论界对限知角度的问题提出了种种观点，卢伯克称之为"视点叙事"，托多罗夫称之为"叙述者＝人物"，热奈特称之为"内焦点叙事"。[③] 金圣叹评点本《水浒传》采用人物限知角度叙事，主要通过人物的视觉、听觉两大类型进行叙事。人物限知角度叙事还会在不同人物之间、同一人物的不同感官之间进行转换。

一、人物的视觉角度叙事

人物的视觉角度叙事指的是在叙事进程中借助文本中人物的视觉"看"出相关的内容。在以下几种情况文本会采用人物视觉角度叙事。

其一，对人物身处的自然环境描写需要借助视觉角度叙事。在小说中如果是客观描写自然环境，那么可以采用第三人称叙事，但是如果是写人物身处的自然环境，那就不得不从人物视觉角度进行叙事了。比如，小说写史家庄庄客王四因为酒醉在和少华山传递消

---

① 吕茹：《叙事角度的类同与转换：古代白话短篇小说与戏曲的双向渗透》，《兰州学刊》2012 年第 6 期，第 102—105 页。

② 罗德荣：《小说叙事视角理论再思考——"叙法变换"与双重描写论辨》，《明清小说研究》1998 年第 4 期，第 99—112 页。

③ 罗纲：《叙事学导论》，云南人民出版社 1994 年版，第 159—161 页。

息途中，"一觉直睡到二更，方醒觉来。看见月光微微照在身上，吃了一惊，跳将起来，却见四边都是松树"。金批："尝读坡公《赤壁赋》'人影在地，仰见明月'二语，叹其妙绝。盖先见影，后见月，便宛然晚步光景也。此忽然脱化此法，写作王四醒来，先见月光，后见松树，便宛然五更酒醒光景，真乃善于用古矣。"[1] 这里金圣叹认为小说此处的内容借鉴了苏轼《赤壁赋》中的语句，其叙事角度都是从人物的视觉角度看出人物身处的环境。类似这种借助人物视角看出整个自然环境的情况还体现在吴用说三阮途中看见阮小二家中的环境，"来得门前看时，只见枯桩上缆着数支小渔船，疏篱外晒着一张破鱼网，倚山傍水，约有十数间草房"。金批："写来入画。"[2] 这里金圣叹评语中"入画"二字，也说明从吴用的视觉角度看出阮小二家的环境，而且整个环境具备画面感，这种画面感最适宜透过人物的眼睛看出。

其二，小说由于受到故事情节的限制采用人物的视觉角度叙事。由于故事情节本身的限制，在一定场景下只有人物的视觉角度可以有效地传达信息，别的角度无法传达信息。"如果叙述者采用'人物的认知方式'（第三人称角度）的手法，就会在叙事话语这一层面上改用故事中某一有特色的人物的眼光"，[3] 这种情况下小说

① 《第五才子书施耐庵水浒传》，见［清］金圣叹著，陆林辑校整理：《金圣叹全集》（白话小说卷），凤凰出版社 2016 年版，第 82 页。
② 《第五才子书施耐庵水浒传》，见［清］金圣叹著，陆林辑校整理：《金圣叹全集》（白话小说卷），凤凰出版社 2016 年版，第 276 页。
③ 申丹：《叙述学和小说文体学研究》，北京大学出版社 2001 年版，第 24—25 页。

只能从人物的视觉角度进行叙事。例如，吴用等人在黄泥冈上给杨志等人下了蒙汗药之后夺走生辰纲，小说接下来的叙事从杨志等人的视觉角度写出。文本之所以借助杨志等人的视觉角度叙事，是因为在故事情节中杨志等人被下了蒙汗药动弹不得，唯一可以着墨的就是视觉角度了。杨志等"十五个人眼睁睁地看着那七个人"。金批："写来妙绝，三十只眼，看十四只脚去了。"① 杨志等人动弹不得，只能通过视觉看着现场发生的事。同时在杨志麻药散后，"回身再看那十四个人时，只是眼睁睁地看着杨志，没有挣扎得起"。金批："再看一看"，"本是杨志看十四个人也，却反看出十四个人看杨志来，两看字，写得睁睁可笑。"② 其余十四人由于饮酒过多所以仍然不能动弹，杨志与这十四人之间只能是通过视觉角度互动。这两句借助人物的视觉角度叙事是出于文本故事情节的限制，"小说中人物的眼睛犹如一台摄像机的镜头，将其当前的环境介绍出来而不是由叙述者自己讲出"。③

小说中偷窥私情的故事情节大多通过人物的视觉角度叙述整个事件的发生过程。潘巧云与裴如海私通的过程就是通过石秀之眼叙述而出，金圣叹说："潘巧云之于裴如海也，石秀以十分瞧科看破之"，然后分别在原文石秀"瞧科一分了"、"瞧科了二分"、"三分

① 《第五才子书施耐庵水浒传》，见［清］金圣叹著，陆林辑校整理：《金圣叹全集》（白话小说卷），凤凰出版社2016年版，第307页。
② 《第五才子书施耐庵水浒传》，见［清］金圣叹著，陆林辑校整理：《金圣叹全集》（白话小说卷），凤凰出版社2016年版，第312页。
③ 许勇强：《〈史记〉与〈水浒传〉叙事艺术比较研究》，重庆师范大学硕士学位论文，2004年，第21页。

瞧科了"等从一分至十分字眼之后分别强调一遍，金圣叹在行文评点中特意强调石秀的"眼睛"。比如，

> 只见那淫妇（只见二字，总是那淫妇、那贼秃、那一堂和尚三段之头，皆石秀眼中事。）乔素梳妆，来到法坛上，手捉香炉，拈香礼佛。（极写石秀眼里不堪。）那贼秃越逞精神，摇着铃杵，唱动真言。（极写石秀眼里不堪。）那一堂和尚见他两个并肩摩倚，这等模样，也都七颠八倒。（极写石秀眼里不堪。）①
>
> 一头说，一头就袖子里捏那淫妇的手。淫妇假意把布帘来隔。那贼秃笑了一声。（石秀眼中，极其不堪。）②
>
> 石秀听得叫的蹊跷，便跳将起来，去门缝里张时，（第二番张见。）只见一个人，戴顶头巾，从黑影里闪将出来，和头陀去了，随后便是迎儿关门。③

金圣叹特意指出潘巧云和裴如海私会的场景都从石秀的眼中看出，潘巧云装扮礼佛、裴如海唱动真言、满堂和尚七颠八倒、裴如海捏潘巧云手、头陀接应裴如海、迎儿关门等场景都是借助石秀的

---

① 《第五才子书施耐庵水浒传》，见［清］金圣叹著，陆林辑校整理：《金圣叹全集》（白话小说卷），凤凰出版社 2016 年版，第 818 页。

② 《第五才子书施耐庵水浒传》，见［清］金圣叹著，陆林辑校整理：《金圣叹全集》（白话小说卷），凤凰出版社 2016 年版，第 819 页。

③ 《第五才子书施耐庵水浒传》，见［清］金圣叹著，陆林辑校整理：《金圣叹全集》（白话小说卷），凤凰出版社 2016 年版，第 827 页。

视角写出来。之所以要借助石秀的眼中看出整个偷情的过程，这是由于受到故事情节的限制，潘巧云和裴如海私会的场景本身就不能公开，而整个故事情节的发展是石秀知晓二人的私情，所以文本就需要借助石秀的视觉角度写出二人偷情的经过。

其三，小说由于受到人物自身条件的限制所以采用人物的视觉视角叙事。江州劫法场后众人来到江边，张顺、张横、李俊等人从江上划三只船接应。小说原文写这些人物均由"宋江看见"，对此，金圣叹指出"宋江看出，余人不认，都好"。[1] 评语的意思是张顺、张横、李俊等人只有宋江认识，而此时梁山泊救援诸人并不识得，所以小说通过宋江的眼睛"看见"江上人马也就属于顺理成章的了。由于在场人物中只有宋江与张顺等人相识，其他人物不具备这些条件，所以只能是从宋江眼中看出张顺、张横、李俊等人。

二、人物的听觉角度叙事

人物的听觉角度叙事指的是在叙事进程中借助文本中人物的听觉"听"出相关的内容。人物的听觉角度叙事能够"在作品中有意造成死角或空白以获得某种意蕴，或引起读者的好奇心"，[2] "从而形成戏剧性的艺术张力"。[3] 在以下几种情况文本会采用人物听觉角度叙事。

---

[1] 《第五才子书施耐庵水浒传》，见〔清〕金圣叹著，陆林辑校整理：《金圣叹全集》（白话小说卷），凤凰出版社 2016 年版，第 729 页。

[2] 胡亚敏：《叙事学》，华中师范大学出版社 2004 年版，第 28 页。

[3] 魏宝华：《〈西游记〉叙事策略研究》，喀什大学硕士学位论文，2022 年，第 16 页。

其一，行文内容受到客观环境的限制不得不采用人物听觉角度叙事。比如，时迁盗甲过程中，晚上时迁偷偷进入房间，然后"来到后门边黑影里伏了"，金圣叹特别强调"时迁仍从戗柱溜下，伏后门外"，①这就意味着时迁受到客观环境的限制，一是晚上，二是时迁躲在后门，整个空间中发生的事由时迁耳中听出，文本最佳的写法就是采用由时迁的听觉进行叙事。所以接下来小说总共写出"五听得字"，一系列叙事都是借助时迁的听觉写出。

再如，小说写何涛在梁山泊捕盗听见芦苇荡里有人唱歌，小说的写法是"只听得芦苇中间有人唱歌。众人且住了船听时，那歌道：打鱼一世蓼儿洼，不种青苗不种麻。酷吏赃官都杀尽，忠心报答赵官家！"金批："只听得三字，纸上如有一人直闪出来。住了船听时五字，纸上如有一人复闪入去，写得变诡之极。"②这里采用的叙事角度是人物的听觉限知角度，何涛等官兵身在芦苇荡中，客观环境使得何涛难以了解水泊的全貌以及芦苇荡中人物的穿梭变化，这一点只有通过听觉叙事才能达到效果。

又如，宋江和阎婆惜过夜，宋江去而复返后有一段阎婆惜和宋江的对话，《容与堂本水浒传》（第二十一回）采用全知角度叙事，金圣叹评本采用的即是人物听觉限知角度叙事。

①《第五才子书施耐庵水浒传》，见［清］金圣叹著，陆林辑校整理：《金圣叹全集》（白话小说卷），凤凰出版社2016年版，第1006页。
②《第五才子书施耐庵水浒传》，见［清］金圣叹著，陆林辑校整理：《金圣叹全集》（白话小说卷），凤凰出版社2016年版，第347—348页。

（阎婆惜）正在楼上自言自语，只听得楼下呀地门响。婆子问道："是谁？"宋江道："是我。"婆子道："我说早哩，押司却不信，要去。原来早了又回来，且再和姐姐睡一睡，到天明去。"宋江也不回话，一径奔上楼来。①（容与堂本）

（阎婆惜）正在楼上自言自语，只听得楼下呀地门响。床上问道："是谁？"门前道："是我。"床上道："我说早哩，押司却不信，要去，原来早了又回来。且再和姐姐睡一睡，到天明去。"这边也不回话，一迳已上楼来。②（金圣叹评本）

金圣叹认为"只听得""三字妙绝"，整段文字"一片都是听出来的"。小说并没有写宋江怎样开门上楼，而是"竟从婆娘边听去"，借助阎婆惜的听觉写出宋江其人和开门上楼等一系列动作。文本采用的恰好是阎婆惜的叙事角度，"正在楼上自言自语"说明叙事的角度集中在阎婆惜身上，当时的场景中阎婆惜在房间里，宋江在房间外，二人隔着紧闭的房门，客观环境决定了宋江的一系列举动只能由阎婆惜听出来。最佳的处理方式就是通过阎婆惜听觉角度叙述宋江的举动。

其二，由于人物自身条件限制采用人物听觉角度叙事。由于人物自身的条件限制，文本在叙事过程中不得不采用限知角度叙事。

---

① [明] 施耐庵、罗贯中著，李贽评：《水浒传》，上海古籍出版社 1988 年版，第 296 页。
② 《第五才子书施耐庵水浒传》，见 [清] 金圣叹著，陆林辑校整理：《金圣叹全集》（白话小说卷），凤凰出版社 2016 年版，第 393 页。

一旦从小说人物的角度去叙述，就必须服从人物自身的特点，作者不能代替小说人物，不能主观地包揽一切。[①] 比如，小说中鲁达本身"不识字"，所以当鲁达逃到雁门时，在十字街看到官司榜文，其中的内容只能是听众人说出，小说写道："鲁达却不识字。只听得众人读道"，金圣叹在此评点道："榜文在耳中听出来。"[②] 小说此处需要将榜文内容让鲁达知晓，但是由于鲁达本身不识字，所以榜文的内容是由鲁达的耳朵听出来，而不是由作者直接借助叙述者视角写出来。

三、人物限知角度叙事的转换

人物限知角度叙事还会在不同人物之间、同一人物的不同感官之间进行转换。其一，人物限知角度在不同人物之间的转换，即"不定式内视角叙事"，它指的是"通过故事当中不同人物的视角进行描写，通过不同人物的视角分析同一个人物，然后以此来完成一篇故事"。[③] 文本在叙事过程中，会通过不同人物的限知角度将内容叙述出来，这种不同人物之间的转换大多体现在视觉角度。比如，金圣叹指出鲁智深出场的文字借由小说人物的视觉角度进行叙述，并且视觉角度在不同人物之间进行了一次转换。鲁

[①] 陈果安：《金圣叹小说理论研究》，湖南师范大学出版社 1994 年版，第 216—217 页。

[②] 《第五才子书施耐庵水浒传》，见［清］金圣叹著，陆林辑校整理：《金圣叹全集》（白话小说卷），凤凰出版社 2016 年版，第 100 页。

[③] 平燕：《〈儒林外史〉的叙事视角分析》，《北京印刷学院学报》2021 年第 1 期，第 101—103 页。

智深出场的文字就是在董超、薛霸、林冲的眼中转换，整段文字共分为四段，"第一段，单飞出禅杖，却未见有人。""第二段，单跳出和尚，却未曾看得仔细。""第三段，方看得仔细，却未知和尚是谁。""第四段直待林冲眼开，方出智深名字。"①从金圣叹的评语可以看出，他着重强调了整篇文字的叙事视角，前三段文字站在董超、薛霸二人的视觉角度进行叙事，第四段文字则是站在林冲的视觉角度叙事。再如，大名府校场比试的文字中有关索超出场的叙述同样采用人物的视觉角度，索超的相貌身份都是从小说中的人物杨志和梁中书的眼中看出。金圣叹特意强调"杨志看出"此人"身材七尺以上长短，面圆耳大，唇阔口方，腮边一部落腮胡须，威风凛凛，相貌堂堂"；"梁中书看出"此人"是大名府留守司正牌军索超"。整个叙事先由"杨志看一看"，再由"梁中书看一看"。杨志并不认识索超，所以只能透过杨志的视角看出索超的相貌，梁中书认识索超，所以透过梁中书的视角看出索超的身份，这里就涉及了视觉角度叙事在杨志、梁中书二人之间的转换。②这种叙事角度并没有把视角固定在某一个角色，而是在多个

---

① 《第五才子书施耐庵水浒传》，见［清］金圣叹著，陆林辑校整理：《金圣叹全集》（白话小说卷），凤凰出版社 2016 年版，第 193 页。

② 有学者对此持不同看法，罗德荣《小说叙事视角理论再思考——"叙法变换"与双重描写论辨》（《明清小说研究》1998 年第 4 期，第 99—112 页）认为"'杨志看那人时'的观感，以及'梁中书看时'对索超的印象，作为内心活动，彼此无从得知，因而两人都不是视点人物，故书的叙述无疑是全知叙事。所谓'杨志看'、'梁中书看'，都不表示视角的转换，而是叙述者对人物视觉行动的描写"。该学者判断限知角度时考虑了人物是否为视点人物，本研究判断限知角度的依据是文本人物有"看"的动作以及"看"出具体内容。

角色之间流动转换，继而推动故事全局的发展。[①]

　　其二，人物限知角度在同一人物的不同感官角度之间进行转换，即"固定式内视角叙事"，它指的是"通过某一个人物眼光或者是站在此人物的角度，对故事进行描写，将此人所看到的、听到的、经历过的事情进行讲述，仅限于该人物所能够接触到的范围"。[②]金圣叹认为小说的叙事过程中人物限知角度的应用有时并不是单独使用的，而是将人物限知角度中的两个或两个以上角度结合使用。金圣叹认为小说在写十字坡孙二娘用蒙汗药将武松和官差放倒后的内容是由武松耳中听出和心中想出两种限知角度相结合叙事的。

　　　　武松也双眼紧闭，扑地仰倒在凳边。只听得笑道：（只听得妙绝。）"着了，由你奸似鬼，吃了老娘的洗脚水！"便叫："小二，小三，快出来！"只听得飞奔出两个蠢汉来。（听得妙绝。）听他先把两个公人先扛了进去，这妇人便来桌上提那包裹并公人的缠袋。想是捏一捏，约莫里面已是金银，（想是妙绝，约莫妙绝，已是妙绝。）只听得他大笑道：（只听得妙绝。）（眉批：俗本无八个听字，故知古本之妙。）"今日得这三个行货倒有好两日馒头卖，又得这若干东西！"听得把包裹缠袋提

---

① 李喜玲：《冯梦龙白话小说"三言"的叙事研究》，苏州大学硕士学位论文，2020年，第31页。

② 平燕：《〈儒林外史〉的叙事视角分析》，《北京印刷学院学报》2021年第1期，第101—103页。

入进去了，（听得妙绝。）随听他出来，看这两个汉子扛抬武松，（听他妙绝。）那里扛得动，直挺挺在地下，却似有千百斤重的。只听得妇人喝道：（只听得妙绝。）"你这鸟男女只会吃饭吃酒，全没些用，直要老娘亲自动手！这个鸟大汉却也会戏弄老娘！这等肥胖，好做黄牛肉卖。那两个瘦蛮子只好做水牛肉卖。扛进去，先开剥这厮用！"听他一头说，一头想是脱那绿纱衫儿，解了红绢裙子，（听他妙绝，想是妙绝。）赤膊着，便来把武松轻轻提将起来。①

金评本写这段文字时是从武松的角度叙事的，②武松假装被蒙汗药迷倒之后双眼紧闭，接下来的叙事从武松的角度只能通过听觉和感觉表达出来。孙二娘呼唤小二、小三抬人的过程都是通过武松的听觉角度叙事，但是孙二娘去摸装有银两的缠袋需要通过武松的感觉即心中所想去叙事，"想是捏一捏，约莫里面已是金银"。孙二娘骂小二、小三的话自然可以由武松听出。但接下来孙二娘亲自扛武松之前"脱那绿纱衫儿，解了红绢裙子"的动作要想叙述出来，不能通过听觉叙事，只能通过武松心中所想叙事。两次"想"出的内容符合武松当时"双眼紧闭"的实际情况，这些内容不能通过耳中听出，只能由心中想出。整个过程分别借助武松的"听觉——

---

① 《第五才子书施耐庵水浒传》，见［清］金圣叹著，陆林辑校整理：《金圣叹全集》（白话小说卷），凤凰出版社 2016 年版，第 509—510 页。

② 《容与堂本水浒传》此处并不是通过武松的听觉来写孙二娘的一系列动作和语言的，而是采用全知角度叙事。见［明］施耐庵、罗贯中著，李贽评：《水浒传》，上海古籍出版社 1988 年版，第 392—393 页。

感觉——听觉——感觉"叙事，整段叙事在武松这个人物的听觉
和感觉两个角度转换。

第二节　人物限知角度叙事的作用

一、凸显人物形象

人物限知角度的一个重要类型是通过小说人物的视觉视角进行
叙事，在这个过程中就产生了"看者"和"被看者"。"叙述者暂
时退居幕后，让视点人物自己表现自己，人物的音容笑貌、心理特
征就活泼泼凸现在读者面前。"① 这种叙事角度"错综复杂地联结着
谁在看，看到何人何事何物，看者和被看者的心态如何，要给读者
何种'召唤视野'"。② 金圣叹认为小说以"看者"的视角去"看"
故事中"被看者"，在这个过程中能够分别凸显"看者"或"被看
者"的形象。

其一，人物限知角度叙事凸显"看者"形象。叙述者往往在一
些叙事片段中采用限知角度叙事，通过聚焦人物的眼光来更深入地
刻画人物形象。③ 在金圣叹的评语中，"看者"的形象身份主要是

---

① 刘堂春:《金圣叹叙事视角论》,《湖南农业大学学报》(社会科学版) 2004 年第 4 期,
　第 78—80 页。
② 杨义:《中国叙事学》,人民出版社 2009 年版,第 191 页。
③ 马凤:《〈史记〉列传叙事策略研究》,曲阜师范大学硕士学位论文,2015 年,第 25
　页。

通过"看"的动作和"看"的内容两个层面凸显出来。

　　金圣叹认为人物限知视角的叙事中"看者"的一个"看"的动作能够更好地表现"看者"的形象。在文本叙事中"看者"限于自己的身份形象只能采取与自身身份形象相匹配的动作去"看"。比如，《水浒传》中的石秀乔装进入祝家庄打探消息遇见祝彪，石秀本身属于"潜伏者"，不能暴露身份，所以他"看"的动作一定是暗处小心张望。小说写："石秀在壁缝里张时，看得……中间拥着一个年少壮士，坐在一匹雪白马上，全副披挂，跨了弓箭，手执一条银枪。"金圣叹评："得此一段，遂令石秀入村神采焕发之极。"①表面上看这段文字是石秀"看"祝彪，重在表现祝彪的形象。但金圣叹认为这里体现的是"看人者"的形象，石秀"壁缝里"看的动作非常符合他乔装打探消息的人物身份，正因如此，才令"石秀入村神采焕发之极"。由此可见，金圣叹没有因为《水浒传》描写了"被看者"祝彪的形象就认为这个"看"的动作着重表现祝彪，反而他认为"看"的动作塑造了石秀作为"潜伏者"的形象。再如，武松醉打蒋门神一路上"无三不过望"，小说写："施恩看武松时，不十分醉。"金圣叹评："此句非武松面上无酒，只是写施恩心头有事。"②金圣叹的意思是这里用施恩的视角写武松"不十分醉"其实不是为了写武松，而是为了写施恩心中对武松饮酒后的战斗力产生

①《第五才子书施耐庵水浒传》，见［清］金圣叹著，陆林辑校整理：《金圣叹全集》（白话小说卷），凤凰出版社 2016 年版，第 862 页。
②《第五才子书施耐庵水浒传》，见［清］金圣叹著，陆林辑校整理：《金圣叹全集》（白话小说卷），凤凰出版社 2016 年版，第 537 页。

疑虑，体现了一个心怀疑虑者的形象。

金圣叹认为人物视觉角度叙事中"看者"所"看"的内容也能够表现"看者"的形象。"看"的内容代表了"看者"的关注点之所在，一个人关注的内容反映了这个人的内在追求，同时也会通过外在身份形象呈现出来。金圣叹认为小说时迁盗甲的故事中以时迁视角写徐宁家中的物件表现了时迁"贼"的形象。小说写时迁躲在树上看见徐宁回家、下人关门，"只见班里静悄悄地"，对此金圣叹评点道："只见徐宁归家，只见两人关门，只见静悄悄地。前两只见，是有所见；后一只见，是无所见。活画出做贼人眼中节次。"[①]"时迁看那卧房里时，见梁上果然有个大皮匣拴在上面"，金批："贼眼中无所不见，写来如画。"[②]丫鬟收拾衣物，"时迁多看在眼里"。金批："本为梁上匣中金甲而来，却反看了烘笼上包袱内许多衣服，做贼真有如此苦事。"[③]小说写整个盗甲的过程是从时迁的视角叙事的，徐宁家的情况由"贼"人的视角看出，尽收"贼"人之"眼"底，这就足以体现"贼"的特点，所以金圣叹在三条评语中都提及时迁"贼"的形象。同样在《水浒传》中武松醉酒之后"看"黄狗也可以体现武松醉汉的形象。小说写"武行者看时，一只大黄狗赶着吠"。这句话在金圣叹看来虽然是"从武松眼中写

---

① 《第五才子书施耐庵水浒传》，见［清］金圣叹著，陆林辑校整理：《金圣叹全集》（白话小说卷），凤凰出版社 2016 年版，第 1004 页。

② 《第五才子书施耐庵水浒传》，见［清］金圣叹著，陆林辑校整理：《金圣叹全集》（白话小说卷），凤凰出版社 2016 年版，第 1004 页。

③ 《第五才子书施耐庵水浒传》，见［清］金圣叹著，陆林辑校整理：《金圣叹全集》（白话小说卷），凤凰出版社 2016 年版，第 1005 页。

出"，但并不是为了表现黄狗形象，而是为了表现武松的形象。他认为"从眼中写出者，写醉也"。①由于武松此时醉酒之后，对于黄狗叫的举动十分在意，醉酒之后与黄狗计较，这符合武松醉汉的形象。

其二，人物限知角度叙事凸显"被看者"的形象。在金圣叹的评语中，叙事过程应用的人物限知角度叙事能够凸显"被看者"的相貌、衣着打扮、艺术形象等。

人物限知角度叙事，跟随小说某个人物的眼睛，在"看"的过程中对"被看者"的形象作出描摹。金圣叹认为李逵遇见汤隆卖艺的叙事过程就是由李逵看出汤隆的形象及其使用的铁锤。

> 李逵看那大汉时，（先看大汉，看得出色。）七尺以上身材，面皮有麻，鼻子上一条大路。（就李逵眼中写出大汉形状来。）李逵看那铁锤时，（次看铁锤，看得出色。）约有三十来斤。（就李逵眼中写出铁锤斤两来。）那汉使得发了，一瓜锤正打在压街石上，把那石头打做粉碎，众人喝采。②

金圣叹指出小说从李逵的眼睛看出汤隆的身材、五官和使用的铁锤。同样在十字坡这篇文字的叙述中由武松的眼睛看出孙二娘的

---

① 《第五才子书施耐庵水浒传》，见 [清] 金圣叹著，陆林辑校整理：《金圣叹全集》（白话小说卷），凤凰出版社 2016 年版，第 580 页。

② 《第五才子书施耐庵水浒传》，见 [清] 金圣叹著，陆林辑校整理：《金圣叹全集》（白话小说卷），凤凰出版社 2016 年版，第 969－970 页。

衣着打扮。

> 看看抹过大树边，早望见一个酒店，门前窗槛边坐着一个
> 妇人，露出绿纱衫儿来，头上黄烘烘的插着一头钗环，鬓边插
> 着些野花。见武松同两个公人来到门前，那妇人便走起身来迎
> 接，下面系一条鲜红生绢裙，搽一脸胭脂铅粉，敞开胸脯，露
> 出桃红纱主腰，上面一色金纽。①

这段叙事中孙二娘的装扮都是借助武松视角由远及近写出来
的，金圣叹评："先远望写一番"，"又近看写一番"。针对这种写
法，金圣叹指出："常言美人之美，乃在或远或近之间。今写此妇
人，既远近皆详矣，乃觉眼前心上，如逢鬼母，何也？"一般小说
的写法是通过"或远或近"来写出美人的形象，但金圣叹指出《水
浒传》偏偏借助武松的视角由远及近将孙二娘"鬼母"的形象写
出来。

从小说中某个人物的眼睛看到的不只有小说人物的外在相貌和
衣着打扮，还包括人物所处的环境，人物相貌和环境相辅相成，共
同塑造出人物的形象。例如，小说中张横率领水军偷袭关胜大营。

> 径奔中军，望见帐中灯烛荧煌，关胜手捻髭髯，坐着

---

① 《第五才子书施耐庵水浒传》，见［清］金圣叹著，陆林辑校整理：《金圣叹全集》（白
话小说卷），凤凰出版社 2016 年版，第 507—508 页。

看书。

金圣叹评："张横望见灯烛荧煌，关胜看书"，"又一幅绝妙云长变相"。① 金圣叹认为小说从张横视角看到的是一个关胜手捻长髯、挑灯夜读的场面，这与《三国演义》中关羽夜观《春秋》的场景类似。

　　胡班潜至厅前，见关公左手绰髯，于灯下凭几看书。②

由张横视角看到的内容并不是简单的对关胜外形的描摹，而是将关胜放置在军营夜读这个画面中。从张横的视角看到的关胜夜读形象与《三国演义》中胡班看到的关羽夜读形象类似，整段文字传达出了"被看者"关胜"云长变相"的人物形象。

人物限知角度叙事应用于文本中，有些时候会通过某一个人物的眼睛看出多个人物，多个"被看者"之间有不同的形象、品质。比如，卢俊义被囚禁后，小说通过押牢节级蔡福的眼睛相继看出燕青、李固、柴进等三人求见自己的过程，金评："此下写只见一人，又只见一人，令人眼光闪动应接不及。"③ 文本一共写了三个人

① 《第五才子书施耐庵水浒传》，见［清］金圣叹著，陆林辑校整理：《金圣叹全集》（白话小说卷），凤凰出版社 2016 年版，第 1140 页。
② ［明］罗贯中著，［清］毛宗岗评改：《三国演义》，上海古籍出版社 1989 年版，第 344 页。
③ 《第五才子书施耐庵水浒传》，见［清］金圣叹著，陆林辑校整理：《金圣叹全集》（白话小说卷），凤凰出版社 2016 年版，第 1112 页。

物求见的场景，而三个人的形象、品质都是由蔡福眼中看出。蔡福用一双眼睛看出了为主尽忠的燕青、恩将仇报的李固、周全豪杰的柴进。

上述内容分别论述人物限知角度凸显"看者"或"被看者"的形象，有时人物限知角度叙事中一个"看"的动作或过程，既可以凸显"看者"的形象，也可以凸显"被看者"的形象。比如，武松进入快活林后"抢过林子背后，见一个金刚来大汉，披着一领白布衫，撒开一把交椅，拿着蝇拂子，坐在绿槐树下乘凉"。小说采用蒋门神的外形由武松看出的写法，金圣叹评："却先一现，笔势奇绝，遂有饿虎当路，奇鬼来瞰之意。"[①]评语中的"饿虎"代指蒋门神，"奇鬼"代指武松。评语中"饿虎当路"意思是这种写法把蒋门神金刚大汉的形象显露出来。"奇鬼来瞰"意思是这种写法把武松突然出现的醉汉形象显露出来。上述限知角度叙事既表现了"被看者"蒋门神的形象，也表现了"看者"武松的形象。

二、营造艺术效果

人物限知角度叙事可以给文本营造悬疑的艺术效果。叙述者在叙述过程中"为了保持其中的神秘性，势必会采取有效的措施来设置悬念，这其中一个很重要的方法就是限知视角的运用"。[②]"限知视角所表达的乃是一种世界感觉的方式"，它可以"给人们留下寻

---

① 《第五才子书施耐庵水浒传》，见［清］金圣叹著，陆林辑校整理：《金圣叹全集》（白话小说卷），凤凰出版社 2016 年版，第 538 页。
② 徐银萍：《〈西游补〉的叙事研究》，重庆师范大学硕士学位论文，2017 年，第 26 页。

味的余地"。① 人物限知角度叙事意味着人物不可能从全知角度了解文本中其他的人物和事件。文本传达出的人、事等信息可能出现不明确、不全面的情况，由此造成了悬疑的效果。金圣叹认为小说从李小二的角度看出陆谦、管营等人在牢营附近酒店相聚的场景充满悬疑色彩。小说写："前面那个人是军官打扮，后面这个走卒模样，跟着，也来坐下。"金评："看时二字妙，是李小二眼中事。"又写："只见那个官人和管营，差拨，两个讲了礼。"金评："李小二眼中事。"这些评语特意强调叙事过程中的人物视角。金圣叹认为"一个小二看来是军官，一个小二看来是走卒，先看他跟着，却又看他一齐坐下，写得狐疑之极，妙妙"。② 也就是说文本采用李小二的视角叙事将整个故事写得"狐疑之极"，使故事内容充满了悬疑色彩。李小二的视角属于限知视角，文本从李小二的角度叙事，看出相关人物的相貌和外在装扮，但人物的其他信息以及人物之间发生的事件李小二本人是不知晓的。文本通过李小二的视角叙事展示出有限的信息。正因为信息的不明确、不全面，所以处处充满了悬疑。

人物限知视角叙事可以使文本产生"影灯漏月之妙"。宋江和阎婆惜过夜，宋江去而复返后有一段阎婆惜和宋江的对话，金圣叹认为小说此处采用的限知角度叙事具备"影灯漏月之妙"。

---

① 杨义：《中国叙事学》，人民出版社 2009 年版，第 213、215 页。
② 《第五才子书施耐庵水浒传》，见〔清〕金圣叹著，陆林辑校整理：《金圣叹全集》（白话小说卷），凤凰出版社 2016 年版，第 211 页。

　　正在楼上自言自语，只听得楼下呀地门响。床上问道：
"是谁？"门前道："是我。"床上道："我说早哩，押司却不信，
要去，原来早了又回来。且再和姐姐睡一睡，到天明去。"这
边也不回话，一径已上楼来。（一片都是听出来的，有影灯漏
月之妙。）①

　　有关"影灯漏月"一说的含义，学者们的解释略有不同。一
种是将"影灯"与"漏月"理解为递进关系。陈洪解释为"因为
伸向楼下的目光（叙事人及读者）被隔断，故谓之'影（遮住）
灯'，而听觉描写突出了，此即所谓'漏月（月光）'"。②陈洪的
观点强调视觉受阻听觉突出。罗德荣解释为"灯为光源，灯光所
及即为视野所及。'影灯'者，遮蔽此光源，即切断原视角；'漏
月'者，暂借漏进室内之月光为光源，即调整视角。灯光所及，
遍布室中，无所不见，无所不知，有类全知叙事；漏进之月，一
线之光，视野缩小，受到限制，唯月光所及是知，俨然有类限制
叙事"。③罗德荣认为"影灯漏月"指切断原有的全知角度调整为
限知角度。杨义《中国叙事学》的解释与罗德荣类似，他说："所
谓'影灯漏月'，就是挡住部分灯光，使之有照不到之处；漏下一

---

① 《第五才子书施耐庵水浒传》，见［清］金圣叹著，陆林辑校整理：《金圣叹全集》（白
　 话小说卷），凤凰出版社 2016 年版，第 393 页。
② 陈洪：《中国小说理论史》，天津教育出版社 2005 年版，第 184 页。
③ 罗德荣：《小说叙事视角理论再思考——"叙法变换"与双重描写论辨》，《明清小说
　 研究》1998 年第 4 期，第 99—112 页。

线月光,使之有能够照到之处。'影灯漏月'一语,是限知视角的诗意化表达,它把限知的半为感知、半为不可感知的界限巧妙地勾勒出来了"。[①]另一种将"影灯"与"漏月"理解为并列关系,吴正岚在《金圣叹的小说叙事角度论再探》经过考证指出"'影灯漏月'似应理解为一个同义联合的词组,其中,'影灯'是燃火取影之灯,'漏月'是被部分遮蔽后映进来的月光"。在此基础上,吴正岚认为"'影灯'和'漏月'这两个意象的共同之处在于它们都是朦朦胧胧、富于暗示性的,用它们来比喻纯用听觉的叙事比一般叙事更为间接、从而被感知的事件更具朦胧含蓄之韵,可说是再贴切不过"。[②]结合金圣叹评语的原文"一片都是听出来的,有影灯漏月之妙",可见金圣叹强调的是用人物限知角度叙事带来的艺术效果具有朦胧含蓄之美。小说此处运用限知角度叙事:一个"床上",一个"门前",而且是以"床上"的听觉角度写出宋江开门、说话、上楼的内容,它虽然传达出了必要的内容,但却由于不是直接描述,而是隐去人物称谓,造成了叙事的朦胧,留下"有意味的空白",让读者去"寻找和解读这些叙事空白"。[③]这种叙事角度创造出了一种模糊朦胧的艺术效果,所以金圣叹给出了"影灯漏月之妙"的评价。

---

① 杨义:《中国叙事学》,人民出版社 2009 年版,第 224 页。

② 吴正岚:《金圣叹的小说叙事角度论再探》,《南京师大学报》(社会科学版)2007 年第 4 期,第 124—128 页。

③ 刘堂春:《金圣叹叙事视角论》,《湖南农业大学学报》(社会科学版)2004 年第 4 期,第 78—80 页。

三、带来"急杀"和"惊吓"的阅读体验

人物限知角度叙事本身存在着信息传达不全面的情况，读者对人和事的了解不够全面，读者主观上有了解文本中人和事的愿望。跟随文本中人物的角度可以将读者代入文本中的环境，使读者对文本中人物的经历和遭遇感同身受。

人物限知角度叙事使读者能够切身感受到事件的"急杀"感。人物的听觉角度叙事意味着相关的信息只能通过人物听觉传达出来。所以文本中人物在紧急情况下听到的话，既可以加重故事的紧张感，也可以给读者带来切身的感受。比如，林冲得知妻子被高衙内关在陆虞候家，小说通过林冲的听觉写林冲跑到陆虞候家后发生的一系列内容。

抢到胡梯上，却关着楼门。只听得娘子叫道："清平世界，如何把我良人妻子关在这里！"又听得高衙内道："娘子，可怜见救俺！便是铁石人，也告得回转！"林冲立在胡梯上，叫道："大嫂！开门！"那妇人听得是丈夫声音，只顾来开门。①

小说此处林冲刚上胡梯，人是在门外，而林娘子和高衙内在门

---

① 《第五才子书施耐庵水浒传》，见［清］金圣叹著，陆林辑校整理：《金圣叹全集》（白话小说卷），凤凰出版社 2016 年版，第 173 页。

内，所以只能通过听觉进行叙事。小说两次用"只听得"写林冲听到娘子、高衙内之间的对话，同时林娘子开门的动作应当也是林冲听出。对于两次"只听得"字眼，金圣叹两次评点："只听得，妙妙，急杀。"同时还说："此时赖是听得，若不听得，便一发急杀矣。"① 金圣叹的意思是读者跟随林冲的角度能够切身感受到当时场面之刻不容缓，由此产生"急杀"感。人物限知角度叙事的运用带来的影响体现在文本的阅读感官层面。金圣叹认为小说用林冲"只听得"这一听觉叙事，带给读者阅读感官上的冲击，使读者产生"急杀"的心理感受。

人物限知角度的运用可以使读者能够切身感受到事件带来的"惊吓"感。人物的视觉角度叙事意味着读者跟随小说人物之眼直接看出相关的信息。当遇到生死攸关的场面时，读者会通过小说人物之眼切身感受到"惊吓"。比如，江州问斩宋江和戴宗时，二者的犯由牌是由法场"众人仰面看"，上写道：

> 江州府犯人一名，宋江，故吟反诗，忘造妖言，结连梁山泊强寇，通同造反：律斩。
>
> 犯人一名，戴宗，与宋江暗递私书，勾结梁山泊强寇，通同谋反：律斩。
>
> 监斩官江州府知府蔡某。

---

① 《第五才子书施耐庵水浒传》，见［清］金圣叹著，陆林辑校整理：《金圣叹全集》（白话小说卷），凤凰出版社 2016 年版，第 173 页。

上述内容都是由法场众人眼中看出，对此金圣叹评："已到法场上，只等午时到矣，却不便接午时三刻四字，却反生出众人看犯由牌一段，如得恶梦，偏不便醒多挨一刻，即多吓一刻。吾常言写急事，须用缓笔，正此法也。"[①] 按照金圣叹的评语，这段由众人看犯由牌的内容其实是故意在叙事过程中延缓叙事节奏，使读者产生惊吓。从阅读的角度看，读者迫切需要了解下文宋江和戴宗是否被解救的情节，正因如此，读者跟随小说人物的角度才能够切身感受到故事情节带来的"惊吓"感。

第三节　叙述者全知角度叙事的类型

叙述者全知角度叙事指的是在文本的叙事进程中作者以说书人的口吻直接跳出来讲述故事内容，而且对故事内容表现出无所不知的状态。全知角度叙事"便于展现广阔的生活场景，自由剖析人物的心理"。[②] 全知角度意味着叙述者"不但能够看到作品中人物所能看到的一切，还能表达人物的所思所想，而且能够全面掌握事件的细节和来龙去脉"，全知角度叙事"通过叙述者之口对人物、事

---

① 《第五才子书施耐庵水浒传》，见 [清] 金圣叹著，陆林辑校整理：《金圣叹全集》（白话小说卷），凤凰出版社 2016 年版，第 724 页。

② 孙艳艳、王百涛：《中国长篇小说叙事角度的转变及〈老残游记〉叙事方法的革新》，《内蒙古民族大学学报》（社会科学版）2002 年第 3 期，第 67—70 页。

件甚至自己的写作发表公开评论"。① 金圣叹评本的《水浒传》中很多地方采用叙述者全知角度叙事。由于《水浒传》是在说书人的底本的基础上世代累积创作而成，所以叙述者往往以"说书人"的身份进行叙事。几乎每个回目都是以"话说"二字开头，在回目末尾往往以"欲知后事如何，且听下回分解"留下一个悬念。在下一个回目开头用"话说"二字回顾上一个回目末尾的悬念，即前情回顾，并一一展开叙事。在叙事过程中还出现"且说"、"却说"等字眼将前文叙事中打断的故事线索一一"续上"。这些术语是一种叙事干预形式，意思是通过叙述者的语言标记或阐释，对接受者的阅读加以引导。② 尤其是在遇到两条主要故事线索需要叙事的情况，文本往往会先将一头叙述停止，然后"话分两头"将叙事进程接入另一条故事线索。③ 这些都是叙述者全知角度叙事。金评本《水浒传》同样采用叙述者全知角度叙事，这里的"全知"指的是叙述者

---

① 于鹏:《金圣叹小说评点中的叙事视角研究》,《辽宁教育行政学院学报》2007年第9期，第132—134页。

② 赵毅衡:《苦恼的叙述者——中国小说的叙述形式与中国文化》，北京十月文艺出版社1994年版，第50—56页。

③ 比如，宋江将阎婆惜收为外宅后，一开始有往来。"阎婆累使人来请，宋江只推事故不上门去。话分两头，忽一日将晚，宋江从县里出来，去对过茶房里坐定吃茶。只见一个大汉。"金圣叹认为这里的叙事就是先将宋江和阎婆惜一头叙事停止，金批:"忽然住，妙绝。"（第377页）然后叙述者以说书人口吻"话分两头"将叙事进程通过引入刘唐这个人物逐渐接入宋江和伙梁山泊的晁盖这条线索，这种办法在金圣叹看来"奇文涌拔"。再如，梁山大军打破大名府后，文本用了两条叙事线索，一个是叙述城外，一个是叙述城里。"李成浑身是血，且走且战，护着梁中书，冲róng而去。话分两头。却说城中之事。宋万去杀梁中书一门良贱。"在叙事过程中如何将线索从城外转移到城里，文本采用的是说书人跳出来以"话分两头"四个字开启城中之事的叙述，这种办法在金圣叹看来"忽然顺笔带出城，忽然逆笔挽入城"（第1177页），用笔变化迅捷。

无所不知，具体体现在以下层面：

一、叙事时间层面的全知角度叙事

叙述者全知角度叙事在时间上体现为叙述者知晓过去发生的事和未来发生的事。叙述者全知角度叙事在时间上体现为知晓过去发生的事。有些事件在文本的叙事进程中并没有出现过，但是叙述者却可以直接跳出来向读者讲述过去某一个时间中发生的故事。采用全知角度叙事能够很好地将故事背景传达给读者，使读者了解事情的来龙去脉，以便于读者对于故事发展能更好地接受。[①]比如，当叙事时间进入到宋江遇见武松的时刻，叙述者突然跳出来向读者介绍武松过去一年在柴进庄上发生的事情。

> 说话的，柴进因何不喜武松？原来武松初来投奔柴进时，也一般接纳管待；次后在庄上，但吃醉了酒，性气刚，庄客有些管顾不到处，他便要下拳打他们；因此，满庄里庄客没一个道他好。众人只是嫌他，都去柴进面前，告诉他许多不是处。柴进虽然不赶他，只是相待得他慢了。[②]

金圣叹认为这段文字以"回护法"通过对过去一年的回顾，将武松"半日颇不满于柴进，得此一释"。也就是说叙述者知晓过去

---

① 魏宝华：《〈西游记〉叙事策略研究》，喀什大学硕士学位论文，2022 年，第 12 页。
② 《第五才子书施耐庵水浒传》，见［清］金圣叹著，陆林辑校整理：《金圣叹全集》（白话小说卷），凤凰出版社 2016 年版，第 414—415 页。

武松在柴进庄上的遭遇。

再如，叙事时间进入到武松在白虎山前土冈子吃酒，小说突然倒追前文写武松在已经过去的某一个故事时间中做过的事。

> 武行者只顾吃。原来过冈子时，先有三五分酒了。一发吃过这四角酒，又被朔风一吹，酒却涌上。①

金圣叹认为这段文字中写武松过冈子时先吃了三五分酒，"倒追到前文去插此一句，特与俗笔不同"，此处与俗笔不同指的是文本将叙事时间倒回武松过冈子时，隐藏在文本之后的叙述者跳出来讲述之前发生的事。

又如，雷横因忍耐不住打了白玉乔，小说从叙述者角度写白玉乔之女白秀英和知县旧时有来往。

> 勾栏里人一哄尽散。原来这白秀英却和那新任知县旧在东京两个来往，今日特地在郓城县开勾栏。那花娘见父亲被雷横打了，又带重伤，叫一乘轿子，径到知县衙内，诉告。②

这段文字中"原来"之后的"旧在东京"内容就是叙述者跳出

① 《第五才子书施耐庵水浒传》，见［清］金圣叹著，陆林辑校整理：《金圣叹全集》（白话小说卷），凤凰出版社2016年版，第577页。
② 《第五才子书施耐庵水浒传》，见［清］金圣叹著，陆林辑校整理：《金圣叹全集》（白话小说卷），凤凰出版社2016年版，第918页。

来讲述过去白秀英和县令交往之事，这些事件同样没有在文本的故事时间中出现过。

叙述者全知角度叙事在时间上还体现为预见未来发生的事。也就是说叙述者除了知晓过去发生的事，还能未卜先知预知未来发生的事，这属于"先知型全知"角度叙事。① 在叙事进程中，叙述者对于尚未发生的事件提前点破。比如，在"火烧草料场"这个故事中，小说写林冲打酒归来遇见大雪压垮了草料场房屋。叙述者就跳出来讲述林冲因祸得福，因为房屋压垮避开火灾。

> 再说林冲踏着那瑞雪，迎着北风，飞也似奔到草场门口，开了锁，入内看时，只叫得苦。原来天理昭然，佑护善人义士，因这场大雪，救了林冲的性命。那两间草厅已被雪压倒了。②

"原来"等句在金圣叹看来是"作书者忽然于事外闲叙四句，笔如劲铁"。这句话前后两句都是文本以第三人称正常叙事，但是作书者突然在叙事进程中插入"原来"等句，这属于叙述者跳出来叙事。由一个事件的叙述直接过渡到另一个事件的叙述上，刘熙载的《艺概》中称之为"跨叙"。③ "这种'过文'简捷明快，能迅速

① 魏宝华：《〈西游记〉叙事策略研究》，喀什大学硕士学位论文，2022年，第12页。论文提出先知型全知视角是一种叙述者能够事先看到人物所没有看到的事情的叙事视角。
②《第五才子书施耐庵水浒传》，见［清］金圣叹著，陆林辑校整理：《金圣叹全集》（白话小说卷），凤凰出版社2016年版，第217页。
③［清］刘熙载撰，王气中笺注：《艺概笺注》，凤凰出版社2020年版，第89页。

收束接受者对上一情节的思考，而转入另一个情节。"① 由于此时故事还没有进展到陆谦放火烧草料场，所以大雪救了林冲性命在文本的叙事时间中还没有发生。但是叙述者此刻就像"先知"一样，预见了林冲接下来的遭遇。

二、叙事空间层面的全知角度叙事

叙述者全知角度叙事在空间上体现为叙述者对叙事进程中同一时间在不同地点发生之事全都知晓。理论上文本叙述某个地方发生的故事的时候，在同一时间不同地点发生的事叙述者是无法全部知晓的，但文本中的情况是用叙述者角度将同一时间不同地点发生之事讲述出来，即"同步型全知"角度叙事。② 这种叙事有时多数表现为用一个小段落的篇幅借助叙述者角度叙事，但有时文本会用一个章回的篇幅借助叙述者角度叙事。

例如，叙述者似乎站在上帝视角，知晓同一年中柴进庄上和清河县两地发生的事，这体现出叙述者角度叙事的全知。《水浒传》叙述武松和武大在阳谷县见面后，有一段文字叙述武大生平。这段文字就是以说书人的口吻叙述而出，而且叙述内容涉及了武松在柴进庄上一年多的时间里武大结婚、搬家的故事。

---

① 张勇:《明清小说叙事转换技法谈略——以〈金瓶梅〉、〈红楼梦〉为例》,《齐鲁学刊》2011年第2期，第135—137页。
② 魏宝华:《〈西游记〉叙事策略研究》,喀什大学硕士学位论文,2022年,第13页。论文提出同步型全知视角指对发生在不同地点的两件事情的同时观察，这种视角只有在全知眼光中才有可能发生。

　　看官听说：原来武大与武松是一母所生两个……这武大郎身不满五尺……那清河县里，有一个大户人家，有个使女，娘家姓潘，小名唤做金莲，年方二十余岁，颇有些颜色。因为那个大户要缠他，这女使只是去告主人婆，意下不肯依从。那个大户以此记恨于心，却倒陪些房奁，不要武大一文钱，白白地嫁与他。自从武大娶得那妇人之后，清河县里有几个奸诈的浮浪子弟们，却来他家里薅恼……因此，武大在清河县住不牢，搬来这阳谷县紫石街赁房居住，每日仍旧挑卖炊饼。①

　　这段叙事中"看官听说"四个字意味着这段文字是叙述者以"说书人"口吻跳出来直接向读者介绍。从叙事内容来看，叙述者知晓一年来清河县潘金莲的遭遇、武大娶妻和搬离清河县等故事，似乎叙述者的视点集中在清河县。但是结合前文所述，叙述者同样知晓武松寓居柴进庄上一年多发生的故事。武大和武松二人的经历发生在同一年，但是由于武松、武大分处两地，这说明叙述者既知晓武松过去一年在柴进庄上发生的事，也知晓这一年武大在清河县的经历。这就是全知角度叙事的优点，即灵活自如、视野开阔。它可以"将人物的过去直到未来、从外表到内心和盘托出，能够将事件的来龙去脉、前因后果交待明白，能够将同时异地、同地异时发

---

① 《第五才子书施耐庵水浒传》，见 [清] 金圣叹著，陆林辑校整理：《金圣叹全集》（白话小说卷），凤凰出版社 2016 年版，第 430—431 页。

生的矛盾冲突线索纳入理顺"。①

再如，武松在鸳鸯楼杀掉张都监一家后，逃出城外被捉进一处店面作坊，然后遇见张青夫妇。小说在前文"十字坡"章回中写武松遇见张青夫妇开黑店，但在另一个地方再次遇见张青及其开的黑店。这种叙事要求文本必须处理好二者的关系，即同一人物在不同空间中的活动，为何张青在不同地方都开有黑店？文本写：

> 武松看时……却正是菜园子张青，这妇人便是母夜叉孙二娘。这四个男女吃了一惊……且拿个毡笠子与他戴上。原来这张青十字坡店面作坊却有几处，所以武松不认得。张青即便请出前面客席里。②

金圣叹认为此处采用作者跳出来"自注"的办法。全知角度叙事的一个重要特点是由于受到"说话人"技艺的影响，叙述者总想跳出来将所有的事情都告诉读者，并在叙述过程中穿插自己的议论和见解。③"自注"就是作者自己对文本叙事进程注解，"自注"可以增加"文本的客观信息量，为读者扩充更丰富的知识性内容"。④在注解的过程中，可以看出叙述者对于不同叙事空间中的张青的活

---

① 许勇强：《〈史记〉与〈水浒传〉叙事艺术比较研究》，重庆师范大学硕士学位论文，2004年，第18页。
② 《第五才子书施耐庵水浒传》，见［清］金圣叹著，陆林辑校整理：《金圣叹全集》（白话小说卷），凤凰出版社2016年版，第566页。
③ 徐银萍：《〈西游补〉的叙事研究》，重庆师范大学硕士学位论文，2017年，第25页。
④ 魏娜：《杜甫诗歌自注贡献探析》，《杜甫研究学刊》2021年第4期，第69—76页。

动都能够知晓。

又如，叙述者知晓同一时间大名府军营、梁山泊山下酒店发生事件的经过，这就是叙述者全知角度叙事。李逵下山遇见韩伯龙，韩伯龙对李逵说自己是梁山泊中人，李逵假意以板斧为当杀掉韩伯龙。在整段叙事中，文本插入一段叙述者角度叙事，即韩伯龙投奔朱贵求见宋江不成山下卖酒之事。

> 李逵听了暗笑："我山寨里那里认得这个鸟人！"原来韩伯龙曾在江湖上打家劫舍，要来上梁山泊入伙，却投奔了旱地忽律朱贵，要他引见宋江。因是宋公明发背疮在寨中，又调兵遣将。多忙少闲，不曾见得，朱贵权且教他在村中卖酒。当时李逵在腰间拔出一把斧，看着韩伯龙道："把斧头为当。"①

金圣叹认为这段文字属于"补一事"。故事发生地需要参照小说中宋江即位梁山之主后对人马的安排："山下四路作眼酒店，原拨定朱贵，乐和，时迁，李立，孙新，顾大嫂，张青，孙二娘。"②所以韩伯龙投奔朱贵的故事发生地应该是在梁山泊山下不远处的酒店，这段故事发生在宋江生背疮期间，当时宋江正率军攻打大名府，其间在军营中生出背疮。也就是说叙述者在第六十四回叙述大

---

①《第五才子书施耐庵水浒传》，见［清］金圣叹著，陆林辑校整理：《金圣叹全集》（白话小说卷），凤凰出版社 2016 年版，第 1187 页。

②《第五才子书施耐庵水浒传》，见［清］金圣叹著，陆林辑校整理：《金圣叹全集》（白话小说卷），凤凰出版社 2016 年版，第 1079 页。

名府军营中宋江生背疮之事，同时还可以知晓远在梁山泊山下的酒店中发生的韩伯龙投奔朱贵之事。两件事在同一时间分处两地发生，都为叙述者知晓。这种叙事角度造成的结果是当时叙述者似乎就身处军营目睹宋江发背疮的经过，又似乎身在梁山泊山下酒店目睹韩伯龙投奔朱贵的经过。

上述例子都是用一个小段落的叙事表现叙述者角度叙事的全知，有些地方文本用一个回目表现叙述者角度叙事的全知。"在主干情节纵向推进的过程中，停滞时间，变换空间，横向展开与主干情节共时发生的插入故事。"①《水浒传》在叙述宋江两次攻打祝家庄后，突然在第四十八回写《解珍解宝双越狱　孙立孙新大劫牢》的故事，"原来这段话正和宋公明初打祝家庄时一同事发"。金圣叹认为"如此风急火急之文，忽然一阁阁起，却去另叙事，见其才大如海也"②。依照文本的叙述，解珍、解宝故事发生的时间恰好是宋江初打祝家庄的时候。攻打祝家庄的故事由叙述者旁观而出，解珍、解宝的故事同样由叙述者旁观而出。金圣叹认为文本叙述完祝家庄发生的故事后，又去叙述同一时间山东登州发生的故事。两件事同时发生，但发生地却一个在祝家庄，一个在山东登州，两个"故事就像实际生活那样一幕幕呈现在读者眼前，读者感觉不到一

_____

① 黄霖、李桂奎、韩晓等：《中国古代小说叙事三维论》，上海世纪出版集团2009年版，第331页。
② 《第五才子书施耐庵水浒传》，见［清］金圣叹著，陆林辑校整理：《金圣叹全集》（白话小说卷），凤凰出版社2016年版，第880页。

个叙述者横亘在他和故事之间"。[①] 这体现出叙述者"才大如海"，即叙述者无所不知的全知角度叙事。

三、叙事对象层面的全知角度叙事

叙述者全知角度叙事在对象上体现为"叙述者站在上帝的角度，对故事中每一个人物的背景、行为以及心理活动都控制着"。[②] "叙述者既在人物内部（既然人物内心发生什么他都知道），又在人物外部（既然他从来不与任何人物相混同）"，[③] 知晓人物发生的任何事情。在这个过程中，叙述者以旁观者的身份亲自讲述人物的身份、生平经历、人物关系。

叙述者以旁观者身份揭晓事件发生过程中涉及的人物身份。江州法场问斩宋江，小说先是叙述客商、使枪棒者、挑担者、丐者四路人靠近法场，然后叙述这些人在李逵劫法场后纷纷出手，紧随其后从叙述者角度将四路人的身份一一揭晓。

> 原来扮客商的这伙便是晁盖、花荣、黄信、吕方、郭盛；那伙扮使枪棒的便是燕顺、刘唐、杜迁、宋万；扮挑担的便是朱贵、王矮虎、郑天寿、石勇；那伙扮丐者的便是阮小二、阮

---

① 许勇强：《〈史记〉与〈水浒传〉叙事艺术比较研究》，重庆师范大学硕士学位论文，2004年，第15页。

② 平燕：《〈儒林外史〉的叙事视角分析》，《北京印刷学院学报》2021年第1期，第101—103页。

③〔法〕罗兰·巴特：《叙事作品结构分析导论》，见张寅德编选：《叙述学研究》，中国社会科学出版社1989年版，第29页。

小五、阮小七、白胜。这一行梁山泊共是十七个头领到来，带领小喽啰一百余人，四下里杀将起来。①

对此，金圣叹在这些人的姓名后分别评道："此五个人真像客商"，"此四个人真像使枪棒的"，"此四个人真像脚夫"，"此四个人真像丐者"，文本先是从第三人称角度叙述，然后再从叙述者全知角度揭晓人物身份，叙述者在此表现得无所不知，对每个人物都了解。

叙述者补叙故事中人物的生平信息。人物生平信息有时会通过人物自我介绍而出，有时会通过文本中熟知相关人物生平经历的其他人物之口说出。但有时文本会借助叙述者之口说出，叙述者对人物生平似乎无所不知，这种情况就是叙述者的全知角度叙事。例如，小说中打虎将李忠在第二回出场，但他的籍贯、祖上、绰号由来并未明写。直至第五十六回才借由叙述者角度写出："原来李忠祖贯濠州定远人氏，家中祖传，靠使枪棒为生；人见他身材壮健，因此呼他做打虎将。"金批："前文所略，至此始出。"②从叙述者角度写出李忠籍贯、祖上、绰号由来，这段叙事弥补了前文省略的人物生平相关内容，进而体现叙述者对所述人物的全知。再如，董超、薛霸本是东京押送林冲去沧州的差人，后却在第六十一回出现

---

① 《第五才子书施耐庵水浒传》，见［清］金圣叹著，陆林辑校整理：《金圣叹全集》（白话小说卷），凤凰出版社 2016 年版，第 726 页。

② 《第五才子书施耐庵水浒传》，见［清］金圣叹著，陆林辑校整理：《金圣叹全集》（白话小说卷），凤凰出版社 2016 年版，第 1029 页。

在大名府，文本写道：

> 原来这董超、薛霸自从开封府做公人，押解林冲去沧州，路上害不得林冲，回来被高太尉寻事刺配北京。梁中书因见他两个能干，就留在留守司勾当。①

二人到底是怎样出现在大名府的，文本有必要交代清楚。文本的处理方法是借助叙述者角度直接点出，金圣叹认为这段叙事是"忽补闲事"，即在原有的叙事进程中由叙述者补叙而出，交代董超、薛霸二人的过往经历。这些内容虽然发生在故事时间中，但文本并没有通过第三人称叙事或借助人物角度叙事，只能由叙述者交代而出。每当叙事进程需要弥补漏洞或者补叙人物过往经历时，叙述者总是以无所不知的姿态讲述出来。小说中汤隆上山后打钩镰枪做样，雷横提调监督，此时文本又以叙述者角度叙述，"原来雷横祖上，也是打铁出身"。金圣叹认为："倒插铁匠于三回之前，已谓奇不可言，又岂知先已倒插一位于数十回之前耶？"②汤隆于三个回目前已经出场，雷横则是在数十回目前出场。叙述者知晓雷横尚有迹可循，但叙述者出场点明雷横祖上打铁足以说明这是全知叙事。

叙述者补叙人物之间的关系。如果说叙述者知晓人物生平体现

①《第五才子书施耐庵水浒传》，见［清］金圣叹著，陆林辑校整理：《金圣叹全集》（白话小说卷），凤凰出版社 2016 年版，第 1116 页。

②《第五才子书施耐庵水浒传》，见［清］金圣叹著，陆林辑校整理：《金圣叹全集》（白话小说卷），凤凰出版社 2016 年版，第 1003 页。

145 ‹

出纵向（历时性）"全知"的话，那么叙述者知晓人物之间的关系则既包括纵向（历时性）"全知"，也包括横向"全知"。人物之间的交往有时需要及时点出，但是不适合用第三人称角度叙事，所以叙述者会直接向读者介绍人物之间的过去有哪些交往，在此过程中体现出叙述者无所不知。例如，林冲得知娘子被调戏后，正待打时认出是高衙内，然后就手软了。文本对高衙内有一段介绍文字，这段文字在叙事上采用的就是叙述者全知角度叙事。

　　恰待下拳打时，认得是本管高太尉螟蛉之子高衙内。原来高俅新发迹，不曾有亲儿，借人帮助，因此过房这阿叔高三郎儿子在房内为子。本是叔伯弟兄，却与他做干儿子，因此，高太尉爱惜他。那厮在东京倚势豪强，专一爱淫垢人家妻女。京师人怕他权势，谁敢与他争口？叫他做"花花太岁"。①

金圣叹认为这段文字"忽然又补入高俅家中一段"，"特地写小人无伦理，无闺门"。这段叙事在金圣叹看来属于补写的内容，它是叙述者全知角度叙事，叙述者亲自解释高俅和高衙内的关系由来，表明二人关系不合伦理。

又如，史进在渭州遇见开手师父李忠，文本的叙事是：

---

① 《第五才子书施耐庵水浒传》，见［清］金圣叹著，陆林辑校整理：《金圣叹全集》（白话小说卷），凤凰出版社 2016 年版，第 168－169 页。

　　史进看了，却认得他。原来是教史进开手的师父，叫做打虎将李忠。史进就人丛中叫道："师父，多时不见。"①

　　文本此处的叙事是史进认得师父，但师父身份在此前文本叙事中并未提及，要知道此前李忠并未出场，正如金圣叹所评点的"此师父前并不见"。文本却是借助叙述者角度写出李忠姓名，这意味着叙述者早已知晓李忠身份以及李忠和史进的师徒关系，可见此处属于叙述者全知角度叙事。

　　又如，杨雄故事中，和尚为了方便与潘巧云来往，让自己的徒弟胡道放风。文本从叙述者角度写出："原来这贼秃日常时只是教师哥不时送些午斋与胡道，待节下又带挈他去诵经，得些斋衬钱。"金批："补一层，便衬起心感。"②评语意思是这句叙述者角度叙事其实是补叙和尚日常照料胡道，所以胡道才有求必应。但补叙的内容体现出叙述者对二人的交情无所不知，所以这段叙事是叙述者全知角度叙事。

---

①《第五才子书施耐庵水浒传》，见［清］金圣叹著，陆林辑校整理：《金圣叹全集》（白话小说卷），凤凰出版社 2016 年版，第 91 页。

②《第五才子书施耐庵水浒传》，见［清］金圣叹著，陆林辑校整理：《金圣叹全集》（白话小说卷），凤凰出版社 2016 年版，第 824—825 页。

第四节　叙述者全知角度叙事的作用

一、揭开故事情节的悬念

叙述者全知角度叙事在事件上体现为叙述者知晓故事情节背后的内容。文本用第三人称叙述故事情节的时候，容易留下一些悬念需要解释。这个时候就需要借助叙述者全知角度叙事去解开这些悬念。在金圣叹看来这些解释悬念的文字很多时候是叙述者对故事情节的注解，金圣叹在评语中针对这些叙事多用"注"、"自注"、"注明"等字眼评点。

例如，文本叙述秦明率军攻打清风山兵败被活捉的整个过程，然后紧随其后解释清风山如何定计打败秦明军队和活捉秦明，这段文字就是叙述者角度叙事。

原来这般圈套，都是花荣的计策，先使小喽啰，或在东，或在西，引诱得秦明人困马乏，策立不定；预先又把这土布袋填住两溪的水，等候夜深，却把人马逼赶溪里去，上面却放下水来，那急流的水，都结果了军马。你道秦明带出的五百人马？一大半淹在水中，都送了性命；生擒活捉有一百五七十人。夺了七八十匹好马，不曾逃得一个回去。次后陷马坑里活捉了秦明。①

这段文字中"原来……"、"你道……"两句足以说明文本是用说书人式的口吻叙事的，即叙述者角度叙事。金圣叹认为花荣定计的具体内容都由叙述者"自注一遍，令上文再一清出"。战前定计的内容本是机密之事，但叙述者通过"自注"的形式一一揭晓故事的悬念。

再如，卢俊义在大名府被下狱后，大名府收到梁山泊没头帖子数十张，然后大名府整兵备战。这些没头帖子的来由文本借助叙述者角度写出。

> 话分两头，原来这没头帖子却是吴学究闻得燕青杨雄报信。又叫戴宗打听得卢员外石秀都被擒捉，因此虚写告示向没人处撒下，及桥梁道路上贴放，只要保全卢俊义石秀二人性命。②

金圣叹在这段文字后评："注明。"意思是叙述者自己将前文情节中的数十张没头帖子的来由"注明"，使得本来模糊带有悬念的故事情节变得清晰明朗。

---

①《第五才子书施耐庵水浒传》，见［清］金圣叹著，陆林辑校整理：《金圣叹全集》（白话小说卷），凤凰出版社2016年版，第619页。

②《第五才子书施耐庵水浒传》，见［清］金圣叹著，陆林辑校整理：《金圣叹全集》（白话小说卷），凤凰出版社2016年版，第1128页。

又如，解珍、解宝射中的老虎明明滚入毛仲义的庄园中，但是二人去找的时候，却没有发现老虎，反而被毛仲义陷害捉拿。那么到底二人猎杀的老虎去哪里了呢？这是整个故事情节必须交代清楚的内容。文本写道：

> 原来毛仲义五更时先把大虫解上州里去了，带了若干做公的来捉解珍、解宝。不想他这两个不识局面，正中了他的计策。①

这段文字在金圣叹看来是文本"注一通，此又一文法也"。细究之下，这种文法就是叙述者叙事，"不想……"这一句恰恰是叙述者对自己内心想法的表达。毛仲义解送老虎去州里，带公差捉拿解珍解宝的一系列举动都是秘密进行的，但这些举动由叙述者揭晓出来。故事情节背后的内容是文本正常叙事进程中没有来得及或不便叙述的事，叙述者通过"注"的形式将这些悬念一一揭晓。

有些时候"读者对所发生的一切早已心知肚明，可叙述者却似意犹未尽，又分别对事情的经过做一番解释"。②比如，智取生辰纲这篇文字在叙事过程中作者只写出有一群卖枣子的客商，但并没有直接点明这些客商的姓名身份，而是在这篇文字的结尾将人物的

---

① 《第五才子书施耐庵水浒传》，见〔清〕金圣叹著，陆林辑校整理：《金圣叹全集》（白话小说卷），凤凰出版社 2016 年版，第 884 页。
② 段江丽：《论〈水浒传〉的叙事视角》，《湖南师范大学社会科学学报》2001 年第 3 期，第 115—121 页。

姓名身份和下蒙汗药的过程写出来。

> 我且问你，这七人端的是谁？（奇笔。如杜诗题下，外有
> 公自注也。）不是别人，原来正是晁盖、吴用、公孙胜、刘唐、
> 三阮这七个。却才那个挑酒的汉子，便是白日鼠白胜。却怎地
> 用药？原来挑上冈子时，两桶都是好酒，七个人先吃了一桶，
> 刘唐揭起桶盖，又兜了半瓢吃，故意要他们看着，只是叫人死
> 心塌地，次后吴用去松林里取出药来，抖在瓢里，只做走来饶
> 他酒吃，把瓢去兜时，药已搅在酒里，假意兜半瓢吃；那白胜
> 劈手夺来倾在桶里，这个便是计策。那计较都是吴用主张。这
> 个唤做"智取生辰纲。"（直解至题。）①

金圣叹认为这种叙事方式类似于杜甫诗题目之下的自注，是叙
述者自己对小说内容的注解。结合整篇叙事来看，叙事过程不点明
人物姓名和下蒙汗药的具体过程，所以有必要在事件成功后解开这
个疑团。它的作用就如金圣叹评点的"直解至题"，这种叙述者视
角可以有效地对文本中人物的真实身份和悬疑事件作出解释。

二、为后文故事情节埋伏笔

采用叙述者全知角度叙事，"叙述者就如同纵观全书的编辑者

---

① 《第五才子书施耐庵水浒传》，见［清］金圣叹著，陆林辑校整理：《金圣叹全集》（白
话小说卷），凤凰出版社 2016 年版，第 307—308 页。

一样，对故事当中涉及的人物未来和命运走向充分了解，对于故事的发展情况完全清楚知晓"。① 在文本叙事进程中，从叙述者角度提前介绍后文将要出现的人物和人物的基本信息，为后文故事情节埋下伏笔。

例如，潘金莲误将叉竿打中西门庆后，文本写潘金莲收叉竿关门，西门庆转了一圈。文本在写二人动作之间插入一段介绍西门庆的文字。金圣叹认为这段文字中许多信息为后文埋下伏笔。

这妇人自收了帘子叉竿入去，掩上大门，等武大归来。你道那人姓甚名谁？那（原文写法，即"哪"）里居住？原来只是阳谷县一个破落户财主，就县前开着个生药铺。（伏砒霜。）从小也是一个奸诈的人，使得些好拳棒；（伏踢武大，踢武二。）近来暴发迹，专在县里管些公事，与人放刁把滥，说事过钱，排陷官吏。（伏官吏通线。）因此，满县人都饶让他些个。（伏何九忌怕。）那人覆（原文写法，即"复"）姓西门，单讳一个庆字，排行第一，人都唤他做西门大郎。近来发迹有钱，人都称他做西门大官人。②

"你道那人姓甚名谁？那（哪）里居住？原来只是阳谷县一个

① 平燕：《〈儒林外史〉的叙事视角分析》，《北京印刷学院学报》2021年第1期，第101—103页。
② 《第五才子书施耐庵水浒传》，见［清］金圣叹著，陆林辑校整理：《金圣叹全集》（白话小说卷），凤凰出版社2016年版，第445—446页。

破落户财主……人都称他做西门大官人"这段话自问自答，叙述模式与说书人口吻类似，因此属于叙述者角度叙事。叙述者在此将西门庆自幼以来的为人、爱好、职业、近来情况一一作出介绍，可见叙述者不仅了解眼前情况，还知晓西门庆的过往履历。如果说文本写潘金莲收叉竿关门，西门庆转了一圈的文字是叙述者躲在暗处不动声色的第三人称叙事，那么这段介绍西门庆的文字就是叙述者跳出来直接向读者讲述的叙述者全知角度叙事。金圣叹的评语说明这段叙述者全知角度叙事为后文故事情节埋下伏笔。西门庆开生药铺（"伏砒霜"），暗示后文潘金莲药鸩武大郎的砒霜就是来自西门庆的药铺。西门庆会拳棒（"伏踢武大，踢武二"），所以后文武大捉奸被踢伤，武松找西门庆报仇被踢落手中刀。西门庆在县里管公事（"伏官吏通线"），因此后文中官吏收了西门庆银子拒绝武松告官。满县人怕西门庆（"伏何九忌怕"），导致后文何九给武大验尸不得不收西门庆银子。叙述者凭借自己无所不知的叙事提前为后文埋下伏线，后文中出现的一系列故事情节都是顺理成章的。

　　再如，宋江发配江州，来到江州府，遇见府尹升堂。文本用叙述者角度写知府蔡得章的家业以及为官情况。

　　　　原来那江州知府，姓蔡，双名得章，是当朝蔡太师蔡京的
　　　　第九个儿子；因此，江州人叫他做蔡九知府。那人为官贪滥，

作事骄奢。①

金圣叹在此句后评:"为后作案。"评语的意思是叙述者写出的内容是为后文故事情节先作铺垫。蔡知府"为官贪滥,作事骄奢",才有了后文中黄文炳买"时新礼物"送于知府,但碰巧蔡得章在"府里公宴",所以才有了黄文炳上浔阳楼看到宋江题写的反诗情节。

又如,文本在写石秀遇见杨雄妻子潘巧云后,用了一段文字从叙述者角度介绍潘巧云的生平经历。

> 原来那妇人是七月七日生的,因此,小字唤做巧云。先嫁了一个吏员,是蓟州人,唤做王押司。两年前身故了,方晚嫁得杨雄,未及一年夫妻。②

潘巧云的前夫两年前身故这个信息在金圣叹看来"为周年作地耳"。后文中潘父请报恩寺僧人来为潘巧云前夫身故两周年做功德,由此引出报恩寺僧人裴如海和潘巧云的私情等一大段故事情节。也就是说叙述者角度介绍的潘巧云的基本信息会为后文裴如海和潘巧云二人私会的故事情节埋下伏笔。

---

① 《第五才子书施耐庵水浒传》,见〔清〕金圣叹著,陆林辑校整理:《金圣叹全集》(白话小说卷),凤凰出版社 2016 年版,第 674 页。
② 《第五才子书施耐庵水浒传》,见〔清〕金圣叹著,陆林辑校整理:《金圣叹全集》(白话小说卷),凤凰出版社 2016 年版,第 809 页。

三、使文本用笔多样化

《水浒传》叙事多数时候是第三人称叙事，但有时采用叙述者全知角度叙事。这种叙事角度很多时候可以对文本内容进行补充，这些补充的内容使文本用笔呈现多样化。具体表现为：

其一，"笔势夭矫"。文本在写林冲捉住高衙内时，用叙述者角度写出高俅和高衙内的过往经历，金圣叹认为叙事进程中"忽然又补入高俅家中一段，笔势夭矫"。[①]从用笔的态势上来看，原本的叙事进程正在描写林冲与高衙内即将产生冲突，补入的文字使叙事进程拓出题外，由此产生曲折的感觉。

其二，"笔如劲铁"。风雪山神庙故事中插入一句"原来天理昭然，佑护善人义士，因这场大雪，救了林冲的性命"，金圣叹认为"作书者忽然于事外闲叙四句，笔如劲铁"。[②]作者跳出来用自己的口吻叙事，但这里属于"闲叙"，"劲铁"的意思是忽然从叙述者角度叙事使文本进程显得苍劲有力。

其三，"笔势陡突"。武松挨个邀请众邻居坐在家中询问哥哥亡故之事，此时就产生了一个问题，即为什么先来的没有走掉？文本以叙述者角度写出："说话的，为何先坐的不走了？原来都有士兵前后把着门，都是监禁的一般。"这句是叙述者自问自答的文字，

[①]《第五才子书施耐庵水浒传》，见［清］金圣叹著，陆林辑校整理:《金圣叹全集》(白话小说卷)，凤凰出版社2016年版，第169页。

[②]《第五才子书施耐庵水浒传》，见［清］金圣叹著，陆林辑校整理:《金圣叹全集》(白话小说卷)，凤凰出版社2016年版，第217页。

金圣叹认为"百忙中忽然自问，愈显笔势陡突"。"忽然自答，百忙中乃得让此一笔。"[①] 原有的文本进程由于人物众多而显得繁忙，文本中插入叙述者全知角度叙事即自问自答，使得原本繁忙的文本进程突然发生变化，文本形势变得很陡峭。

其四，用笔"周匝"。很多时候文本出于解释故事悬念的目的，需要叙述者跳出来向读者解释故事中的悬念，这使文本用笔更加严密。小说通过第三人称叙述刘高用囚车押送宋江和花荣，途中被清风山三位好汉劫囚车。但是清风山三位好汉如何得知宋江等被捉拿，又是如何部署劫囚车的，文本则是通过叙述者全知角度叙事。

> 原来这三位好汉为因不知宋江消息，差几个能干的小喽啰下山，直来清风镇上探听，闻人说道："都监黄信，掷盏为号，拿了花知寨并宋江，陷车囚了，解投青州来。"因此报与三个好汉得知，带了人马，大宽转兜出大路来，预先截住去路，小路里亦差人伺候。[②]

也就是说这段叙述者角度的文字在金圣叹看来属于闲笔，"周匝"体现出文本介绍故事背后发生的事使文本圆满，体现出叙事的周密。叙述者能将故事背后发生的事揭露出来体现出叙述者的全知。

---

① 《第五才子书施耐庵水浒传》，见［清］金圣叹著，陆林辑校整理：《金圣叹全集》（白话小说卷），凤凰出版社 2016 年版，第 495 页。

② 《第五才子书施耐庵水浒传》，见［清］金圣叹著，陆林辑校整理：《金圣叹全集》（白话小说卷），凤凰出版社 2016 年版，第 612 页。

第五节 人物角度和叙述者角度结合叙事

人物限知角度叙事和叙述者全知角度叙事都是文本叙事的重要角度，一般情况下，作者会将两类叙事角度单独使用。但有些时候作者还会将二者结合起来使用。文本叙事既采用人物角度叙事，又采用叙述者角度叙事，这种叙事角度最终呈现出一半人物、一半叙述者相结合的叙事角度。叙述者全知角度使得叙述者站在人物之外也可以进入人物内心，对整个故事的发展走向了如指掌，对文本的故事走向有着绝对的控制权和解释权。同时叙述者也可以将叙事限制在一定范围内，将叙述的权限转交给文本中的人物，以文本中人物的眼光讲述故事的发展。①

《水浒传》写何涛等官兵在水泊梁山捕盗即将上岸，遇见提锄头的大汉和水中的一个人，然后双方战斗。这段内容采用的就是一半人物、一半叙述者相结合的叙事角度。

> 只见那汉提起锄头来，于到，把这两个做公的，一锄头一个，翻筋斗都打下水里去。何涛见了吃一惊，急跳起身来时，却待奔上岸，只见那只船忽地搪将开去，水底下钻起一个人来，把何涛两腿只一扯，扑通地倒撞下水里去。那几个船里的却待要走，被这提锄头的赶将上船来，一锄头一个，排头打下

---

① 徐银萍：《〈西游补〉的叙事研究》，重庆师范大学硕士学位论文，2017年，第30页。

去，脑浆也打出来。①

　　"只见"提锄头的人将士兵打落水中的整个过程，既可以从叙述者角度看出，也可以从何涛角度看出；"只见"船搪将开去，水下钻出一个人，将何涛扯入水中，这个过程既有何涛角度叙事，也有叙述者角度叙事。何涛和船上的士兵被打落水中的这段叙事，采用的就是一半人物、一半叙述者相结合的叙事角度。整段叙事内容虽然由何涛角度看出，但是何涛只是参与视觉角度叙事的人物之一，所以整段叙事一半采用的是人物角度（视觉限知角度）叙事，另一半采用的是叙述者角度叙事（可以理解为叙述者亲临现场观看了整个过程），所以是人物半限知角度叙事。当然，从叙述者角度叙事的内容是半全知的，因为整个过程中叙述者看到的是"水底下这人"、"提锄头的那汉"，并没有直接说出人物姓名，所以是叙述者半全知角度叙事。这个可以理解为"叙述者有意隐瞒"，不过"隐瞒都是暂时的"。② 战斗结束后整段叙事中涉及的人物身份一一揭晓："看水底下这人却是阮小七，岸上提锄头的那汉便是阮小二。"金圣叹评："带叙带记"，即前文一半人物、一半叙述者相结合的角度叙事是"叙"，人物身份揭晓是"记"。金圣叹认为："带叙带记，叙处有奔风激电之能，记处有水落石出之致。"可见一半人物、一半叙

---

① 《第五才子书施耐庵水浒传》，见［清］金圣叹著，陆林辑校整理：《金圣叹全集》（白话小说卷），凤凰出版社2016年版，第350页。
② 段江丽：《论〈水浒传〉的叙事视角》，《湖南师范大学社会科学学报》2001年第3期，第115—121页。

述者相结合的角度叙事如"奔风激电"一般使叙事进程变幻莫测，最终揭晓答案的内容如"水落石出"一般使叙事内容显露真相。

　　不论是人物角度叙事还是叙述者角度叙事，都是文本叙事角度的重要组成部分，需要说明的是这两种叙事角度本身没有高下优劣之分，两种叙事角度可以分开使用，也可以结合起来使用，在文本叙事过程中创作者需要结合文本的实际需要选择适合的角度进行叙事。

本章小结

　　金圣叹评语中的叙事角度包括人物限知角度、叙述者全知角度、人物和叙述者相结合的角度。人物限知角度叙事主要包括人物的视觉角度叙事和人物的听觉角度叙事两类，人物限知角度叙事还会在不同人物之间、同一人物的不同感官之间进行转换。人物限知角度叙事应用于文本可以凸显"看者"或"被看者"的形象，营造悬疑和"影灯漏月"的艺术效果，带给读者"急杀"和"惊吓"的阅读休验。叙述者全知角度叙事包括叙事时间、叙事空间、叙事对象的全知角度叙事。叙述者全知角度叙事应用于文本可以揭开故事情节的悬念，为后文故事情节埋下伏笔，补充文本内容使文本用笔呈现多样化。此外，文本叙事还可以既采用人物角度叙事又采用叙述者角度叙事，这种叙事最终呈现出一半人物、一半叙述者相结合的叙事角度。

第六章　叙事笔法论

小说在叙事过程中，如何将事件呈现出来，是需要小说家精心安排经营的。《水浒传》在叙述每个故事时"有头、有身、有尾"，[①]整个过程运用了许多叙事笔法。金圣叹对《水浒传》叙事笔法的评点主要分为四个方面：故事起始的叙事笔法，如弄引、倒插等；故事进程的叙事笔法，如草蛇灰线、夹叙等；故事结尾的叙事笔法，如獭尾、补叙等；故事与故事衔接的叙事笔法，如过接、交卸、移云接月等。

第一节　故事起始的叙事笔法

故事的起始往往需要一个引子将故事中的关键要素引出来，使故事进程显得合理自然。有时还需要将后文故事中的关键信息倒插

---

① ［古希腊］亚里士多德：《诗学》第 7 章，见伍蠡甫主编：《西方文论选》，上海译文出版社 1979 年版，第 62 页。

在故事的起始。对于《水浒传》故事起始的叙事笔法，金圣叹主要论述了弄引法、倒插法。

一、弄引法

弄引法，金圣叹解释为："有一段大文字，不好突然便起，且先作一段小文字在前引之。如索超前，先写周谨；十分光前，先说五事等是也。《庄子》云：'始于青萍（苹）之末，盛于土囊之口'。①《礼》云：'鲁（齐）人有事于泰山，必先有事于配林。'"②金圣叹认为弄引法应用于小说叙事中指的是在主要故事开始之前或人物出场之前先有一段文字作为引子引出。毛宗岗也有类似的论述，"将有一段正文在后，必先有一段闲文以为之引"。③在正文（大文字）之前放一段引文（小文字），用引文（小文字）"引"出正文（大文字），这种关系在我国古代的文化典籍中屡见不鲜。金圣叹在评语中认为引文和正文的关系与《风赋》中"青苹之末"与"土囊之口"的关系、《礼》中的"有事于配林"与"有事于泰山"的关系类似，都是以"小"引出"大"。中国的艺术理念中也有类似的体现，例如，中国古代一些名胜古迹的建造次序"在主体之

---

① 金圣叹在评语中认为这两句出自《庄子》，实则出自［战国］宋玉《风赋》："夫风生于地，起于青苹之末。侵淫谿谷，盛怒于土囊之口。"［见（南朝·梁）萧统编，（唐）李善注：《文选》，上海古籍出版社 1986 年版，第 582 页。］

② 《第五才子书施耐庵水浒传》，见［清］金圣叹著，陆林辑校整理：《金圣叹全集》（白话小说卷），凤凰出版社 2016 年版，第 35 页。

③ 《读〈三国志〉法》，见［明］罗贯中著，［清］毛宗岗评改：《三国演义》，上海古籍出版社 1989 年版，第 10 页。

前，常设有一些标识和景致，引人渐入佳境。如未到颐和园，先见东牌楼，前题'涵虚'，背题'罨秀'，预示着湖光山色的颐和园就在眼前"。① 从全局来看，虽然"主体"部分至关重要，但作为"引子"的那部分同样不可或缺。弄引的要旨是在高潮部分来临之前，先不知不觉地作一些铺垫，使读者对即将到来的高潮产生朦胧的预感，在读者的心理上先涂上一层底色。② 当然金圣叹有时并不完全采用"弄引"字样来表示主要故事开始之前或人物出场之前先有一段文字作为引子，而是运用"楔子"、"引文"等字眼来表示近似的含义。

金圣叹评语中提到的弄引法分为两类：

其一，用一小段故事情节作为引文。在一个大段落故事情节（或高潮）之前往往需要用小段故事情节引出相关的人物。这在小说中并不罕见，黄小田评点《儒林外史》叙事："渐渐引入，一拍即合"，③ 齐省堂评点《儒林外史》的叙事："慢慢引入，最是清谈妙趣"。④ 金圣叹针对第十二回《急先锋东郭争功　青面兽北京斗武》评点"索超前，先写周谨"。在本回故事中索超和杨志比试武艺是主要的故事内容，但小说并不是开篇就写杨志和索超比试武艺，而

---

① 刘春生：《金圣叹小说叙事技法论评述》，《国际关系学院学报》1997年第3期，第31—38页。
② 陈果安：《金圣叹小说理论研究》，湖南师范大学出版社1994年版，第315页。
③〔清〕吴敬梓著，李汉秋辑校：《儒林外史汇校汇评》，上海古籍出版社2010年版，第118页。
④〔清〕吴敬梓著，李汉秋辑校：《儒林外史汇校汇评》，上海古籍出版社2010年版，第370页。

是先安排周谨和杨志比试枪法、较量箭法，然后再引出索超和杨志比试武艺的精彩场面，这里"先写周谨"的内容就属于弄引法。小说写"病关索"杨雄被"踢杀羊"张保等人围困住难以脱身，正在争执中石秀出场帮助杨雄打退张保等人，针对这个情节，金圣叹认为"非一张保便困杨雄，亦只是借以引出石秀耳，须知行文之苦"。[①] 从实际情况看，张保几人未必能够困住杨雄，但是小说为了引石秀出场，才有了张保等人围困杨雄的情节，也就是说这个情节是作为石秀出场（也是石秀、杨雄二人传记的开始）的引子存在的。与引子有同样作用的是"楔子"，即以物出物，用一个事物引出另一个事物，金圣叹认为宋江和阎婆惜故事是宋江流落江湖故事的"楔子"，他说："宋江婆惜一段，此作者之纤笔也。为欲宋江有事，则不得不生出宋江杀人；为欲宋江杀人，则不得不生出宋江置买婆惜；为欲宋江置买婆惜，则不得不生出王婆化棺。故凡自王婆求施棺木以后，遥遥数纸，而直至于王公许施棺木之日，不过皆为下文宋江失事出逃之楔子。读者但观其始于施棺，终于施棺，始于王婆，终于王公，夫亦可以悟其洒墨成戏也。"[②] 在金圣叹看来第十九回宋江和阎婆惜的故事是作为宋江外逃的"楔子"出现的。宋江流落江湖的故事就是因为怒杀阎婆惜所致，所以宋江和阎婆惜故事堪称是宋江个人传记的"引子"，即评语中所说的"楔子"。这个

---

① 《第五才子书施耐庵水浒传》，见［清］金圣叹著，陆林辑校整理：《金圣叹全集》（白话小说卷），凤凰出版社 2016 年版，第 805 页。
② 《第五才子书施耐庵水浒传》，见［清］金圣叹著，陆林辑校整理：《金圣叹全集》（白话小说卷），凤凰出版社 2016 年版，第 364 页。

故事是为下文宋江流落江湖的故事"服务"，旨在引出正文。

其二，单纯的陈述性用语（不包括故事情节）作引文，这里的引文可以是一段陈述性文字，也可以是一句话。作为引文的一段陈述性文字虽然有时和主要故事情节可以各自独立存在，但是二者仍然发生着关联。例如，在"王婆贪贿说风情"这个故事中王婆给西门庆说风情，即如何与潘金莲产生私情时，一共提到"十分光"，但是小说在"说光前，先有一番五事问答"，即"潘、驴、邓、小、闲"五事俱全。金圣叹认为"说光独作一篇文字读"，"五事问答，又可另作一篇读"。[①]"十分光"和"五事"分别属于两篇文字，但这两篇文字在金圣叹看来却是有关联的，"十分光前，先说五事"，说"五事"的文字是为了给说"十分光"的文字作引。这可以算得上是"中国式悬念"，在中心故事到来之前用一段引文给读者做好心理预备。[②]有时一句话也可以作为引文引出相关的故事情节。例如，梁山泊众位好汉大闹江州解救宋江后，杀到江边，阮氏三雄看见江上船只，提出"夺那几只船过来"，后来发现船上是江州本地来营救宋江的好汉。金圣叹认为这种写法也是作引法，"夺船一段乃引文，盖惟恐张顺来得突然，故先作一波折，今既迎入，便随笔放下"。[③]三阮夺船的说法其实是为了给江州张顺、李俊等人水上接

---

① 《第五才子书施耐庵水浒传》，见［清］金圣叹著，陆林辑校整理：《金圣叹全集》（白话小说卷），凤凰出版社 2016 年版，第 450 页。

② 林岗：《明清小说评点》，北京大学出版社 2012 年版，第 131 页。

③ 《第五才子书施耐庵水浒传》，见［清］金圣叹著，陆林辑校整理：《金圣叹全集》（白话小说卷），凤凰出版社 2016 年版，第 729 页。

应的情节作引。再如，郓哥卖梨不成反被王婆殴打，"那篮雪梨四分五落，滚了开去"。金圣叹认为："不因此句，如何生出事来？"[1]评语中金圣叹提出郓哥和王婆的争执影响到了后文郓哥怂恿武大捉奸的故事，也就是说郓哥和王婆的争执桥段反而成为第二十四回武大捉奸的引子。

二、倒插法

倒插法，"谓将后边要紧字，蓦地先插放前边"，它是"一种事先预示的技巧"，[2] 意思是后文事件中的关键内容放置在叙事之初。一般的小说创作模式是按照起承转合式的流程环环相扣叙述故事，这种模式有些时候未免呆板，而倒插法的出现打破了这种呆板的格局。[3] 倒插的内容在后文中属于关键信息，将其先插入前文意味着后文一定会用到这些信息，所以倒插的相关内容和后文内容往往具备因果关系。这种写法类似于戏剧中的契诃夫之枪，如果一个剧本在第一幕的布景墙上挂着一把枪，到最后一幕就得让枪里射出子弹，要不然那把枪一开始就不应该挂上去。倒插在前文的内容与后文内容存在一定的关联。金圣叹认为小说采用"倒插法"的原因是避免行文叙事有"突如其来之嫌"。为了使后文叙事能够顺利进行，

---

① 《第五才子书施耐庵水浒传》，见［清］金圣叹著，陆林辑校整理：《金圣叹全集》（白话小说卷），凤凰出版社 2016 年版，第 464 页。

② 张俊喜：《金圣叹小说评点的叙事学研究》，内蒙古师范大学硕士学位论文，2007 年，第 9 页。

③ 陈果安：《金圣叹小说理论研究》，湖南师范大学出版社 1994 年版，第 323 页。

相关内容必须在前文做好铺垫。比如，小说中唐牛儿首次出场时小说写道："宋江要用他时，死命向前。"对此，金圣叹评点道："只为明日夺放宋江，恐有突如其来之嫌，故先插过隔夜。"①在金圣叹看来提前倒插唐牛儿与宋江的关系，为后文唐牛儿从虔婆手里夺过宋江并放走宋江作铺垫。

有关文本叙事中倒插法的类型，金圣叹在《读第五才子书法》中列举了《水浒传》中的例子。

> 谓将后边要紧字，蓦地先插放前边。如五台山下铁匠间壁父子客店，又大相国寺岳庙间壁菜园，又武大娘子要同王干娘去看虎，又李逵去买枣糕，收得汤隆等是也。②

参照金圣叹《读第五才子书法》所举的小说原文事例可以对倒插作出分类：其一，事件发生地点的倒插，即将后文事件的发生地倒插在前文。金评鲁智深在五台山下遇见铁匠铺时："老远先放此一句，可谓隔年下种，来岁收粮，岂小笔所能。"③毛宗岗也提出"隔年下种、先时伏着"。④二人都运用"隔年下种"的术语，但毛

①《第五才子书施耐庵水浒传》，见［清］金圣叹著，陆林辑校整理：《金圣叹全集》（白话小说卷），凤凰出版社 2016 年版，第 387 页。
②《第五才子书施耐庵水浒传》，见［清］金圣叹著，陆林辑校整理：《金圣叹全集》（白话小说卷），凤凰出版社 2016 年版，第 34 页。
③《第五才子书施耐庵水浒传》，见［清］金圣叹著，陆林辑校整理：《金圣叹全集》（白话小说卷），凤凰出版社 2016 年版，第 118 页。
④《读〈三国志〉法》，见［明］罗贯中著，［清］毛宗岗评改：《三国演义》，上海古籍出版社 1989 年版，第 12 页。

宗岗是针对伏笔而评的。金圣叹评语中"隔年下种，来岁收粮"其内涵正说明倒插内容和后文内容之间的关联，"前文中提到的物件或多或少应与后文有点关系，这是古典作家在创作中遵循的一条写作规律"。①后文鲁智深离开五台山时特意在铁匠铺打了禅杖、戒刀，由此可见铁匠铺是地点上的倒插。大相国寺菜园的间壁恰好是岳庙，林冲说自己妻子去"岳庙"里还香愿碰巧看见鲁智深使禅杖。此处采用的同样是倒插法，先将岳庙还愿倒插在前，后文林娘子在岳庙的遭遇就不至于太突兀。和"岳庙间壁菜园"写法类似的是"茶坊间壁"，小说写"武大引着武松，转湾（弯）抹角，一径望紫石街来。转过两个湾（弯），来到一个茶坊间壁"，金批："倒插而下，即岳庙间壁菜园一样文法。"②此处"茶坊间壁"是武大的家里，茶坊是王婆的住所，后文中"茶坊"是故事的发生地，金圣叹认为小说提前将茶坊写出，这种写法属于"倒插"，都是将后文潘金莲和西门庆产生私情的故事发生地提前写出来。其二，相关人物的倒插，即在前文看似无意地提及后文事件中的人物。俄国语言学家、文学批评家罗曼·雅克布松说："如果一本十八世纪冒险小说的主人公碰到一个路人，那么这个路人对于主人公的、至少是对于情节的重要性很可能是不言而喻的。但是在果戈理或托尔斯泰或陀思妥耶夫斯基那里，让主人公首先遇到一位无关紧要的、（从故

① 胡亚敏：《金圣叹的叙事文法》，《东方丛刊》（会议集）1994年第1辑，第75—91页。
② 《第五才子书施耐庵水浒传》，见［清］金圣叹著，陆林辑校整理：《金圣叹全集》（白话小说卷），凤凰出版社2016年版，第431页。

事的角度来看是）多余的路人，让他们的交谈与故事无关，这几乎
成为一种义务。"①这种写法就是相关人物的倒插。在《水浒传》中
武大、潘金莲住处邻居的出场采用的就是倒插法。潘金莲初次遇见
武松时说自己"听得间壁王干娘说有个打虎好汉"，金圣叹认为这
也属于"倒插"法，它"巧妙安排叙事以达到某种审美目的"，"体
现了灵活变化"。②潘金莲出场后一并将王婆倒插在此，可见王婆与
潘金莲邻里来往密切，后文王婆说风情就显得顺理成章了。其他邻
居的出场同样采用倒插法，小说写："众邻舍斗分子来与武松人情，
武大又安排了回席"，金批："又先倒插下邻舍。"③金圣叹的意思是
此处写邻居与武松做人情的内容在后文中将会成为武松杀潘金莲时
的见证。此外，事件相关人物的倒插还包括倒插相关人物的性格和
行事特点。比如，小说写史进庄上的庄客王四可以"答应官府，口
舌便利"，金圣叹认为此句"为欲写他巧言误事，却先写他答应官
府，是倒插过来之笔"。④评语中"巧言误事"指的是后文中王四
在联络史进和少华山的过程中出现纰漏，丢失书信，于是要小聪明
将书信之事搪塞过去，谁知最后败露，惹出官府捉拿史进等人。但
小说却提前将王四口舌伶俐的特点倒插在其出场时，使其巧言误事

① [美]华莱士·马丁：《当代叙事学》，伍晓明译，北京大学出版社1990年版，第68页。
② 孙蕊：《关于〈杜诗详注〉中诗法评注的分析》，《大众文艺》2019年第8期，第17—18页。
③ 《第五才子书施耐庵水浒传》，见[清]金圣叹著，陆林辑校整理：《金圣叹全集》（白话小说卷），凤凰出版社2016年版，第436页。
④ 《第五才子书施耐庵水浒传》，见[清]金圣叹著，陆林辑校整理：《金圣叹全集》（白话小说卷），凤凰出版社2016年版，第81页。

显得顺理成章。

金圣叹认为运用倒插法叙事需要做到"遮掩"。金批请公孙胜途中李逵买枣糕遇见汤隆，拉汤隆入伙，这个情节的运用也属于"倒插"之法。理由是"公孙到，方才破高谦；高谦死，方才惊太尉；太尉怒，方才遣呼延；呼延至，方才赚徐宁；徐宁来，方才用汤隆"。[①]从小说内容看，正常的逻辑关系是：公孙胜上山—破高廉—高太尉发怒—派遣呼延灼—赚徐宁上山—用汤隆打钩镰枪。但是小说却在公孙胜上山的同时安排汤隆入伙，并写"李逵引过汤隆来参见宋江，吴用并众头领"，金圣叹认为这看似"李逵得意处"，其实是"遮掩其倒插之法耳，读者毋为作者所瞒也"。[②]言外之意是此处运用倒插之法，并且倒插之法需要"遮掩"。

第二节　故事进程的叙事笔法

对于《水浒传》故事进程的叙事笔法，金圣叹主要论述了草蛇灰线法、夹叙法等方法。

一、草蛇灰线法

草蛇灰线法是金圣叹在《读第五才子书法》中提出的故事进程

①《第五才子书施耐庵水浒传》，见［清］金圣叹著，陆林辑校整理：《金圣叹全集》（白话小说卷），凤凰出版社2016年版，第971页。
②《第五才子书施耐庵水浒传》，见［清］金圣叹著，陆林辑校整理：《金圣叹全集》（白话小说卷），凤凰出版社2016年版，第972页。

叙事笔法。

> 草蛇灰线法。如景阳冈勤叙许多"哨棒"字，紫石街连写
> 若干"帘子"等字是也。骤看之，有如无物，及至细寻，其中
> 便有一条线索，拽之通体俱动。[①]

有关"草蛇"的解释，毛宗岗在《三国演义》第十五回回前总
评："如草中之蛇，于彼见头，于此见尾。"[②]"草蛇"一般认为是蛇
从草丛走过会留下若隐若现的一条线。对于"灰线"的解释，宁
稼雨《〈水浒传〉趣谈与索解》提出"所谓'灰线'，是指用筐担
灰时泄漏于地上的灰土"。[③]张晓丽《论金圣叹之"草蛇灰线法"》
提出"'灰线'，就像用灰撒下的线条，断断续续"。[④]"灰线"即灰
落在地上留下断断续续的一条线。"草蛇灰线"用在小说中指的就
是断断续续、若隐若现的一条线索。依照金圣叹在评语中的解释，
"草蛇灰线"意味着小说故事有一条线索联贯故事情节的前后文，
将线索单独来看，会发现贯穿整个故事，而且这条线索是细微的，
"骤看之，有如无物"。王靖宇在《〈左传〉与传统小说论集》中提

①《第五才子书施耐庵水浒传》，见［清］金圣叹著，陆林辑校整理：《金圣叹全集》（白
　话小说卷），凤凰出版社 2016 年版，第 34 页。
②［明］罗贯中著，［清］毛宗岗评改：《三国演义》，上海古籍出版社 1989 年版，第 176
　页。
③宁稼雨：《〈水浒传〉趣谈与索解》，春风文艺出版社 1997 年版，第 235—236 页。
④张晓丽：《论金圣叹之"草蛇灰线法"》，《内蒙古师范大学学报》（哲学社会科学版）
　2008 年第 2 期，第 103—107 页。

到"金氏所谓的这种笔法和现代文艺批评中的时髦用语'回归印象'有些相似，即作者在作品中通过多次重复但不引人注目地运用某种关键印象或标记来达到某种整体的特定的目的，有如交响乐中多次重复主题乐章"。①

在叙事过程中，草蛇灰线法有两大特点：其一，叙事进程中作为线索的具体物件重复出现，贯穿整个叙事的过程。以金圣叹在评语中提出的"景阳冈勤叙许多'哨棒'字，紫石街连写若干'帘子'字"②为例作分析。在第二十二回中，从武松离开柴进庄上直到景阳冈打虎的过程中，小说一共写了十九次"哨棒"，金圣叹在评语中将文本提到"哨棒"的文字一一点出来。小说写"武松缚了包裹，拴了哨棒，要行"。金圣叹评："哨棒此处起。"之后，小说"一路又将哨棒特特处处出色描写"。③金圣叹的评点从"哨棒二"至"哨棒十八"，直到小说原文老虎"眼见气都没了，方才丢了棒"，金批："哨棒此处毕"。"哨棒"在武松打虎一篇文字中重复出现，它贯穿于整个叙事进程中，是叙事进程的线索。在第二十三回中，小说一路共写了十四次潘金莲家的"帘子"，金圣叹在评语中将文本提到"帘子"的文字一一点出来。小说从武大领武松回到紫石街住处开始，写"只见帘子开出，一个妇人到帘子下"，金

---

① ［美］王靖宇：《〈左传〉与传统小说论集》，北京大学出版社 1990 年版，第 145 页。

② 《第五才子书施耐庵水浒传》，见［清］金圣叹著，陆林辑校整理：《金圣叹全集》（白话小说卷），凤凰出版社 2016 年版，第 34 页。

③ 《第五才子书施耐庵水浒传》，见［清］金圣叹著，陆林辑校整理：《金圣叹全集》（白话小说卷），凤凰出版社 2016 年版，第 418—419 页。

圣叹评："一路便勤叙帘子。"①同时金圣叹从"帘子一"一直评点到
"帘子十四"，其中"帘子九"是针对恰好西门庆"从帘子便走过"
而评点，"帘子十四"是针对潘金莲和西门庆有了私情之后潘金莲
"便踅过后门归家，先去下了帘子"而评点的。"帘子"作为线索
贯穿了从潘金莲出场到潘金莲和西门庆有私情的叙事进程。

其二，叙事进程中作为线索的内容不是明确的某一个事物而是
模糊的东西，断断续续、若隐若现。这是"作者在看似不经意之
间，设置一条贯穿整个故事情节发展过程的非故事性线索，……
循此线索可以清晰地看到复杂情节的递进过程，具有提示作品形散
神聚的整体艺术效果"。②有些文本中时间是将故事内容聚拢的关
键线索，为了将散落的故事内容聚拢在一起，文本在叙事进程中会
采用各种事物表示故事发生的时间。例如，围绕着生辰纲而展开的
杨志比武、吴用说三阮等故事中多次出现表现时间的内容，这些内
容在金圣叹看来都是作为蔡京生辰渐近的线索出现的。需要特别说
明的是这些表示时间的线索不是某一个明确的事物而是多个比较模
糊的东西。比如，第十二回杨志比武之后，小说写"不觉光阴迅
速，又早春尽夏来，时逢端午"。金批："生辰近矣"。这里用端午
节五月初五表示距离蔡京生辰六月十五不远。小说第十四回写"三
支（只）船撑到水亭下荷花荡中"，金圣叹认为"非写石碣村景，

---

① 《第五才子书施耐庵水浒传》，见［清］金圣叹著，陆林辑校整理：《金圣叹全集》（白
话小说卷），凤凰出版社 2016 年版，第 431 页。
② 范玲玲：《金圣叹的文法理论》，华中师范大学硕士学位论文，2005 年，第 32—33 页。

正记太师生辰，皆草蛇灰线之法也"。[1] 荷花一般在农历五月开放，荷花荡意味着时间上来到夏天，离太师生辰不远。与此有相同作用的是小说写阮小五鬓边的石榴花，在金圣叹看来也是"恐人忘了蔡太师生日"，因为石榴花也是在农历五月份开。端午节、荷花与石榴花本身就代表着时节，金圣叹认为这是小说作者在叙事过程中有意无意地提醒读者蔡太师生辰将近，由此引出杨志押送生辰纲之事。小说用端午节、荷花与石榴花等能代表时间的事物将"蔡太师生辰逐渐到来"这一信息贯穿几个回目的叙事过程，同时这些信息也是断断续续出现的，横跨几个回目，这正是叙事过程"草蛇灰线法"的体现。

二、夹叙法

夹叙法。在叙事进程中，由于叙事内容本身比较紧凑，叙事内容至少涉及两个或两个以上的叙事对象。这种情况下会采用夹叙法，它指的是在叙述一方的同时夹写另一方。明清时期的学者对此多有论述，《读三国志法》中提出："《三国》一书，有笙箫夹鼓、琴瑟间钟之妙。"[2] 张竹坡《金瓶梅读法》中说道："《金瓶》每于急忙时，偏夹叙他事入内。如正未娶金莲，先插娶孟玉楼；娶孟玉楼

---

① 《第五才子书施耐庵水浒传》，见［清］金圣叹著，陆林辑校整理：《金圣叹全集》（白话小说卷），凤凰出版社 2016 年版，第 279 页。
② 《读〈三国志〉法》，见［明］罗贯中著，［清］毛宗岗评改：《三国演义》，上海古籍出版社 1989 年版，第 11 页。

时，即夹叙嫁大姐……皆于百忙中，故作消闲之笔。"①清代赵翼在其《陔馀丛考》中也曾说："《南、北史》往往用夹叙法，盖以人各一传则不胜其立，而事之可喜者又不忍割爱，故因端而旁及之。"②在金圣叹的评本中，夹叙法主要体现在以下方面：

其一，在人物语言中夹叙另一个人物语言。瓦官寺鲁智深遇见崔道成二人的对话采用的就是夹叙法。

> 智深提着禅杖道："你这个如何把寺来废了！"那和尚便道："师兄，请坐。听小僧……"智深睁着眼道："你说！你说！""……说，在先敝寺"。③

金圣叹解释为"急切里两个人一齐说话，须不是一个说完了，又一个说，必要一笔夹写出来。如瓦官寺崔道成说'师兄息怒，听小僧说'，鲁智深说'你说你说'等是也"。④这段文字采用夹写法，"说字与上听小僧，本是接着成句，智深自气忿忿在一边，夹着你说你说耳。章法奇绝，从古未有"。鲁智深质问崔道成，崔道成其语未毕，鲁智深便着急抢话。首先，鲁智深受到瓦官寺老和尚的指

---

① [清]张竹坡：《金瓶梅读法》，见朱一玄编：《金瓶梅资料汇编》，南开大学出版社1985年版，第219页。
② [清]赵翼：《陔馀丛考》，河北人民出版社1990年版，第137页。
③ 《第五才子书施耐庵水浒传》，见[清]金圣叹著，陆林辑校整理：《金圣叹全集》（白话小说卷），凤凰出版社2016年版，第151页。
④ 《第五才子书施耐庵水浒传》，见[清]金圣叹著，陆林辑校整理：《金圣叹全集》（白话小说卷），凤凰出版社2016年版，第34页。

认来质问崔道成，鲁智深和崔道成的对话本身就属于"急事"，叙事内容比较紧凑。夹叙中插入的内容"一般较为简短，叙完该事后仍接叙原事"。[①] 其次，小说在叙述崔道成的话语过程中夹杂鲁智深的话语，即叙述一方的同时夹写另一方。

其二，在人物语言中夹叙其他人物的动作。在叙事过程中原本的人物语言描写中夹叙了其他人物的动作引出别的事件，从而使得文本呈现出的人物语言被截断。"故事叙述的急忙急热时，需要夹以他事来缓解叙述氛围，其中夹以人物及其相关事件便是一个最为成功的事例。"[②] 例如，在燕顺和宋江遇见石勇的一段文字中，双方因为让座发生冲突，小说写道：

> 燕顺焦躁，便提起板凳，却待要打将去。……那汉道："这一个又奢遮！是郓城县押司山东及时雨呼保义宋公明。"宋江看了燕顺暗笑，燕顺早把板凳放下了。"老爷只除了这两个，便是大宋皇帝也不怕他。"[③]

金圣叹指出此处"宋江、燕顺二句乃夹叙法耳"，叙述一方的同时夹写另一方。在这个事件中宋江、燕顺二人和石勇因为吃饭让

---

① 张亚玲：《牛运震史记评注评点研究》，陕西师范大学硕士学位论文，2010 年，第 31 页。

② 王秋：《〈三国演义〉评点之叙述学术语系研究》，中南民族大学硕士学位论文，2019 年，第 107 页。

③《第五才子书施耐庵水浒传》，见［清］金圣叹著，陆林辑校整理：《金圣叹全集》（白话小说卷），凤凰出版社 2016 年版，第 633－634 页。

座而发生冲突，可谓"急事"；宋江和燕顺属于一方，石勇属于另一方。燕顺要提起板凳打石勇，在石勇说话过程中夹叙着宋江看燕顺、燕顺放下板凳的动作。

其三，在人物的动作中夹叙其他人物的语言。人物在活动过程中会发生相应的动作，这个过程中，文本会夹叙人物之间的对话，而动作并未停止。例如，武松雪天回家后的一系列动作中夹叙他和潘金莲的对话。小说写武松回家后"解了腰里缠带，脱了身上鹦哥绿纻丝衲袄，入房里搭了"，小说紧随其后写潘金莲问武松今日何不回家吃早饭和武松作答的内容，然后又写武松"脱了油靴"，对此金圣叹指出小说安排武松"又不一齐脱卸，必留油靴在后文者，非中间有停歇也。武二自一边忙脱换，妇人自一边赶着说话，于是遂生出已下三行文来，实则搭了棉袄便脱油靴，并未常有停手处也"。① 仔细分析这段叙事以及金圣叹评语就可以看出这仍然属于"夹叙"。首先，武松雪天回家后一边解衣脱靴，一边与潘金莲对话，从叙事内容上看仍然属于紧凑的事情。其次，武松解缠带、脱衲袄与脱油靴的动作其实是联贯的，但小说却在其中插入潘金莲的问话，可见这个事例同样运用"夹叙法"。

---

① 《第五才子书施耐庵水浒传》，见［清］金圣叹著，陆林辑校整理：《金圣叹全集》（白话小说卷），凤凰出版社 2016 年版，第 437 页。

第三节 故事结尾的叙事笔法

故事的结尾部分往往不是戛然而止，而是在高潮事件结束后，另有一小段文字的叙述使故事缓缓结束。对于《水浒传》故事结尾的叙事笔法，金圣叹主要论述了獭尾法、补叙法等叙事笔法。

一、獭尾法

金圣叹对"獭尾法"的解释是："谓一段大文字后，不好寂然便住，更作余波演漾之。如梁中书东郭演武归去后，知县时文彬升堂；武松打虎下冈来，遇着两个猎户；血溅鸳鸯楼后，写城壕边月色等是也。"① 在一大段文字叙事之后，不方便突然停止，于是要作一个余波使整个叙事余波荡漾。这种写法正如"浪后波纹、雨后霡霂"，所谓"文后必有余势"。② 作为"獭尾"的事件"符合事物的发展规律"，一般在主体叙事"之后都有余波收束"。③ 对此可以理解为主要叙事结束后要有一段文字消解前文，使主要叙事平稳自然结束。

细究起来，"獭尾法"相关内容可以分为两类：其一，作为

① 《第五才子书施耐庵水浒传》，见［清］金圣叹著，陆林辑校整理：《金圣叹全集》（白话小说卷），凤凰出版社 2016 年版，第 35 页。
② 《读〈三国志〉法》，见［明］罗贯中著，［清］毛宗岗评改：《三国演义》，上海古籍出版社 1989 年版，第 11 页。
③ 刘春生：《金圣叹小说叙事技法论评述》，《国际关系学院学报》1997 年第 3 期，第 31—38 页。

"獭尾"（余波）的事件可以和主体叙事没有直接的逻辑关联。评语中"梁中书东郭演武归去后，知县时文彬升堂"即是此例。小说第十二回《急先锋东郭争功　青面兽北京斗武》整回故事围绕梁中书安排杨志比试武艺展开。在比武结束后，该回故事并未结束，作者反而另起一个故事"却说山东济州郓城县新到一个知县，姓时，名文彬。当日升厅……"然后写朱仝、雷横等人奉命出城捕盗，雷横在灵官庙捉到一个大汉，本回故事戛然而止。按照金圣叹评语所说，本回时文彬升堂要求捕头捕盗的故事采用的就是"獭尾法"，它的存在是作为该回比武故事的余波出现的。因为杨志比武的故事不方便作为本回故事结尾。假如以大名府杨志比武结束作为本回故事结尾，那么下回故事将开启郓城县朱仝、雷横、晁盖的故事，两个回目故事难以做到有效衔接，所以将时文彬升堂要求捕头捕盗的故事作为本回余波，更有利于和下个回目故事衔接（下回故事即刘唐、晁盖相认）。再如，血溅鸳鸯楼后，小说写武松从孟州城墙跳下，"立在濠堑边，月明之下看水时，只有一二尺深"，[①]武松脱去鞋袜，走到对岸。金圣叹认为"血溅鸳鸯楼后，写城壕边月色"也是"獭尾法"。血溅鸳鸯楼这一主体事件叙述完毕后，小说接着写了城边月色，两个部分的内容本身没有直接的逻辑关联。其二，作为"獭尾"（余波）的事件是主体叙事的延续。言外之意是主体事件和作为"獭尾"（余波）的事件二者之间存在较强的逻辑关联。

---

① 《第五才子书施耐庵水浒传》，见［清］金圣叹著，陆林辑校整理：《金圣叹全集》（白话小说卷），凤凰出版社 2016 年版，第 564—565 页。

如评语中所述，金圣叹认为，武松打虎后遇见猎户的情节是作为打虎故事的"獭尾"（余波）出现的。武松景阳冈打虎后，下山途中遇见两位穿着虎皮的猎户，武松道："阿呀！我今番罢了！"[①] 然后出现了猎户和武松之间的一番对话，以及抬虎下山。打虎故事惊天动地，如果打虎后故事就此结束没有遇见猎户的话，从叙事角度看，整篇故事的结束显得仓促、突兀。所以小说写武松在景阳冈醉酒打虎后，遇见埋伏在景阳冈下准备猎杀老虎的猎户。正因为景阳冈有老虎，所以官府派遣猎户猎杀老虎，武松只是恰好醉酒打虎，也就是说武松打虎后遇见穿着虎皮的猎户是整个故事的应有之义。

金圣叹在评语中除了运用"獭尾法"字眼来表示叙事之后的余波外，有时还采用"事过而作波"、"走马垂缰之法"、"青苹之末"等字眼来表示相同的意思。金圣叹在第九回回评中提出"夫文章之法，岂一端而已乎？有先事而起波者，有事过而作波者，读者于此，则恶可混然以为一事也。夫文自在此而眼光在后，则当知此文之起，自为后文，非为此文也；文自在后而眼光在前，则当知此文未尽，自为前文，非为此文也"。[②] 金圣叹认为叙事之法有先事而起波者、有事过而作波者。先事而起波者是用事前的波折引出后文，有事过而作波者是事件结束而"文未尽"，另有一个余波。这两个叙事方法中"事过而作波"的含义与"獭尾法"类似。林冲下山连

---

① 《第五才子书施耐庵水浒传》，见［清］金圣叹著，陆林辑校整理：《金圣叹全集》（白话小说卷），凤凰出版社 2016 年版，第 423 页。

② 《第五才子书施耐庵水浒传》，见［清］金圣叹著，陆林辑校整理：《金圣叹全集》（白话小说卷），凤凰出版社 2016 年版，第 207 页。

续三天劫道，劫了一担财物后，吩咐小喽啰"你先挑了上山去，我再等一等"。金批："走马垂缰之法。"① 评语的意思是前文林冲三天劫道的故事属于主体叙事，此处写林冲再等一等的内容好比是前进的马垂下的缰绳，是主体叙事留下的一个"尾巴"，即"獭尾法"。从金圣叹针对杨志大名府比武故事的评点中同样能够看出"余波"意味。金圣叹认为这个故事的叙事就是由兴到盛再到衰，他评道："看他齐臻臻地一教场人，后来发放了大军，留下梁中书、众军官、索超、杨志；又发放了众军官，留下梁中书、索超、杨志；又发放了索超，留下梁中书、杨志。嗟乎！意在乎此矣。写大风者曰：'始于青苹之末'，'盛于土囊之口'。吾尝谓其后当必重收到青苹之末也，今梁中书、杨志，所谓青苹之末，而教场比试，所谓土囊之口，读者其何可以不察也。"② 评语引用战国末期宋玉《风赋》"夫风生于地，起于青苹之末。侵淫谿谷，盛怒于土囊之口"③ 表达小说叙事由细微发展到兴盛再回到细微的过程。按照评语，比试武艺的叙事过程即类似于"盛于土囊之口"，这是整个叙事的高潮阶段。而比武结束后，依次发放了大军、众军官、索超等，最后只留下梁中书、杨志二人，叙事至此可谓再次回到"青苹之末"。而这里的"青苹之末"与"獭尾法"有异曲同工之妙，都是主体叙事结

---

① 《第五才子书施耐庵水浒传》，见［清］金圣叹著，陆林辑校整理：《金圣叹全集》（白话小说卷），凤凰出版社 2016 年版，第 234 页。

② 《第五才子书施耐庵水浒传》，见［清］金圣叹著，陆林辑校整理：《金圣叹全集》（白话小说卷），凤凰出版社 2016 年版，第 249—250 页。

③ ［战国］宋玉：《风赋》，见［南朝·梁］萧统编，［唐］李善注：《文选》，上海古籍出版社 1986 年版，第 582 页。

束后留下一个余波，使叙事进程自然结束。

"獭尾法"涉及了读者的阅读心理，激烈紧张的故事情节往往带给读者强烈的心灵震撼，读者在故事结束后仍然处于非常亢奋的状态中，如果此时故事情节戛然而止，读者的心理缺少一个缓冲的过程。所以在高潮的故事结束后留下一个"小尾巴"作为结尾，让读者有一个缓冲松弛的过程，同时也可以给读者留下回味的余地。[①]

二、补叙法

按照一般情况下的事件发展顺序，在主体叙事结束后，另有一段叙事作为余波，这种方法是即"獭尾法"。但是文本在叙事过程中有些时候并不会按照正常事件发展顺序叙事，而是将本属于前文叙事进程中发生的事件放在事件结尾的地方，这种叙事方法就是"补叙"，即"续前文所未及"。[②] 它的意思是本属于前文发生的叙事，却在前文叙事结束后才用只言片语将其写出来。在叙述过程中对前文未来得及叙述的内容进行补充说明，补叙"揭示了小说在叙述过程中将一系列事件补充说明的情况"。[③] 在金圣叹的评语中有时还会用"回护前文法"、"回护法"表达类似的含义。

---

① 陈果安：《金圣叹小说理论研究》，湖南师范大学出版社1994年版，第316页。

② ［明］罗贯中著，［清］毛宗岗评改：《三国演义》，上海古籍出版社1989年版，第222页。

③ 王秋：《〈三国演义〉评点之叙述学术语系研究》，中南民族大学硕士学位论文，2019年，第99—100页。

　　补叙法分为两种情况：其一，前文叙事存在缺漏，有必要弥补。例如，武松、宋江在柴进庄上时，柴进对宋江摆酒设宴，而武松却只能在廊下烤火，要知道柴进本身专好结交好汉，武松、宋江都是柴进的庄客，为何柴进对二人的态度截然不同？文本在叙事进程中只顾写宋江、武松相认的经过，并没有将这个不合常理的情节交代清楚。只是在叙述完毕之后用一段文字写"说话的，柴进因何不喜武松？……"金圣叹认为这是"回护法"。[①]这里的回护法所写出的内容解释了前文武松在廊下烤火的原因，补上了前文不合常理的缺漏。再如，在文本中史进、鲁达二人先后行刺华州太守都被捉下狱，要知道二人都是身手了得的人物，却行刺失败，文本并没有说明史进、鲁达两番行刺不成的原因，这是叙事进程中留下的缺漏。文本在二人行刺叙事结束后才"极写华州太守狡狯"。金圣叹认为"极写华州太守狡狯者，所以补写史进、鲁达两番行刺不成之故也。然读之殊无补写之迹，而自令人想见其时其事。盖以不补为补，又补写之一法也"。[②]读者由此可知正因"华州太守狡狯"，所以史进、鲁达才行刺不成。补叙的内容虽然是在事件发生之后，一般都是直接写出。但有些时候补叙的文字是间接书写。金圣叹提出的"不补为补"即是此例。作为补写方法之一的"不补为补"，"不补"并非真的"不补"，而是采用间接的书写方法不留下补写的痕

---

① 《第五才子书施耐庵水浒传》，见［清］金圣叹著，陆林辑校整理：《金圣叹全集》（白话小说卷），凤凰出版社 2016 年版，第 415 页。

② 《第五才子书施耐庵水浒传》，见［清］金圣叹著，陆林辑校整理：《金圣叹全集》（白话小说卷），凤凰出版社 2016 年版，第 1051 页。

迹，这些内容弥补了前文留下的缺漏。

其二，前文叙事中有些内容来不及叙述，只好在叙事结束时补上。"凡叙事之法，此篇所阙者补之于彼篇，上卷所多者匀之于下卷"，[①] 对于来不及叙述的事件在后文补上。比如，文本写秦明和黄信攻打清风山，但是秦明投降清风山后，飞奔清风镇劝降黄信，紧接着小说写"却说黄信自到清风镇上，发放镇上军民，点起寨兵晓夜提防，牢守栅门，又不敢出战"，金圣叹认为此处属于"回护前文法"。从事件发生的时间顺序来看，此事在秦明回清风镇之前就已经发生，但从事件的叙述顺序来看，却是在回清风镇之后。由于叙事进程是围绕秦明来进行叙事的，所以秦明在清风山上的经历是按照时间顺序写的，与之相关的同一时间黄信在清风镇上发生的事则无法一笔写两地之事，因此文本会在秦明劝降黄信之前将黄信在清风镇上发生的事补叙出来。再如，鲁智深说自己有意和宋江结交，"前番和花知寨在清风山时，洒家有心要去和他厮会。及至洒家去时，又听得说道去了；以此无缘，不得相见"。金圣叹指出这段文字"补叙出一段，便令夺珠寺后，救桃花前，作者自无两番笔墨，鲁达并非老大隔断"。[②] 这段文字的内容是宋江流落江湖之初，二龙山上的鲁智深就有意和宋江结交。但在这些内容发生时文本正围绕宋江的一系列遭遇进行叙事，所以作者无暇在鲁智深身上用

①《读〈三国志〉法》，见［明］罗贯中著，［清］毛宗岗评改：《三国演义》，上海古籍出版社1989年版，第13页。

②《第五才子书施耐庵水浒传》，见［清］金圣叹著，陆林辑校整理：《金圣叹全集》（白话小说卷），凤凰出版社2016年版，第1037页。

笔，只好在三山聚义打青州的故事中"补叙"而出。

需要特别说明的是有些内容看似是对前文的补充，实则只是"随手撮出"，并非真的补叙。冯镇峦在《聊斋志异·薛慰娘》中也评点道："随手撮出例，并非补叙法也。"① 这就涉及了"补叙"和"随手撮出"的不同。"补叙"是前文有一段事但在叙事进程中无法写出，只能在后文写出。"随手撮出"是前文本没有的事后文及时生出。文本中李逵从高唐州回山后，吴用道："我怕你在柴大官人庄上惹事不好，特地教他来唤你回山。他到那里不见你时，必去高唐州寻你。"金圣叹评点道：

> 每每有一段事，前文不能及，因向后文补叙出者，此自是补叙之一例。今此文乃是前文实实本无，而一时不得不生出此一法，以自叙其两难之笔，谓之随手撮出例，并非补叙之一例也。②

金圣叹认为吴用说派人去找李逵的内容虽然进行了补充说明，但只是"随手撮出例，并非补叙"。按照金圣叹的说法，此处吴用说派人去找李逵的内容在前文并未发生，它只是作者为了使这个故事情节顺利发展不得不"随手撮出"的内容。

---

① [清] 蒲松龄著，任笃行辑校：《全校会注集评聊斋志异》，齐鲁书社 2000 年版，第 2340 页。
② 《第五才子书施耐庵水浒传》，见 [清] 金圣叹著，陆林辑校整理：《金圣叹全集》（白话小说卷），凤凰出版社 2016 年版，第 940 页。

第四节 故事衔接的叙事笔法

杨义在《中国叙事学》中提出"信乎文章最妙处，往往在转折或衔接之处"。① 小说故事之间的衔接历来是评点家关注的重点。张竹坡在《金瓶梅读法》中提出："读《金瓶》须看其入笋处。"② "入笋"法在这里指的是由一个故事转入另一个故事，它涉及了故事之间的衔接。一些评点家以"接笋"这一术语评故事之间的过接，《儒林外史》天目山樵评："斗笋接缝，其捷如风。"③《儒林外史》齐省堂评："接笋无痕。"④ 金圣叹在评语中，除了论述《水浒传》故事首、身、尾的叙事笔法外，还注重评点《水浒传》故事之间的衔接。《水浒传》故事之间的衔接可以是不同回目故事之间的"过接"回目，也可以是接连的两个故事之间的"间架"文字。

对于不同回目故事之间的"过接"，金圣叹评点道："文章家有过枝接叶处，每每不得与前后大篇一样出色。然其叙事洁净，用笔明雅，亦殊未可忽也。譬诸游山者游过一山，又问一山，当斯之时，不尤借径于小桥曲岸，浅水平沙。然而前山未远，魂魄方收，

---

① 杨义：《中国叙事学》，人民出版社 2009 年版，第 72 页。

② ［清］张竹坡：《金瓶梅读法》，见朱一玄编：《金瓶梅资料汇编》，南开大学出版社 1985 年版，第 210 页。

③ ［清］吴敬梓著，李汉秋辑校：《儒林外史汇校汇评》，上海古籍出版社 2010 年版，第 56 页。

④ ［清］吴敬梓著，李汉秋辑校：《儒林外史汇校汇评》，上海古籍出版社 2010 年版，第 159 页。

后山又来，耳目又费，则虽中间少有不称，然政不致遂败人意。又况其一桥一岸，一水一沙，乃殊非七十回后一望荒屯绝徼之比。想复晚凉新浴，豆花棚下，摇蕉扇，说曲折，兴复不浅也。"① "过枝接叶"即过渡篇目，意思是在一部小说中不同的章回扮演的角色是不一样的，有的是小说中的"主干"回目，即评语所说"前后大篇"；有的只是"过枝接叶"的回目。金圣叹认为过渡篇目与前后大篇不一样的地方在于阅读体验的不同。金圣叹以游山作比，认为阅读《水浒传》前后大篇好比游历一座又一座大山，小说中"过枝接叶"的篇目"叙事洁净，用笔明雅"，好比"一桥一岸，一水一沙"，可以缓解感官，不使读者过于耗费心神。金圣叹认为《水浒传》第二十四回和第四十三回都是属于"过接"篇目。金评第二十四回《王婆计啜西门庆　淫妇药鸩武大郎》："此回是结煞上文西门潘氏奸淫一篇，生发下文武二杀人报仇一篇，亦是过接文字，只看他处处写得精细，不肯草草处。"② 这个过接篇目上承潘金莲和西门庆产生私情的故事，下接武松为兄报仇的故事，该回目的叙事很精细，并没有因为属于"过接"的位置而草草了之。金评第四十三回《锦豹子小径逢戴宗　病关索长街遇石秀》："以上宋江既入山寨，一切线头都结矣，不得已，生出戴宗寻取公孙，别开机扣，便转出杨雄、石秀一篇锦绣文章，乃至直带出三行打祝家无数

---

① 《第五才子书施耐庵水浒传》，见［清］金圣叹著，陆林辑校整理：《金圣叹全集》（白话小说卷），凤凰出版社 2016 年版，第 596 页。
② 《第五才子书施耐庵水浒传》，见［清］金圣叹著，陆林辑校整理：《金圣叹全集》（白话小说卷），凤凰出版社 2016 年版，第 465 页。

奇观。而此一回，则正其过接长养之际也。贪游名山，须耐仄路；贪食熊蹯者，须耐慢火；贪看月华者，须耐深夜；贪见美人者，须耐梳头。如此一回，固愿读者之耐之也。"[①]"过接"文字之于锦绣文章好比仄路之于名山，深夜之于月华，前者虽不如后者精彩，但却是不可或缺的，是起铺垫作用的"过接"文字。这个过接回目上承宋江、李逵的传记，下接杨雄、石秀的传记。金圣叹指出该回目相对于"主干"人物或事件的回目好比仄路之于名山，慢火之于熊蹯，深夜之于月华，梳头之于美人，前者都是达成后者必须经历的过程。

在接连的两个故事之间的"间架"文字同样可以体现故事之间的衔接，"小说叙事间架结构的'间'，指情节发展过程中叙事段落之间的添加情节或插叙"。[②]金圣叹则以"间架"作评，在第三回鲁达两次大闹五台山的故事中评道：

> 鲁达两番使酒，要两样身分，又要句句不相像，虽难矣，然犹人力所及耳。最难最难者，于两番使酒接连处，如何做个间架。若不做一间架，则鲁达日日将惟使酒是务耶？且令读者一番方了，一番又起，其目光心力亦接济不及矣。然要别做间架，其将下何等语，岂真如长老所云"念经诵咒，办道参禅"

---

①《第五才子书施耐庵水浒传》，见［清］金圣叹著，陆林辑校整理：《金圣叹全集》（白话小说卷），凤凰出版社 2016 年版，第 794 页。
②张世君：《明清小说评点叙事概念研究》，中国社会科学出版社 2007 年版，第 49 页。

者乎？今忽然拓出题外，将前文使酒字面扫刷净尽，然后迤逦悠扬走下山去，并不思酒，何况使酒，真断鳌炼石之才也。①

金圣叹认为鲁达两次大闹五台山之间写鲁达下山在铁匠铺打禅杖的文字是故事之间的衔接即"间架"文字。在鲁达第一次大闹五台山的叙事结束后，从文本的角度看不适合紧随其后直接写出第二次大闹五台山的文字，而是需要一个"间架"文字作为过渡。于是文本中产生了鲁达下山在铁匠铺打禅杖的文字，这段文字"拓出题外"，有效地避开了整个故事的主题，既没有写醉酒，也与五台山无关。

不论是"过接"回目还是"间架"文字，都是为了将不同故事连接在一起，使小说叙事能够顺利地进行。如何使小说故事之间能够顺利地衔接？即解决"从此情节转入彼情节"的问题。② 很多评本提出"水穷云起"的观点，《豆棚闲话·第四则藩伯子破产兴家》总评："凡著小说，既要入情中，又要出人意外，如水穷云起，树转峰来。使阅者应接不暇，却掩卷而思，不知后来一段路径才妙。"③ 袁无涯评本《水浒传》、张书绅评本《新说西游记》都提出类似术语。金圣叹在评语中提出"移云接月"、"交卸"、"脱卸"、

---

① 《第五才子书施耐庵水浒传》，见〔清〕金圣叹著，陆林辑校整理：《金圣叹全集》（白话小说卷），凤凰出版社 2016 年版，第 102—103 页。

② 张世君：《明清小说评点的空间转换概念：脱卸》，《西南师范大学学报》（人文社会科学版）2002 年第 6 期，第 150—156 页。

③ 〔清〕艾衲居士：《豆棚闲话·第四则藩伯子破产兴家》总评，中华书局 2000 年版，第 53 页。

"鸾胶续弦法"等方法解决故事之间的衔接。论文将其统称为交卸之法，它围绕两个方面进行：一是如何卸去前一个故事的相关要素；二是如何交入下一个故事。简言之，一个"卸"，一个"交"。

交卸之法，有交有卸。"卸"也称"脱卸"，它的含义"包括连接点、转换点，指叙事场景之间、段落之间的停顿与转折，从此情节转入彼情节，它是一个中介概念"。①中国古代评点家非常关注文学作品中的脱卸之法，张竹坡说："读《金瓶》，当看其脱卸处。子弟看其脱卸处，必能自出手眼，作过节文字也。"②金圣叹在评《水浒传》时同样提出了脱卸之法。对于什么情况之下采用"卸"的方法，金圣叹以兔死狗烹、鸟尽弓藏作比。"卸"的内在逻辑与兔死狗烹、鸟尽弓藏的内在逻辑是一致的，都是在达成目的后及时隐去"工具"。也就是说在叙事进程中只要引出下文的相关人物或内容，那么无关之人或内容就可以"卸去"，"卸去"的人物或内容在整个叙事进程中充当一个"工具"的角色，引出紧随其后的人物或内容才是目的。例如，戴宗、杨林在寻访公孙胜途中遇见杨雄、石秀等人，对此金批："杨雄领众人来，只为卸去戴宗之地耳。戴宗既已卸去，便并卸去众人，行文亦有狡兔死、走狗烹之法也。"③"卸去

① 许丹：《金圣叹评点〈水浒传〉叙事结构研究》，广西师范大学硕士学位论文，2013年，第25—26页。
②［清］张竹坡：《金瓶梅读法》，见朱一玄编：《金瓶梅资料汇编》，南开大学出版社1985年版，第223页。
③《第五才子书施耐庵水浒传》，见［清］金圣叹著，陆林辑校整理：《金圣叹全集》（白话小说卷），凤凰出版社2016年版，第808页。

戴宗，亦是狗烹弓藏之法。"① 小说在杨雄等人"出场"后及时安排戴宗等人"退场"。

在叙事过程中采用"卸"的方法具体要求有两点：其一，金圣叹在评点中指出要"趁势"，即借助文本内容中的矛盾冲突顺"势"卸去相关人物和内容。小说中戴宗、杨林寻访公孙胜路途中遇见石秀替杨雄解围的场面，随后公人赶来，小说写"戴宗、杨林见人多，吃了一惊，乘闹哄里，两个慌忙走了"。金评："盖一路都是戴宗作正文，至此忽趁势偷去戴宗，竟入杨雄、石秀正传，所谓移云接月，用力不多而得便至大。"② 在此之前小说写的是戴宗、杨林的故事，在此之后小说写的是杨雄、石秀的故事。其二，金圣叹指出叙事过程中"卸"的要求就是做到"文字便无牵合之迹"。脱卸之法的最高境界就是让读者阅读后难以察觉其踪迹。比如，燕青射中喜鹊，"大踏步赶下冈子去，不见喜鹊，却见两个人从前面走来"，金批："如此交卸过来，文字便无牵合之迹。"③ 小说要将燕青故事接入下文石秀故事，为了更好地过渡，所以安排燕青射中喜鹊这个情节使前后文顺利自然地"交卸"。金圣叹指出脱卸之法的最高境界是"文章妙处，全在脱卸。脱卸之法，千变万化，而总以使

---

① 《第五才子书施耐庵水浒传》，见［清］金圣叹著，陆林辑校整理：《金圣叹全集》（白话小说卷），凤凰出版社 2016 年版，第 810 页。

② 《第五才子书施耐庵水浒传》，见［清］金圣叹著，陆林辑校整理：《金圣叹全集》（白话小说卷），凤凰出版社 2016 年版，第 807 页。

③ 《第五才子书施耐庵水浒传》，见［清］金圣叹著，陆林辑校整理：《金圣叹全集》（白话小说卷），凤凰出版社 2016 年版，第 1121 页。

人读之，如神鬼搬运，全无踪迹，为绝技也。"① 可见"卸"要做到自然如鬼斧神工一般没有人为制造的痕迹。

如何顺利地在叙事过程中"交"入下一个故事？金圣叹在评语中提出从故事中的人物身上入手。其一，就地取材，借助上文故事中的人物作"关捩"，使行文叙事顺利"交"入下一个故事。"关捩"指的就是关节、紧要的部位。此处的意思是借助人物，使其成为联通上下文的关键人物。比如，小说写朱仝对众人说道："若要我上山时，你只杀了黑旋风，与我出了这口气，我便罢！"按照金圣叹的解释："总之是耐庵立意要脱卸到下文，非美髯立意要死并李逵也。"②"只如上回已赚得朱仝，则其文已毕，入此回，正是失陷柴进之正传。今看他不更别起事端，而便留李逵做一关捩，却又更借朱仝怨卸顺手带下，遂令读者深叹美髯之忠，而竟不知耐庵之巧。真乃文坛中拔赵帜，立赤帜之材也。"③ 前一个故事是赚朱仝上山，后文则进入柴进故事。如何能够顺利地完成过渡呢？金圣叹认为朱仝这句话使李逵留在柴进庄上，使行文顺利地进入柴进正传。评语中"拔赵帜，立赤帜"出自《史记·淮阴侯列传》，④ 意思是去掉赵国旗帜，立起汉军旗帜。用在小说中，是"卸去"朱仝留

①《第五才子书施耐庵水浒传》，见［清］金圣叹著，陆林辑校整理：《金圣叹全集》（白话小说卷），凤凰出版社 2016 年版，第 931—932 页。

②《第五才子书施耐庵水浒传》，见［清］金圣叹著，陆林辑校整理：《金圣叹全集》（白话小说卷），凤凰出版社 2016 年版，第 932 页。

③《第五才子书施耐庵水浒传》，见［清］金圣叹著，陆林辑校整理：《金圣叹全集》（白话小说卷），凤凰出版社 2016 年版，第 932 页。

④［汉］司马迁撰：《史记》，中华书局 1959 年版，第 2616 页。

下 "李逵做一关掠" 以便 "接入" 柴进故事。再如，金圣叹评点朱
仝、雷横去捉宋江的故事中也是借助前文 "雷横" 这个人物交入下
文。小说先集中笔墨写朱仝的表现，然后为了使笔墨顺利过渡到
雷横身上。小说写朱仝叫道："雷都头，我们只拿了宋太公去，如
何？"金圣叹认为 "雷横之心与朱仝之心，一也。却因雷横粗，朱
仝细，便让朱仝事事高出一头去。乃今既已表过朱仝，便当以次
表出雷横，行文亦不别起一头，只就上文脱卸而下，真称好手"。①
作者借助上文已经描写过的朱仝之口去问下文将要描写的雷横，使
之完成叙事上的交卸。难能可贵的是这种交卸 "不别起一头"，即
没有从旁借助其他人或物，而是 "就地取材"，借助刚刚描写的人
物 "只就上文脱卸而下"，这种交卸之法在金圣叹看来 "真称好
手"。②其二，金圣叹提出将叙事的对象转移到下一个故事中的人
物身上，由此交入下一个故事。很多时候故事之间的交接需要借助
故事中人物 "被看" 或者 "看" 的动作。相应地，故事中的 "被看
者" 和 "看者" 就会承担起交接故事的重任。"被看者" 意思是故
事中叙事视角对准的人物。在第四十三回中，"杨林正行到一个大
街，只见远远地一派鼓乐迎将一个人来"。金圣叹认为此处采用了
"过接" 之法，③将叙事角度转移到来人（即杨雄）身上，叙事内容

①《第五才子书施耐庵水浒传》，见［清］金圣叹著，陆林辑校整理：《金圣叹全集》（白
　话小说卷），凤凰出版社 2016 年版，第 405 页。
②《第五才子书施耐庵水浒传》，见［清］金圣叹著，陆林辑校整理：《金圣叹全集》（白
　话小说卷），凤凰出版社 2016 年版，第 405 页。
③《第五才子书施耐庵水浒传》，见［清］金圣叹著，陆林辑校整理：《金圣叹全集》（白
　话小说卷），凤凰出版社 2016 年版，第 803 页。

从杨林、戴宗寻找公孙胜随之转移到杨雄身上，并顺利进入杨雄的
传记中。"看者"意思是叙事视角由文本中的人物看出。借助文本
中的人物顺利地将叙事进程接入下一个故事。小说写杨志押送生辰
纲失败后，"杨志叹了口气，一直下冈子去了"。金圣叹认为这句话
采用的就是"移云接月"之法，在移接之中"不仅仅将故事转移不
留痕迹，还顺势为后文的发展造势"。[①]他解释道：

> 上文一路写来，都在杨志分中。此忽然写出"去了"二
> 字，却似在十四人分中者，当知此句，真有移云接月之巧。盖
> 杨志一路自去，固也，然冈上十四人，一夜毕竟作何情状，不
> 争只要写杨志，却至后日重又追叙今夜耶？轻轻于杨志文尾，
> 用"去了"二字，便令杨志自去，而读者眼光自住冈上，重复
> 发放此十四人。此皆作者着乖处，偷力处，须要——知其笔踪
> 墨迹，毋为昔人所瞒。如是，始得谓之善读书人也。[②]

上文的叙事围绕杨志展开，下文的叙事内容围绕老都管等人展
开，如何将叙事主体从杨志身上转移到老都管等人的身上是作者
需要考虑的问题。具体而言，在整个交接的过程中，杨志好比是
"云"，老都管好比是"月"。作者从老都管等人的视角"看"杨志

---

① 张香竹：《移云接月·草蛇灰线·势能——由武松的故事浅议〈水浒传〉叙事艺术》，
《小说评论》2011 年第 S1 期，第 141—144 页。
②《第五才子书施耐庵水浒传》，见［清］金圣叹著，陆林辑校整理：《金圣叹全集》（白
话小说卷），凤凰出版社 2016 年版，第 312 页。

下冈子去了，这样的叙事就是借助杨志"去了"这一举动"接入"老都管身上，读者的视角也是留在这些人身上，小说的叙事对象顺利地完成了交接。

本章小结

叙事是小说文体的根本问题，金圣叹对《水浒传》叙事笔法的评点涉及了《水浒传》首、身、尾以及故事与故事关联的笔法。这些笔法受前人叙事理论及明代八股文法的影响，同时影响后世张竹坡、毛宗岗等评点家的小说理论。虽然这些叙事笔法评语是散点式黏附于小说文本中尚未形成叙事理论体系，但从这些评语中能够看出金圣叹对叙事的独到见解。金圣叹的叙事见解对今天的小说创作和小说理论同样具备启发意义。

第七章　事与文的关系

在金圣叹的评语中"事"指事件，"文"指文章。金圣叹在论述事与文的关系时，一方面，他将"事"放在了"文"的从属地位，认为"事"是构成"文"的材料，出于作"文"的目的可以虚构"事"，他"将重心从'事'转向'文'，写作的目的也从'叙事'转向'作文'"。[①]另一方面，他将"事"放在与"文"同等的地位，认为"文"可以为"事""作引"，同时"事"也可以"生发""文"，"文"、"事"二者在文本进程中可以互相推动。

第一节　"事为文料"

金圣叹认为《水浒传》在处理事件与文章的关系上采用了《史记》中的"事为文料"说。

---

① 杨敏娇:《金圣叹叙事思想研究》，山西师范大学硕士学位论文，2015 年，第 7 页。

> 如司马迁之书，其选也。马迁之传伯夷也，其事伯夷也，
> 其志不必伯夷也；其传游侠货殖，其事游侠货殖，其志不必游
> 侠货殖也；进而至于汉武本纪，事诚汉武之事，志不必汉武之
> 志也。恶乎志？文是已。马迁之书，是马迁之文也。马迁书中
> 所叙之事，则马迁之文之料也，以一代之大事，如朝会之严，
> 礼乐之重，战陈之危，祭祀之慎，会计之繁，刑狱之恤，供其
> 为绝世奇文之料，而君相不得问者。[①]

他认为司马迁著书之"志"在于"文"，而所载之"事"是作
为"文"的"材料"出现的。《史记》中的朝会、礼乐、战争、祭
祀等事件都是作为《史记》之"文"的材料出现的。"事为文料"
这种文事关系是《史记》能成为绝世奇文的关键。

金圣叹认为《水浒传》中同样存在《史记》"事为文料"的文
事关系，他以武松醉打蒋门神一篇文字为例评道："武松为施恩打
蒋门神，其事也；武松饮酒，其文也。打蒋门神，其料也；饮酒，
其珠玉锦绣之心也。"[②] 在金圣叹看来本篇文字中武松打蒋门神这件
事是作为武松饮酒的"材料"出现的，作者的目的是写出武松饮酒
这篇文字——千载第一酒人、酒场、酒时、酒令、酒筹、行酒人、

---

① 《第五才子书施耐庵水浒传》，见［清］金圣叹著，陆林辑校整理：《金圣叹全集》（白
　话小说卷），凤凰出版社 2016 年版，第 529 页。
② 《第五才子书施耐庵水浒传》，见［清］金圣叹著，陆林辑校整理：《金圣叹全集》（白
　话小说卷），凤凰出版社 2016 年版，第 530 页。

下酒物、酒怀、酒风、酒赞、酒题等。①金圣叹还在《水浒传》第二十八回回评中以宋祁等合撰的《新唐书》作参照评点武松醉打蒋门神这一篇文字。他说："如以事而已矣，则施恩领却武松去打蒋门神，一路吃了三十五六碗酒，只依宋子京例，大书一行足矣，何为乎又烦耐庵撰此一篇也哉？"②如果用宋祁等合撰的《新唐书》的写作模式书写的话，那么只需要一行十余字就可以书写完毕。《新唐书》的写作模式是一般史书实录模式，即"其文直，其事核，不虚美，不隐恶，故谓之实录"。③但是放在《水浒传》中作者却用了半个章回的篇幅来书写。也就是说作者不是简单地记录"醉打蒋门神"这一事件，而是借助这一事件写出武松饮酒这篇绝世奇文。

为什么《水浒传》要采用《史记》"事为文料"的写作模式而不能采用《新唐书》一行文字记录事件的写作模式？这是由于金圣叹对《新唐书》和《史记》的文体认识不同。在金圣叹的评语中《新唐书》属于史家叙事，《史记》属于文人叙事。金圣叹认为"夫修史者，国家之事也；下笔者，文人之事也"。④一个是史家叙事，一个是文人叙事，而且两者的侧重点不同，史家叙事"止于叙事而止，文非其所务"，文人叙事"不止叙事而已，必且心以为经，

①《第五才子书施耐庵水浒传》，见［清］金圣叹著，陆林辑校整理：《金圣叹全集》（白话小说卷），凤凰出版社2016年版，第530—531页。
②《第五才子书施耐庵水浒传》，见［清］金圣叹著，陆林辑校整理：《金圣叹全集》（白话小说卷），凤凰出版社2016年版，第531页。
③［汉］班固撰：《汉书》，中华书局1962年版，第2738页。
④《第五才子书施耐庵水浒传》，见［清］金圣叹著，陆林辑校整理：《金圣叹全集》（白话小说卷），凤凰出版社2016年版，第529页。

手以为纬，踌躇变化，务撰而成绝世奇文焉"。① 文人叙事相比于史家叙事的区别是文人叙事不止有叙事还要撰成"文"。《新唐书》的写作模式就是史家叙事，《史记》的写作模式属于文人叙事。《新唐书》的书写模式侧重于记录事件，而《史记》的书写模式侧重于在事件的基础上作加工然后书写成一篇文章。也就是说金圣叹在评语中将《史记》作为史学和文学的双重经典来对待。《新唐书》的写作模式难以作为小说的范本，但是作为文学经典的《史记》的写作模式却能给《水浒传》带来参考。在金圣叹的观念中"马迁之书，是马迁之文也"，也就是说《史记》也注重"文"的一面，他将《史记》视为"文人之事"并提出"事为文料"说。"事为文料"说"将眼光集中在'文'的全局上，以'事'作为'文'的材料，淡化'事'的个体性，突出'文'的整体性"。②《水浒传》作为一部叙事文学作品"并非仅仅为写'事'，故而不能以宋祁简明扼要的《新唐书》史法取代小说文法"。③

《水浒传》在创作过程中学习《史记》"事为文料"的写作模式，"小说作为'绝世奇文'，单靠史性账簿式的叙事无济于事，必须依靠'化史为文'才能得以广泛传播"。④ 如何将作为材料的事

---

① 《第五才子书施耐庵水浒传》，见〔清〕金圣叹著，陆林辑校整理：《金圣叹全集》(白话小说卷)，凤凰出版社 2016 年版，第 529 页。

② 张永葳：《"因文生事"的文生逻辑——论金圣叹对明清小说虚构论的发展》，《浙江学刊》2012 年第 1 期，第 64—68 页。

③ 李桂奎：《中国古代小说评点中的"文妙"观念》，《中国文学批评》2021 年第 3 期，第 65—72、158 页。

④ 李桂奎：《中国古代小说评点中的"文妙"观念》，《中国文学批评》2021 年第 3 期，第 65—72、158 页。

件转化成为"文"是创作者不得不面对的一个问题。金圣叹从《史记》中总结出作者司马迁在作"文"过程中如何处理作为材料的"事"。

是故马迁之为文也，吾见其有事之巨者而橐括焉，又见其有事之细者而张皇焉，或见其有事之阙者而附会焉，又见其有事之全者而轶去焉，无非为文计，不为事计也。但使吾之文得成绝世奇文，斯吾之文传而事传矣。如必欲但传其事，又令纤悉不失，是吾之文先已拳曲不通，已不得为绝世奇文，将吾之文既已不传，而事又乌乎传耶？ [①]

司马迁在创作过程中对历史材料采用"巨者而橐括"、"细者而张皇"、"阙者而附会"、"全者而轶去"的处理方法，其初衷是"为文计，不为事计"。只有将文本写成绝世奇文，文中所记载的事件才会流传后世。相反如果文本本身"拳曲不通"，难以成为绝世奇文，那文本中记载的事件又怎么会流传后世呢？事件为文章提供材料，文章有助于事件的传播。在《读第五才子书法》中，金圣叹提出：

《宣和遗事》具载三十六人姓名，可见三十六人是实有。

① 《第五才子书施耐庵水浒传》，见［清］金圣叹著，陆林辑校整理：《金圣叹全集》（白话小说卷），凤凰出版社2016年版，第530页。

只是七十回中许多事迹，须知都是作书人凭空造谎出来。如今却因读此七十回，反把三十六个人物都认得了，任凭提起一个，都似旧时熟识，文字有气力如此。①

《宣和遗事》中三十六人事迹为《水浒传》提供了素材，《水浒传》根据《宣和遗事》中三十六人事迹虚构出一百零八人的故事。《水浒传》一百零八人故事的流传有助于加强读者对《宣和遗事》中三十六人的印象（"似旧时熟识"）。当然，读者观念中的三十六人已经不是《宣和遗事》中的三十六人了。

第二节　"因文生事"

尽管金圣叹认为《水浒传》和《史记》在文事关系方面都将事件作为"文"的材料来对待。但他也认为《水浒传》与《史记》在文事关系方面仍有不同，即《水浒传》"因文生事"，这标志着中国古代小说叙事理论"摆脱了对历史叙述理论的长期依附而走向独立"。② 在《读第五才子书法》中，金圣叹比较了《水浒传》与《史记》文、事关系的处理方法。他说：

---

① 《第五才子书施耐庵水浒传》，见［清］金圣叹著，陆林辑校整理：《金圣叹全集》（白话小说卷），凤凰出版社 2016 年版，第 31 页。

② 马将伟：《"因文生事"：金圣叹的小说叙事特质论》，《西华师范大学学报》（哲学社会科学版）2007 年第 5 期，第 11—15 页。

　　某尝道《水浒》胜似《史记》，人都不肯信，殊不知某却不是乱说。其实《史记》是以文运事，《水浒》是因文生事。以文运事，是先有事生成如此如此，却要算计出一篇文字来。虽是史公高才，也毕竟是吃苦事。因文生事即不然，只是顺着笔性去，削高补低都由我。①

　　金圣叹并不是从小说与史书两种不同文体的角度对比《水浒传》和《史记》，而是从同样作为文学经典的角度比较了《水浒传》之"文"和《史记》之"文"在处理文、事关系上的不同。《史记》"着眼于'事'（历史上的事实），'文'是服务于记'事'的，这叫'以文运事'。"《水浒传》着眼于"文"（艺术形象）而"事"（故事情节）则是为了整体艺术形象的需要"生"出来的，这叫"因文生事"，所谓"生"者，就是虚构、创造的意思。②《史记》是"以文运事，是先有事生成如此如此，却要算计出一篇文字来"，即根据已有的事件进行编排组织使之成为一篇文章。"以文运事"侧重的是历史真实，由于受到历史事件的客观限制，只是对已有的事件进行取舍编排，使之形成一篇文章。"以文运事"意味着作者在作文过程中没有足够多闪转腾挪的空间。《水浒传》是"因文生事"，可以"顺着笔性去，削高补低都由我"，"作者运用这些

---

①《第五才子书施耐庵水浒传》，见［清］金圣叹著，陆林辑校整理：《金圣叹全集》（白话小说卷），凤凰出版社 2016 年版，第 29—30 页。
②叶朗：《中国小说美学》，北京大学出版社 1982 年版，第 61 页。

方法更加从心所欲，灵活自如，这种自由首先决定于作品本身的虚构性"。① 这个过程"也是凭借着'文'之体式体制为手段、方式、载体来虚构故事，同时也以'因文'与'生事'互生互动过程达到创作小说之'文'的目的"。② "因文生事"侧重的是艺术真实，作者只需"顺着笔性"，让文章对事件的叙述符合其内在的人情事理和篇章结构之法。"因文生事"意味着作者在作文过程中有很大闪转腾挪的空间，所谓"削高补低都由我"，指的是"我"可以自由地决定增减事件，这说明"我"在创作中的关键地位。从金圣叹的评语中可以看出《水浒传》在文事关系上的特殊之处是《水浒传》作为小说在谋篇布局上可以根据文章本身的需要进行增减。

金圣叹认为在《水浒传》具体的文本中，有许多地方存在"因文生事"的情况，即根据行文进程的实际需要"生出"事件。"对'生事'的原则和目的即小说中'文'的强调，这是金圣叹小说观念较之前人更为深入的方面。"③ 这主要体现在以下几个方面：

其一，因为"截住"行文进程的需要所以生出事件。行文进程有其内在的发展逻辑，有些时候行文进入正轨以后，按照正常的行文发展逻辑，如果不加以节制，行文进程会一发不可收拾，继续发展下去。所以为了避免行文进程一发不可收拾的局面，小说会采用

① 王运熙、顾易生主编：《中国文学批评通史》（清代卷），上海古籍出版社1996年版，第219页。
② 周淑婷：《金圣叹"因文生事"说的理论构成及其叙事学意义》，《学习与探索》2015年第5期，第145—150页。
③ 白岚玲：《因文生事——论金圣叹的小说观》，《明清小说研究》1999年第3期，第26—40页。

生出事件"截住"行文进程的办法。比如，在小说中，施恩三次出入死囚牢看望武松，看望死囚的情节重复出现，而且一旦发生就不可收拾。从行文进程的角度看，必须要改变这一重复的局面，这就要求创作者额外"生个事情、一笔截住"原有的行文进程。于是小说就出现了张团练与张都监贿赂知府，差人下牢查看"但见闲人，便要拿问"，结果是"施恩得知了，那（哪）里敢再去看觑？"这个事件的出现，直接"截住"了小说行文进程中的"施恩三入死囚牢"。金圣叹评："施恩三入，不为少矣，便忽然生个事情，一笔截住，甚有剪裁之妙。不然，日日入死囚牢，写得何日始了也。"①依据金圣叹的评语，张团练与张都监贿赂知府的情节就是作者有意"生出"的一个事情，其目的是"截住"施恩入死囚牢看望武松的情节，避免行文进程陷入一发不可收拾的局面。

其二，因为行文进程需要避开两难境地所以生出事件。行文进程有时候会进入一个两难的境地，如果继续按照原有的进程，行文就会不符合基本叙事逻辑。为了避开两难的境地，行文会选择"生出"一些事件，这里的事件属于"功能性事件"。②"因文生事"中的"事"，"已不再是取于生活、等待加工的原始素材"，而是通过"想象虚构等方法所构造的故事内容"，③它是出于行文进程的需

---

① 《第五才子书施耐庵水浒传》，见［清］金圣叹著，陆林辑校整理：《金圣叹全集》（白话小说卷），凤凰出版社 2016 年版，第 553 页。

② 杨敏娇：《金圣叹叙事思想研究》，山西师范大学硕士学位论文，2015 年，第 13 页。

③ 王佳琪：《试论〈红楼梦〉的文章结构》，《红楼梦学刊》2022 年第 4 期，第 292—308 页。

要而"生出"来的。例如，金批宋江在江州城浔阳楼饮酒后腹泻："昨日之叙，为见三人也。既见三人了，明日若又叙，便觉行文稠叠。不叙，又殊冷淡也。只改作腹泻睡倒，其法与'林冲连日气闷不上街来'正同。"① 依照原有的行文进程，宋江会见三人后，接下来的内容，可能就是宋江时不时与三人会面，如果这样写的话，行文会发生"稠叠"，即出现重复雷同。如果不写接下来的会面，那么行文进程就会出现"冷淡"，因为宋江等人明明无事，为何不相聚？所以说接下来的内容，不论是写宋江和另外三人相聚还是不相聚，小说都来到了两难的境地。要解决这个两难问题必须额外生出一个事件来。小说此处采用的是生出宋江腹泻这个事件来解决行文进程的两难境地。宋江腹泻这个事件出现以后，宋江不再和故事中的三人会面就顺理成章了，同时行文进程还产生了新的事件，就此避开了行文中的两难问题。宋江腹泻这个事件和林冲连日气闷不上街类似，二者在行文进程中都是为了避开两难境地才产生的。在小说第六回由鲁达故事交接进入林冲故事中，一方面小说不能在鲁达身上多用笔，另一方面林冲和鲁达新近结交从常理来讲又不能不寻找鲁达。但是行文将要着重描写高衙内设计陷害林冲，不能在林冲身上多用笔。也就是说小说进入了两难境地，既不能在鲁达、林冲身上多用笔，又不能违背常理写林冲不寻找鲁达，作者面对这一两难的境地只能额外"生出"一个事件想办法"按住"林冲，金圣叹

---

① 《第五才子书施耐庵水浒传》，见［清］金圣叹著，陆林辑校整理：《金圣叹全集》（白话小说卷），凤凰出版社 2016 年版，第 698 页。

认为作者"计无复之，而竟公然下一笔云，懒上街去，便将鲁达许多棘手，推过一边，干干净净。自非老笔，何以有此"。作者从林冲娘子被调戏这一情节顺利"生出"林冲"连日闷闷不已，懒上街去"，这样就满足了行文进程的需要，林冲的举动符合常理，鲁、林不见面，行文进程着重描写高衙内设计险害林冲的内容。

　　其三，因为行文进程需要为人物的兵器"喝彩"所以生出事件。"小说兵器书写目的有时不在器物本身，而在于为塑造特定人物或承担叙事线索功能以及构成某种特定情节模式提供必备要素。"①《水浒传》描写江湖好汉的故事，在塑造这些江湖好汉的形象时，会通过描写好汉的兵器来塑造好汉的形象。作者为了描写好汉的兵器，有时会特意生出一些事件，在叙述事件的过程中描写兵器。也就是说为了写人物的兵器所以生出相对应的事件。比如，小说中武松夜走蜈蚣岭这个情节的叙事在金圣叹看来只是"初得戒刀，另与喝采一番耳，并不复关武松之事"。②评语的意思是武松初得戒刀，所以行文需要特意在戒刀上着墨，所以小说才生出"夜走蜈蚣岭"这个事件。在这个事件中多次出现戒刀，"去腰里掣出那两口烂银也似戒刀来"、"去鞘里再拔出那口戒刀，轮起双戒刀来迎那先生"、"插了戒刀连夜自过岭来"等语句都是为戒刀"喝彩"。与之相类似的是"瓦官寺一段"，金圣叹认为两段文字"相

① 王凌：《中国古代小说的兵器书写》，《西安工业大学学报》2018 年第 6 期，第 662—668 页。
②《第五才子书施耐庵水浒传》，见［清］金圣叹著，陆林辑校整理：《金圣叹全集》（白话小说卷），凤凰出版社 2016 年版，第 559 页。

对"，都是初得兵器，特地为之"喝彩"。瓦官寺这个故事中，着重描写鲁智深以禅杖和崔道成、丘道人、史进打斗的场面。金圣叹在这个故事中特别注意到了"禅杖"，他在评语中一路跟随故事进程评点，从"禅杖一"到"禅杖十七"，总共 17 次评点"禅杖"。"禅杖十六"后紧接"至此方写得禅杖饱满快活"，"禅杖十七"后紧接"更饱满，更快活"。这些评点文字说明在整个瓦官寺的事件中"禅杖"这个兵器出现的频率是非常高的，正如金圣叹所说，作者就是为了给鲁智深新得禅杖"喝彩"一番，所以才生出了瓦官寺这个事件。

其四，因为行文进程需要"收场"所以生出事件。这里涉及行文末尾"文"与"事"冲突，当"文"不够完整时，用"事"作弥补，用事件去使行文圆满。一篇文章在末尾处往往需要一个有力的结尾，《水浒传》作为章回小说，每个回目的末尾往往会留下一个带有冲突性质的故事情节，吸引读者的注意力，使读者"欲知后事如何，且看下回分解"。可以说这个具有冲突性质的故事情节的存在是必要的。从整部《水浒传》来看，多数回目的末尾都有一个奇险的情节将该回与下回勾联起来。但是当某些回目的末尾没有奇险情节时，如何将情节与下回勾联起来是创作者不得不考虑的问题。有时创作者为了行文上的考量，往往会在情节上特意添加一些事件。比如，第十四回末吴用吓唬公孙胜的故事情节，金评："非真有此等儿戏之事，只为每回住处，皆是绝奇险处，此处无奇险可

住，故特幻出一段，以作一回收场耳。读者谅之。"①评语的意思是
《水浒传》每回末尾都以奇险作结束，但是当末尾没有奇险时，作
者会特意创作一个收场。第十四回写的是晁盖等人商量劫生辰纲
的故事，金圣叹认为这一段文字是因回末没有险绝之事，作者特
地"幻出一段"吴用吓唬公孙胜的桥段。当第十四回回目之"文"
欠缺时，用吴用吓唬公孙胜之"事"作弥补，这样回末就有了一
个有力的结尾。在整个过程中，作者特意"生出"事使行文能够
"收场"。

　　"因文生事"过程遵循的基本原则就是"顺着笔性"，"'笔性'
并不神秘，就是指在叙事中预设合理的情境，即所谓'相形势'，
从而使故事的发展自然而不单薄、不突兀，既符合艺术审美规律，
又符合生活逻辑，这样才能创造出一个独立自足的艺术世界。"②不
论是"截住"行文进程、避开两难境地、"收场"的需要，还是为
人物的兵器"喝彩"，都是"顺着笔性"按照文本创作基本规律来
虚构事件的。

第三节　文为事"作引"

　　在金圣叹的评语中，小说出现"文"在前、"事"在后的情

---

① 《第五才子书施耐庵水浒传》，见［清］金圣叹著，陆林辑校整理：《金圣叹全集》（白
话小说卷），凤凰出版社2016年版，第289页。
② 马将伟：《"因文生事"：金圣叹的小说叙事特质论》，《西华师范大学学报》（哲学社
会科学版）2007年第5期，第11—15页。

况，"文"为"事""作引"。"作引"意味着"文"与"事"存在关联，"文"为"事""作引"的过程就是"文"带动"事"发展的过程。在评语中，金圣叹除了用"作引"外，还运用"生出"、"变出"等词汇来表达"文"与"事"之间"作引"的关系。需要说明的是这里的"生出"与"因文生事"之"生"的含义不同，这里的"生出"侧重的是"关联"和"带动"的含义，而"因文生事"中"生"的含义侧重于创作过程中的虚构。在"文"为"事""作引"这个理论命题中，金圣叹重点关注两个问题，一是"作引"之"文"需要具备哪些要素才能引出相应的"事"？二是"文"引出"事"的方式有哪些？

一、"作引"之"文"具备哪些要素才能引出相应的"事"

在"文"为"事""作引"的过程中，"作引"之"文"的体量可以是几段文字，也可以是一句话甚至几个字。有些时候需要几段文字的叙述才能顺利引出接下来发生的事件，有些时候一句话，甚至几个字就能顺利引出接下来的事件。"这种叙事方法使人联想到我国一些名胜古迹，在主体之前，常设有一些标识和景致，引人渐入佳境。"①表面上看，"作引"之"文"的体量没有明确的规定，实际上"作引"之"文"的体量并不是随意的，它是基于作者对文本具体内容的考量作出的安排，"作引"之文的体量并没有明确的

---

① 刘春生：《金圣叹小说叙事技法论评述》，《国际关系学院学报》1997 年第 3 期，第 31—38 页。

标准，体量的多少取决于"作引"之文是否具备引出接下来的事件的"因"。如果"作引"之文具备以下几个方面的要素就可以引出相应的事件：

其一，"作引"之"文"产生情理引出接下来的事件。在小说的第一回中出现史进和少华山头领往来的文字，在金圣叹看来它的作用就是"为下王四失事作引"，在体量上这些文字"散叙三段，总结二段"，[①]总共五段文字将少华山和史家庄的来往交代清楚，在此过程中王四作为双方的联络员成为惯例。由此引出了以后发生的事，即王四从少华山返回的路上丢失了朱武写给史进的书信，最终被告发。从上述分析可以看出小说用五段文字写双方的来往是必要的，从情理上看双方的来往更加密切，作为双方联络员的王四存在就是必要的。假如只用短短几句很难将双方之间的来往交代清楚，而王四作为双方的联络员难以让读者信服。再如，江州劫法场后，众人杀到江边，阮小七便道："远望隔江那里有数只船在岸边，我兄弟三个赴水过去夺那几双船过来载众人，如何？"金批："若无下文张、李、穆、童船来，则并不写隔江有船矣。为有下文张、李、穆、童船来，故先以隔江有船作引也。""夺船一段乃引文，盖惟恐张顺来得突然"。[②]评语的意思是小说先借助阮小七之口说出对岸有船，正因为有了这句话，那么阮小七等人涉水过江夺船遇见张、

---

①《第五才子书施耐庵水浒传》，见［清］金圣叹著，陆林辑校整理：《金圣叹全集》（白话小说卷），凤凰出版社 2016 年版，第 81 页。

②《第五才子书施耐庵水浒传》，见［清］金圣叹著，陆林辑校整理：《金圣叹全集》（白话小说卷），凤凰出版社 2016 年版，第 728—729 页。

李、穆、童等人就是顺理成章的了。阮小七夺船之语符合劫法场之后的情理，由此引出张、李、穆、童划船来接应之事。

其二，"作引"之"文"制造冲突引出接下来的事件。有些时候，"作引"之"文"的内容只是短短几句甚至是一句话，也有可能牵引着事件的发生，那是因为"作引"之文制造了情节上的冲突由此引出接下来的事件。比如，郓哥被王婆推倒之后"那篮雪梨四分五落，滚了开去"，金圣叹评点道："不因此句，如何生出事来？"① 评语中的"生出"意思是这一举动引出后文武大郎捉奸的叙事。这一句话可以为接下来捉奸之事作引的缘故是郓哥因为被王婆推倒雪梨散落所以生出恨意，然后鼓励武大捉奸。虽然"作引"之文只有一句，但是已经产生足够的理由引出下文捉奸之事。类似的例子还有吴用劝不住刘唐和朱仝之间打斗，金批："劝不住，故妙。只因劝不住，便生出后文晁、吴相见机会来，若使一劝即住，便殊非此一段书之故也。"② 吴用劝不住刘唐和朱仝之间必然发生的打斗，那么接下来晁盖赶来制止刘唐打斗就是顺理成章的了。可见正因为吴用劝不住刘唐和朱仝之间的打斗，才引出了晁盖、吴用相见之事，假如一劝即住，那么晁、吴相见之事便无法顺理成章地引出来。

其三，"作引"之"文"提供了足够多的时间和空间产生事件。

---

① 《第五才子书施耐庵水浒传》，见［清］金圣叹著，陆林辑校整理：《金圣叹全集》（白话小说卷），凤凰出版社 2016 年版，第 464 页。
② 《第五才子书施耐庵水浒传》，见［清］金圣叹著，陆林辑校整理：《金圣叹全集》（白话小说卷），凤凰出版社 2016 年版，第 270 页。

比如，武松回清河县"看望哥哥"，金圣叹认为"四字和平之极，不想变出惊天动地事来"。[1]武松回乡"看望哥哥"给小说提供足够多的空间叙述事件，看望哥哥的途中、看望哥哥之后，小说都有足够的时间和空间叙事，从文本来看，接下来打虎、杀嫂、报仇等事件都是从武松"看望哥哥"这四个字引出。再如，金老对鲁达说："我女儿常常对他孤老说提辖大恩"，金批："员外后边许多好意，都在此句生出。"[2]鲁达拳打镇关西对金翠莲父女恩情很大，金翠莲时常向赵员外提及鲁达恩情，由此就产生了赵员外关照鲁达之事。可以说金翠莲向赵员外提及鲁达恩情给小说叙事提供了很大的时间和空间，理论上鲁达到雁门县后，赵员外可以长时间、多方面周全鲁达。从叙事上看，赵员外在七宝村收留鲁达、推见鲁达去五台山出家等事件都是从金翠莲向赵员外"说提辖大恩"这句话引出的。

二、"作引"的方式

"作引"之"文"只是一个工具，它的目的是产生"因"以便引出接下来的事件，促进故事的进展。"作引"之"文"一旦产生，就必然与接下来的"事"发生关联。这是"类推思维模式在文学上的产物"。[3]"文"如何与接下来的"事"发生关联，或者说"文"

---

① 《第五才子书施耐庵水浒传》，见［清］金圣叹著，陆林辑校整理：《金圣叹全集》（白话小说卷），凤凰出版社 2016 年版，第 415 页。

② 《第五才子书施耐庵水浒传》，见［清］金圣叹著，陆林辑校整理：《金圣叹全集》（白话小说卷），凤凰出版社 2016 年版，第 103 页。

③ 张同胜：《试论〈红楼梦〉的叙事思维模式》，《红楼梦学刊》2007 年第 1 期，第 296—305 页。

如何为"事""作引"就是不得不探讨的话题。在金圣叹的评语中文为事"作引"可以分为遥引式、渐进式、曲折式、突发式等。

其一，遥引式指的是"作引"之"文"和引出之"事"在文本中并不是前后紧密相接的，而是分属文本两处，二者之间存在距离。小说在第三十九回江州劫法场后写李逵"与众人都相见了，却认得朱贵是同乡人，两个大家欢喜"。金批："遥作沂水杀虎之引。"①金圣叹认为李逵与朱贵相遇的文字是为李逵回沂水县探母并杀老虎"作引"，而且是"遥引"。"作引"之"文"出现在第三十九回中，引出之"事"沂水杀虎出现在第四十二回中，李逵杀虎暴露身份后，朱贵作为同乡接应。"文"与"事"之间间隔三个回目，虽然二者没有直接发生关联，但"文"依然牵引着"事"，这种牵引即是"遥引"式。

其二，渐进式指的是"作引"之"文"逐渐引出"事"，引出的过程断断续续，不是一蹴而就的。这种"文"引出"事"的方法是"自然变化和人事活动的模仿和反映"，它与一些名胜古迹类似，"在主体之前常设有一些标识和景致，引人渐入佳境"。②比如，王进带领母亲赶路错过宿头，小说写道："只见远远地林子里闪出一道灯光来"。金圣叹评："迤逦生出事情来。"③这里"林子里闪出一

---

① 《第五才子书施耐庵水浒传》，见〔清〕金圣叹著，陆林辑校整理：《金圣叹全集》（白话小说卷），凤凰出版社 2016 年版，第 728 页。

② 刘春生：《金圣叹小说叙事技法论评述》，《国际关系学院学报》1997 年第 3 期，第 31—38 页。

③ 《第五才子书施耐庵水浒传》，见〔清〕金圣叹著，陆林辑校整理：《金圣叹全集》（白话小说卷），凤凰出版社 2016 年版，第 68 页。

道灯光"就是"作引"之"文"。引出之"事"指的是后文中王进和史进相见，王进传授史进武艺之事。"迤逦，旁行连延。"①评语中"迤逦生出"意味着"文"与"事"之间的联系是渐进的，不是一蹴而就的。在林子闪出光之后，小说依次写出王进遇见庄院、王进借宿、史太公招待王进母子、王进母子夜宿史家庄等事件，次日写王进遇见史进练习武艺、王进史进较量枪棒二人相识之事。可以说这一系列事件都是从"林子里闪出一道灯光"逐渐引出来的。林子闪出灯光引导着王进投宿，然后引出一系列事件的发生。

其三，曲折式指的是"作引"之"文"与引出之"事"之间的关联是曲折的，不是直截了当的。时迁等人偷鸡后，祝家庄的店小二道："客人，你们休要在这里讨野火吃！只我店里不比别处客店，拏你到庄上便做梁山泊贼寇解了去！"金批："看他要生出事头，无可生处，如此曲折写来。"②文本至此要将叙事对象顺利从杨雄、石秀、时迁等人身上过渡到三打祝家庄之事，作者安排店小二之语是为了刺激石秀等人，进而"生出"下文石秀火烧祝家店、时迁被捉、杨雄石秀求助李应不成、上梁山落草险些被斩，由此引出宋江三打祝家庄之事。从"作引"之"文"与引出之"事"的关系来看，二者之间的关联是曲折的，而且经过多次曲折。店小二之语刺激石秀火烧祝家店，然后时迁被捉是一个曲折，求助李应不成又是

①《尔雅》注，见《康熙字典》（标点整理本），上海辞书出版社2007年版，第1238页。
②《第五才子书施耐庵水浒传》，见［清］金圣叹著，陆林辑校整理：《金圣叹全集》（白话小说卷），凤凰出版社2016年版，第845页。

一个曲折，上梁山落草险些被斩又是一个曲折，经过三次曲折之后才引出宋江三打祝家庄之事。

其四，突发式指的是"作引"之"文"突然引出"事"，它强调的是引出过程的意外性，"文"与"事"之间的关联出人意料。例如，武松回清河县"看望哥哥"，金圣叹认为"四字和平之极，不想变出惊天动地事来"。[①] 后文的叙事中景阳冈打虎、王婆说风情、为兄报仇等事由此四字变化出来，但这种"变出"是出人意料的。再如，武大说自己因为在清河县受欺负、没人做主，所以搬来阳谷县，金圣叹评："凭空结撰出一外搬来的缘故，不意后来变出无数奇观，咄咄怪事也。"[②] 评语中"变出无数奇观"指的是王婆说风情、武大身死等事，评语同样指出"变出"的状态是"不意"，即出乎意料。武大说出搬来阳谷县缘故的文字和毒杀武大、武松报仇之事的关联同样出人意料。又如，武松大闹飞云浦之后"踌躇了半晌，一个念头，竟奔回孟州城里来"，金圣叹评："后文血溅鸳鸯楼，是天翻地覆之事，却只先写一句，云忽然一个念头起，神妙之笔，非世所知。"[③] 这里武松的"一个念头"直接导致下文血溅鸳鸯楼之事的发生。评语中"忽然一个念头起"说明武松踌躇生出一个念头这句话和血溅鸳鸯楼之事二者之间的关联具备突然性。"作

---

① 《第五才子书施耐庵水浒传》，见 [清] 金圣叹著，陆林辑校整理：《金圣叹全集》（白话小说卷），凤凰出版社 2016 年版，第 415 页。

② 《第五才子书施耐庵水浒传》，见 [清] 金圣叹著，陆林辑校整理：《金圣叹全集》（白话小说卷），凤凰出版社 2016 年版，第 430 页。

③ 《第五才子书施耐庵水浒传》，见 [清] 金圣叹著，陆林辑校整理：《金圣叹全集》（白话小说卷），凤凰出版社 2016 年版，第 543 页。

引"之"文"与引出之"事"之间的关联是突发式的。

第四节　事"生发"文

在金圣叹的评语中"事"与"文"的关系不只有"文"为"事"作引，还有事"生发"文，一个事件产生后会直接引出后"文"。"事"在前，"文"在后，"事"和"文"之间不仅存在关联，同时"事"也推动"文"的产生。在金圣叹的评语中，多用"生发"、"引出"、"变出"来表达"事"推动"文"的产生。

一、"生发"文的"事"的特点

金圣叹认为"生发"文的"事"有时"无甚出色"但是不可或缺。

其一，金圣叹认为"生发"文的"事"有时"无甚出色"。有些时候这些事件本身没有特别出彩的地方，只是为了"生发"后文不得不写出这些事件，借此推动后"文"的产生。也就是说这些事件只是推动后"文"产生的工具。例如，金圣叹认为时迁偷吃祝家店的公鸡这一事件"都是生发后文，无甚出色"。[①] 时迁偷鸡这个事件本身并没有什么值得特别描写的地方，它只是作为一个工具，引出后文写祝氏三雄的一篇文字，同时间接"生发"后文宋江三次攻

---

① 《第五才子书施耐庵水浒传》，见［清］金圣叹著，陆林辑校整理：《金圣叹全集》（白话小说卷），凤凰出版社 2016 年版，第 845 页。

打祝家庄等三篇文字。与时迁偷鸡这一事件类似的还有偷马事件。金圣叹认为二者相似，"要知因偷马引出曾家五虎，亦与上文因偷鸡引出祝氏三雄，特特相犯，以显笔力"。[①] 偷马事件同样是作为一个工具，引出后文写曾家五虎的文字。小说在这两个事件上并没有着墨太多，而是以此"生发"后文。

其二，尽管"生发"文的"事"有时"无甚出色"，但并不代表"事"可有可无。相反，金圣叹认为"生发"文的"事"是不可或缺的。也就是说正因为这些"事"的出现，才推动情节的进展，引出下文的内容；"事"是"生发"文的过程中的起始因素，假如没有这些"事"，"生发"进程就很难进行，"文"也就难以产生。以宋江与公人在穆家庄上借宿一段为例，小说写"去房外净手，看见星光满天，又见打麦场边屋后是一条村僻小路"，金圣叹评："闲中先看出妙。不然，后文如何忽然生得出来。"[②] 从行文进程的角度看，这里的"事"给"生出"后文内容创造了条件，净手看见小路之事直接生出后文宋江逃脱、穆家兄弟追赶的一篇文字，即"没遮拦追赶及时雨"。再如，王进在史家庄上请求史太公给马匹喂草料，史太公"教庄客牵出后槽，一发喂养"，金圣叹评："后文水穷云起，全仗此语作线。"[③] 按照金圣叹的评点本来行文至此已接近山穷

① 《第五才子书施耐庵水浒传》，见［清］金圣叹著，陆林辑校整理：《金圣叹全集》（白话小说卷），凤凰出版社 2016 年版，第 1070 页。

② 《第五才子书施耐庵水浒传》，见［清］金圣叹著，陆林辑校整理：《金圣叹全集》（白话小说卷），凤凰出版社 2016 年版，第 662—663 页。

③ 《第五才子书施耐庵水浒传》，见［清］金圣叹著，陆林辑校整理：《金圣叹全集》（白话小说卷），凤凰出版社 2016 年版，第 69 页。

水尽的地步，故事内容如何进展需要另起一个头绪，史太公给王进马匹喂草料这件事便是一个头绪，直接促进了王进和史进较量枪棒之"文"的产生。假如没有喂草料这件事，那么后文"水穷云起"就会成为泡影。

二、"生发"过程的特点

当"事"产生以后，就必然会面临着"事"到"文"的"生发"过程。综合金圣叹的评语，"事"到"文"的"生发"过程具有以下特点：

其一，"事"到"文"的"生发"过程具有突发性。这里的意思是整个"生发"的过程出人意料。比如，李逵和公孙胜离开二仙山回梁山泊，途经武冈镇，李逵提出去买枣糕。金圣叹评："买枣糕忽然生出一段奇文来。"[1]李逵买枣糕之事直接"生发"下文汤隆街头使铁锤的文字。评语侧重的是"生发"过程的突发性。李逵买枣糕和汤隆街头使铁锤的文字本没有直接的关联，但是行文至此突然将二者关联起来，写出了一篇使铁锤的文字。可以说在写汤隆街头使铁锤的文字之前没有任何预兆或者伏笔，而是单刀直入，直截了当地从买枣糕之"事"生发出一篇使铁锤的文字。再如，金圣叹对"宋江两打祝家庄"这篇文字的评语是"如此一篇血战文字，却以王矮虎做光起头，遂使读者胸中只谓儿戏之

---

①《第五才子书施耐庵水浒传》，见［清］金圣叹著，陆林辑校整理：《金圣叹全集》（白话小说卷），凤凰出版社 2016 年版，第 969 页。

事，而一变便作轰雷激电之状，直是惊吓绝人"。① 也就是说王英因看见扈三娘美貌而上阵与之对敌这个事件"变出"下文梁山和祝家庄二次大战的文字。由王英与扈三娘对战之事而"生发"出双方人马大战的文字过程，这种关联在评点者看来出乎意料，因为评点者一开始认为这属于"儿戏之事"，但不承想行文至此"一变便作轰雷激电之状"，写出一篇双方血战之文。王英和扈三娘对战之"事"与双方人马血战之"文"的关联出乎意料，体现出突发性。

其二，"事"到"文"的"生发"过程具有必然性。中国古代小说的故事情节"特别强调因果关系"，② 这里的"事"相当于一个"因"，它一旦产生就必然会有相对应的"果"出现，随之而来的"文"就是顺理成章的。而且"文"的产生是自然而然的，整个过程是不可阻挡的。因为"事"到"文"的"生发"过程有其内在的逻辑，可以说整个过程不以创作者的个人意志为转移。事件的产生造成的矛盾冲突必然会导致下文围绕这个矛盾冲突进行，由此就会产生一系列的文章。比如，杨雄、石秀、时迁火烧祝家店后，时迁被"一挠钩搭住，拖入草窝里去了"。金批："苦一时迁拖去，便令下文住手不得，生出三打祝家庄也。"③ 从事与文的关系上看，时迁

---

① 《第五才子书施耐庵水浒传》，见［清］金圣叹著，陆林辑校整理：《金圣叹全集》（白话小说卷），凤凰出版社 2016 年版，第 867 页。
② ［英］福斯特：《小说面面观》，苏炳文译，花城出版社 1984 年版，第 75 页。
③ 《第五才子书施耐庵水浒传》，见［清］金圣叹著，陆林辑校整理：《金圣叹全集》（白话小说卷），凤凰出版社 2016 年版，第 847 页。

被捉这个事件是《扑天雕两修生死书 宋公明一打祝家庄》的"导
火索"。由于时迁被捉才引出杨雄、石秀求助李应不成，被逼无奈
上梁山，由此引出三个回目的攻打祝家庄的文字。评语"便令下文
住手不得"的意思是时迁被捉这个事件使行文进程有了矛盾冲突，
不得不围绕着解救时迁"生出"三个回目的文字。

其三，"事"到"文"的"生发"过程具有连续性。连续性意
味着事物生发后会引起一系列的反应，正如《风赋》所说，"风生
于地，起于青苹之末。侵淫谿谷，盛怒于土囊之口"。[1] 在金圣叹的
评语中事"生发"文的过程有时意味着一系列的连锁反应，即事引
出一篇"文"之后，这篇"文"又会引起另一篇"文"的出现。金
圣叹认为戴宗一取公孙胜这个事件其实是为了引出后文石秀杨雄的
传记，他说："以上宋江既入山寨，一切线头都结矣，不得已，生
出戴宗寻取公孙，别开机扣，便转出杨雄、石秀一篇锦绣文章，乃
至直带出三打祝家无数奇观。"[2] 评语指出"戴宗寻取公孙"这一事
件是为了"转出杨雄、石秀一篇锦绣文章"，这里涉及事"生发"
文。同时杨雄、石秀的传记中某一事件（比如偷鸡事件）也会"生
发"另一篇文字（三打祝家庄）。由此可以看出从戴宗寻取公孙之
事开始，首先"生发"出了杨雄、石秀的传记，其次杨、石传中的
偷鸡事件又"生发"出了三个回目的三打祝家庄之文。文本进程中

---

[1]［战国］宋玉：《风赋》，见［南朝·梁］萧统编，［唐］李善注：《文选》，上海古籍出版社 1986 年版，第 582 页。
[2]《第五才子书施耐庵水浒传》，见［清］金圣叹著，陆林辑校整理：《金圣叹全集》（白话小说卷），凤凰出版社 2016 年版，第 794 页。

发生了一系列的连锁反应，这个过程体现出了"生发"过程的连续性。

三、"事"生发的"文"

对于"事"生发出来的"文"，金圣叹认为"文"在体量上可长可短，可以是一篇文章，也可以是一句话。比如，金圣叹评点天子赐呼延灼踢雪乌骓马这一事件："下文将有连环马一篇奇文，便先向此处生出踢雪乌骓一匹，装作头彩，绝妙章法也。"① 又评："将写连环马，便先写一匹御赐乌骓以吊动之"。② 也就是说他认为天子赐马这个事件"吊动"连环马这篇奇文。"连环马"这篇奇文占据第五十四回《高太尉大兴三路兵　呼延灼摆布连环马》大半内容。而在有些地方，事"生出"的"文"可以短到只有一句话，比如，晁盖等人占据梁山后初次劫到财物后，小说写"众头领大喜，把盏已毕，教人去请朱贵上山来筵宴"。金评："半日只为此一句耳，作文顾不难哉！"③ 按照金圣叹的论述，文本写半日下山劫财物之"事"最终目的是引出众头领摆宴庆贺这一句话。类似的情况还有杨志校场比武结束后，小说写道："自去梁府宿歇，早

---

① 《第五才子书施耐庵水浒传》，见［清］金圣叹著，陆林辑校整理：《金圣叹全集》（白话小说卷），凤凰出版社 2016 年版，第 981 页。

② 《第五才子书施耐庵水浒传》，见［清］金圣叹著，陆林辑校整理：《金圣叹全集》（白话小说卷），凤凰出版社 2016 年版，第 985 页。

③ 《第五才子书施耐庵水浒传》，见［清］金圣叹著，陆林辑校整理：《金圣叹全集》（白话小说卷），凤凰出版社 2016 年版，第 372 页。

晚殷勤听候使唤"，金圣叹评："如此一回大书，乃正为此一句"，①
评语的意思是作者用大量笔墨写杨志如何与大名府将领比试武艺
这件事，其实就是为了引出最后这一句"早晚殷勤听候使唤"。在
事生发文的过程中，"事"起到工具性的作用，"事"的存在就是
为了"生发"出"文"，而"文"可以是几个回目或半个回目，也
可以是几句话。不能因为"文"的简短就随意删去，因为"事"
只是"生发"过程的工具，"文"才是整个"生发"过程的终极
目的。

本章小结

金圣叹在评点中侧重于对"文"的分析，"虽重'文'轻
'事'，却并不废'事'，他还是从'文'与'事'两条线索来分析
作品的"，②他认为"事"是构成"文"的材料，出于作"文"的目
的可以虚构"事"；同时，他将"事"提高到了可以和"文"相
并列的高度，认为"文"可以为"事""作引"，"事"也可以"生
发""文"，"文"、"事"二者在文本进程中可以互相推动。

---

① 《第五才子书施耐庵水浒传》，见［清］金圣叹著，陆林辑校整理：《金圣叹全集》(白
话小说卷)，凤凰出版社 2016 年版，第 258 页。
② 陈慧娟：《论金圣叹的"文事观"》，《河北师院学报》(社会科学版) 1996 年第 1 期，
第 91—93 页。

结　语

　　《水浒传》自诞生以后，就有很多学者对其作出评论和评点。金圣叹的《水浒传》评点自问世以后便受到学界广泛关注。《水浒传》因为金圣叹的评点而加速它的"雅化"，金圣叹因为评点《水浒传》而名声大噪。《水浒传》与金圣叹，一部小说，一位评点家，二者相互成就。定一在《小说丛话》中写道："《水浒》一书，为中国小说中铮铮者，遗武侠之模范，使社会受其余赐，实施耐庵之功也。金圣叹加以评语，合二人全副精神，所以妙极。"① 可以说《水浒传》有今天的影响力，金圣叹的评点功不可没。诚如廖燕先生所说："画龙点睛，金针随度，使天下后学悉悟作文用笔墨法者，先生力也。"②

　　金圣叹学识广博，在评点《水浒传》时旁征博引。据粗略统

----

① 定一：《小说丛话》，见孙中旺编著：《金圣叹研究资料汇编》，广陵书社 2007 年版，第43 页。

② ［清］廖燕：《金圣叹先生传》，见孙中旺编著：《金圣叹研究资料汇编》，广陵书社 2007 年版，第 15 页。

计，他所征引的书目（篇目），仅四库全书收录的就有66部（篇）。其中经部书目19部，史部书目9部，子部书目10部，集部篇目28篇。金圣叹引用这些书目或篇目评点小说的字、句、段、篇，人物、叙事、章法、语言以及具体的内容。金圣叹在评点过程中对小说能够随物赋形，运用不同的形式评点小说。比如，在评点鲁智深野猪林出场的段落时，金圣叹仿效解"经"的文体作评点："若以《公》、《谷》、《大戴》体释之，则曰：先言禅杖而后言和尚者，并未见有和尚，突然水火棍被物隔去，则一条禅杖早飞到面前也；先言胖大而后言皂布直裰者，惊心骇目之中，但见其为胖大，未及详其脚色也；先写装束而后出姓名者，公人惊骇稍定，见其如此打扮，却不认为何人，而又不敢问也。盖如是手笔，实惟史迁有之，而《水浒传》乃独与之并驱也。"[①]《公羊传》、《谷梁传》本是传《春秋》之书，金圣叹却以《公》、《谷》、《大戴》体解释《水浒传》。此处小说写鲁智深出场总共分四层来写，金圣叹以古代解"经"的文体层层分析，最后评价小说文本"如是手笔，实惟史迁有之"。第十九回借助《埤雅》解释小说中的"苟"字，"《埤雅》云：狗，苟也，以其苟于得食，故谓之狗。今释苟字亦应倒借云：苟，狗也，以其与狗无择，故谓之苟。呜呼！审如斯言，然则不苟且者谁乎？"[②]第六十五回回评引用小品文斫山先生夸京中口技一篇

①《第五才子书施耐庵水浒传》，见［清］金圣叹著，陆林辑校整理：《金圣叹全集》（白话小说卷），凤凰出版社2016年版，第190页。

②《第五才子书施耐庵水浒传》，见［清］金圣叹著，陆林辑校整理：《金圣叹全集》（白话小说卷），凤凰出版社2016年版，第365页。

文章来表达"火烧翠云楼一篇"文章是"绝艺非常之技"。

金圣叹的评点有很多语言本身具有很强的文学性，读起来就像是一篇精妙的短文。比如，第八回回评中论述"文章风格渐变"的一段文字：

> 今夫文章之为物也，岂不异哉！如在天而为云霞，何其起于肤寸，渐舒渐卷，倏忽万变，烂然为章也！在地而为山川，何其迤逦而入，千转百合，争流竞秀，窅冥无际也！在草木而为花萼，何其依枝安叶，依叶安蒂，依蒂安英，依英安瓣，依瓣安须，真有如神镂鬼篆、香团玉削也！在鸟兽而为翚尾，何其青渐入碧，碧渐入紫，紫渐入金，金渐入绿，绿渐入黑，黑又入青，内视之而成彩，外望之而成耀，不可一端指也！凡如此者，岂其必有不得不然者乎？[1]

金圣叹在此用云霞、山川、花萼、翚尾等比喻文章风格的渐变，整段评点文字运用比喻手法形象地说明了文章风格如何逐渐演变，是一篇极佳的散文。第三十二回回评论述"文章家有过枝接叶"的一段文字也是一篇极佳的美文。

> 文章家有过枝接叶处，每每不得与前后大篇一样出色。然

---

[1]《第五才子书施耐庵水浒传》，见［清］金圣叹著，陆林辑校整理：《金圣叹全集》（白话小说卷），凤凰出版社 2016 年版，第 189 页。

其叙事洁净，用笔明雅，亦殊未可忽也。譬诸游山者游过一山，又问一山，当斯之时，不无借径于小桥曲岸，浅水平沙。然而前山未远，魂魄方收，后山又来，耳目又费，则虽中间少有不称，然政不致遂败人意。又况其一桥一岸，一水一沙，乃殊非七十回后一望荒屯绝徼之比。想复晚凉新浴，豆花棚下，摇蕉扇，说曲折，兴复不浅也。①

这段文字本是为了说明小说中有些回目的出现其实只是过渡篇目，在整部小说中起承上启下的作用。但金圣叹以游山作比，将整段文字写成了一篇极佳的美文。既能够恰当形象地阐发金圣叹的"过枝接叶"论，又使评点文字具备美感。

金圣叹还会根据小说内容阐发自己的思想，比如，在第四十二回回评中旁征博引儒家典籍，用近两千字的篇幅阐发他的"忠恕"观，整篇回评类似于一篇以"忠恕"为题的论文。再如，第四十四回回评中围绕僧众在佛事中广行非法之事用一千四百余字阐发他对佛教僧众行事的认识，整篇回评类似于一篇佛经。

除了针对《水浒传》进行学术性的评点外，金圣叹还在评点《水浒传》的过程中展示了丰富的见识。主要体现在以下方面：其一，金圣叹通过评点小说表达自己对识人方面的看法。一般情况下，对于那些善于辞令之人，人们总是委以重任，比如，小说中史

---

① 《第五才子书施耐庵水浒传》，见［清］金圣叹著，陆林辑校整理：《金圣叹全集》（白话小说卷），凤凰出版社 2016 年版，第 596 页。

进以王四"答应官府、口舌利便"为由委托大事结果却误了史进的前程，金圣叹对此评点道："大郎误矣，安见口舌利便，颇能答应之人，而能托事有成者乎？君子鉴于此，而知能文之士，不足用也。"①评语认为史进以善于答应为由委托大事反而害了自己，这对读者而言是一个经验教训。一般情况下对于生活中那些受恩之人和风流放浪之人们总是以表面判断其人品，金圣叹的看法恰恰相反。比如，小说中的李固和燕青，"李传极叙恩数，燕传极叙风流"，但最终的结果却是"乃卒之受恩者不惟不报，又反噬焉；风流者笃其忠贞，之死靡忒"。对此，金圣叹认为"狼子野心，养之成害，实惟恩不易施；而以貌取人，失之子羽，实惟人不可忽也。稗官有戒有劝，于斯篇为极矣"。②金圣叹认为小说通过写李固和燕青两个人的故事说明受恩者不惟不报还可能反噬，风流之人有可能是忠贞之士，小说写李固和燕青两个人旨在劝诫世人"恩不易施"、不以貌取人。金圣叹劝诫君子要警惕小人，因为小人的特点是"凡君子意之所在，彼色色能知之，又色色能言之"，在相处过程中小人待人往往投其所好，君子往往"心感其语"，结果是"中其所图，遂至猝不可救"。这也是在具体的生活中"君子所以不敢轻受人之解衣推食者"③的原因。金圣叹以武松为例，劝诫君子要警惕那些言不

———————

① 《第五才子书施耐庵水浒传》，见［清］金圣叹著，陆林辑校整理：《金圣叹全集》（白话小说卷），凤凰出版社 2016 年版，第 81 页。

② 《第五才子书施耐庵水浒传》，见［清］金圣叹著，陆林辑校整理：《金圣叹全集》（白话小说卷），凤凰出版社 2016 年版，第 1082 页。

③ 《第五才子书施耐庵水浒传》，见［清］金圣叹著，陆林辑校整理：《金圣叹全集》（白话小说卷），凤凰出版社 2016 年版，第 546 页。

由衷、投其所好的行为，"武松平生一片心事发，只是要人叫声好
男子，乃小人之图害之者，早已一片声叫他做好男子矣。千古多
有此事，君子可不慎哉！"①言不由衷、投其所好的行为背后可能会
有谋害之心，所以君子处世对甜言蜜语要有警惕之心。其二，金圣
叹还针对小说表达自己对用人方面的看法。由于世间人物分三六九
等，有些人物限于自身的能力不能算作一流人才，那么如何对待这
些人物，金圣叹认为小说能够提供一种思路。他认为在小说中"杨
林、白胜，于众中为下材，然却不可使之无所树立，故每于此等事
便调遣之，耐庵真有宰相之才"。②以"宰相之才"比喻施耐庵的调
遣人物之才，这说明金圣叹认为施耐庵对梁山好汉的调遣对为政者
用人提供借鉴意义，即便对于下才也要使其有展示的空间和表现的
机会，这可以给为政者提供一种用人的思路。对于用人的方法，金
圣叹认为押送生辰纲这个故事就揭示了"疑人勿用，用人勿疑"即
放手用人的重要性。"夫是故以一都管、两虞候为监，凡以防其心
之忽一动也。然其胸中，则又熟有'疑人勿用，用人勿疑'之成训
者，于是即又伪装夫人一担，以自盖其相疑之迹。呜呼！为杨志
者，不其难哉！虽当时亦曾有早晚行住，悉听约束，戒彼三人不得
别拗（扭）之教敕，然而官之所以得治万民，与将之所以得制三

① 《第五才子书施耐庵水浒传》，见［清］金圣叹著，陆林辑校整理：《金圣叹全集》（白
话小说卷），凤凰出版社2016年版，第545页。
② 《第五才子书施耐庵水浒传》，见［清］金圣叹著，陆林辑校整理：《金圣叹全集》（白
话小说卷），凤凰出版社2016年版，第944—945页。

军者，以其惟此一人故也。"①梁中书派杨志押送生辰纲但是却用都管、虞候作为监军，这说明梁中书对杨志心存疑虑，但从整个事件的结果来看，都管、虞候的存在非但没有起到保护生辰纲的作用，反而由于对杨志的掣肘而加快了生辰纲的丢失。其三，金圣叹还借助小说内容表达自己对军事的看法。比如，强调军队纪律的重要性，金圣叹评李逵、朱贵、朱富三人上梁山："看他三个人，也调遣定了行事，笑今日行兵之无纪也。"②小说写江州官军"拨转马头便走，倒把步军先冲倒一半"。金评："是以师中重纪律也。"③金圣叹借行文评军事，强调军队纪律的重要性。再如，对边疆备战，金圣叹通过小说原文指出军备废弛往往是出于大意懈怠，小说写杨志提醒两个虞候当心有强人出没，二人便道："我见你说好几遍了，只管把这话来惊吓人！"金批："如国家太平既久，边防渐撤，军实渐废，皆此语误之也。"④朝廷太平日久，缺乏防患于未然之心，对有远见之士的提醒也往往不在意，以致"边防渐撤，军实渐废"。又如，对于百姓和城池二者的权衡，金圣叹赞同守城以保百姓的军事行动，但是对于以百姓守城的用兵之法不甚赞同，他认为这是千古弊病，他说："吾闻设兵将以保障城池，以奠安百姓也，未闻兵

---

① 《第五才子书施耐庵水浒传》，见［清］金圣叹著，陆林辑校整理：《金圣叹全集》（白话小说卷），凤凰出版社 2016 年版，第 291 页。

② 《第五才子书施耐庵水浒传》，见［清］金圣叹著，陆林辑校整理：《金圣叹全集》（白话小说卷），凤凰出版社 2016 年版，第 793 页。

③ 《第五才子书施耐庵水浒传》，见［清］金圣叹著，陆林辑校整理：《金圣叹全集》（白话小说卷），凤凰出版社 2016 年版，第 733 页。

④ 《第五才子书施耐庵水浒传》，见［清］金圣叹著，陆林辑校整理：《金圣叹全集》（白话小说卷），凤凰出版社 2016 年版，第 300 页。

亡将折，而反驱百姓以守其城池也。千古通弊，为之浩叹！"① 从评语中能看出金圣叹保护百姓的军事行动观念。

金圣叹评点的《水浒传》因其见识非凡、理论精辟而影响后世的小说评点。清代刘廷玑在《在园杂志》中写道："再则《三国演义》……杭永年一仿圣叹笔意批之，似属效颦，然亦有开生面处，较之《西游》，实处多于虚处。……若深切人情世务，无如《金瓶梅》，真称奇书……彭城张竹坡为之先总大纲，次则逐卷逐段分注批点，可以继武圣叹，是惩是劝，一目了然……"② 廖燕在《金圣叹先生传》中写道："先生没，效先生所评书，如长洲毛序始、徐而庵，武进吴见思、许庶庵为最著，至今学者称焉。"③ 总体上看，金圣叹的评点对后世的影响主要体现在具体的批评理论、术语和批评形式等方面。此外，有些评点家在批评过程中还直接引用金圣叹《水浒传》评点中的某些段落。

金圣叹的批评理论影响了后世的小说评点内容，主要表现在以下方面：其一，金圣叹和后世评点家虽然采用不同的批评术语，但金圣叹评语中的具体理论却影响后世评点。金圣叹的弄引法、獭尾法影响后世。金圣叹在《读第五才子书法》中提出："弄引法，谓有一段大文字，不好突然便起，且先作一段小文字在前引之……

---

① 《第五才子书施耐庵水浒传》，见［清］金圣叹著，陆林辑校整理：《金圣叹全集》（白话小说卷），凤凰出版社 2016 年版，第 975 页。

② ［清］刘廷玑：《在园杂志》，孙中旺编著：《金圣叹研究资料汇编》，广陵书社 2007 年版，第 18 页。

③ ［清］廖燕：《金圣叹先生传》，孙中旺编著：《金圣叹研究资料汇编》，广陵书社 2007 年版，第 15 页。

《礼》云：'鲁（《礼记》原文为"齐"）人有事于泰山，必先有事于配林'。"毛宗岗提出了类似的理论，"《三国》一书，有将雪见霰、将雨闻雷之妙。将有一段正文在后，必先有一段闲文以为之引。将有一段大文在后，必先有一段小文以为之端。……鲁人将有事于上帝，必先有事于泮宫"。① 这两段都是指主体叙事之前有一小段文字作为引文出现，两人的评语如出一辙，甚至都引用《礼记》原文阐述这个理论。再如，金批："獭尾法，谓一段大文字后，不好寂然便住，更作余波演漾之。"② 毛批："《三国》一书，有浪后波纹、雨后霡霂之妙。凡文之奇者，文前必有先声，文后亦必有余势。"③ 二者都是围绕主体叙事后的余波、余势展开论述。其二，金圣叹评语中的许多批评术语被后来的评点家所采用，而且评点家们阐述的与这些术语相关的理论也和金圣叹的理论基本一致。例如，金圣叹以宾主、犯避辩证术语评《水浒》影响了后世的评点家。金圣叹的宾主指向人、物和事件，毛宗岗评："《三国》一书，有以宾衬主之妙。……且不独人有宾主也，地亦有之。……抑不独地有宾主也，物亦有之。……善读是书者，可于此悟文章宾主之法。"④ 毛评中的宾主法和金圣叹有相近似的地方。金圣叹的犯避法同样

①《读〈三国志〉法》，见［明］罗贯中著，［清］毛宗岗评改：《三国演义》，上海古籍出版社1989年版，第10—11页。
②《第五才子书施耐庵水浒传》，见［清］金圣叹著，陆林辑校整理：《金圣叹全集》（白话小说卷），凤凰出版社2016年版，第35页。
③《读〈三国志〉法》，见［明］罗贯中著，［清］毛宗岗评改：《三国演义》，上海古籍出版社1989年版，第11页。
④《读〈三国志〉法》，见［明］罗贯中著，［清］毛宗岗评改：《三国演义》，上海古籍出版社1989年版，第6—7页。

影响毛宗岗和张竹坡，毛评："《三国》一书，有同树异枝、同枝异叶、同叶异花、同花异果之妙。作文者以善避为能，又以善犯为能。不犯之而求避之，无所见其避也；惟犯之而后避之，乃见其能避也。"[①] 张竹坡评："《金瓶梅》妙在善用犯笔而不犯也。……诸如此类，皆妙在特特犯手，却又各各一款，绝不相同也。"[②] 金圣叹的犯避法强调"犯"的重要性，毛宗岗和张竹坡继承了金圣叹的犯避理论。再如，金圣叹评长篇文字中间用一件无关之事隔开，即"横云断山法"，毛宗岗则提出小说"有宜于断者"，"《三国》一书，有横云断岭、横桥锁溪之妙"。[③] 又如，金圣叹评鲁智深和杨志相遇的场景"两汉相遇，已如两峰对插，两兽齐搏矣"，[④] 毛宗岗提出"《三国》一书，有奇峰对插、锦屏对峙之妙"，[⑤]《侠义传评赞》"书中于展、白二人，处处用两峰对峙法"。[⑥] 此外，金圣叹提出写急事用闲笔，"打郑屠忙极矣，却处处夹叙小二报信"，[⑦] 张竹坡评："《金

① 《读〈三国志〉法》，见 [明] 罗贯中著，[清] 毛宗岗评改：《三国演义》，上海古籍出版社 1989 年版，第 7 页。

② [清] 张竹坡：《金瓶梅读法》，见朱一玄编：《金瓶梅资料汇编》，南开大学出版社 1985 年版，第 219—220 页。

③ 《读〈三国志〉法》，见 [明] 罗贯中著，[清] 毛宗岗评改：《三国演义》，上海古籍出版社 1989 年版，第 10 页。

④ 《第五才子书施耐庵水浒传》，见 [清] 金圣叹著，陆林辑校整理：《金圣叹全集》(白话小说卷)，凤凰出版社 2016 年版，第 316 页。

⑤ 《读〈三国志〉法》，见 [明] 罗贯中著，[清] 毛宗岗评改：《三国演义》，上海古籍出版社 1989 年版，第 13 页。

⑥ [清] 佚名：《侠义传评赞》，见丁锡根：《中国历代小说序跋集》，人民文学出版社 1996 年版，第 1548 页。

⑦ 《第五才子书施耐庵水浒传》，见 [清] 金圣叹著，陆林辑校整理：《金圣叹全集》(白话小说卷)，凤凰出版社 2016 年版，第 86 页。

瓶》每于极忙时，偏夹叙他事入内。"① 金圣叹提出"脱卸之法"，张竹坡评："读《金瓶》，当看其脱卸处。子弟看其脱卸处，必能自出手眼作过节文字也。"② 以上的评语表明金圣叹批评术语被后世评点家继承并且二者阐发的理论也是一致的。其三，金圣叹批评术语影响后世但表达的理论却不相同。例如，金圣叹评小说倒插法时提到"隔年下种，来岁收粮"，毛宗岗也提出"隔年下种、先时伏着"。③ 二人都运用"隔年下种"的术语，但金圣叹是针对倒插法而评的，毛宗岗是针对伏笔而评的。再如，金圣叹在第二十五回回评中写道："忆大雄氏有言：'狮子搏象用全力，搏兔亦用全力。'今岂武松杀虎用全力，杀妇人亦用全力耶？"④ 清代佚名《侠义传评赞》："北侠亦是出色写来，但狮子搏象搏兔，处处都用全力，究是狮子笨处。"⑤ 二者都有狮子搏象搏兔都用全力的术语，金评的意思是武松打虎和杀嫂运用的笔墨都是详细的，没有侧重于哪一方。《侠义传评赞》却持相反态度，它主张对同一人物在不同事件中的描述用笔要有侧重，没必要均衡用笔。

金圣叹评本的批评形式影响了后世的小说评点。金圣叹在评

---

① ［清］张竹坡：《金瓶梅读法》，见朱一玄编：《金瓶梅资料汇编》，南开大学出版社1985年版，第219页。
② ［清］张竹坡：《金瓶梅读法》，见朱一玄编：《金瓶梅资料汇编》，南开大学出版社1985年版，第223页。
③《读〈三国志〉法》，见［明］罗贯中著，［清］毛宗岗评改：《三国演义》，上海古籍出版社1989年版，第12页。
④《第五才子书施耐庵水浒传》，见［清］金圣叹著，陆林辑校整理：《金圣叹全集》（白话小说卷），凤凰出版社2016年版，第479页。
⑤ 丁锡根：《中国历代小说序跋集》，人民文学出版社1996年版，第1548页。

点《水浒传》时，在小说正文之前写有《读第五才子书法》，主要阐发金圣叹对《水浒传》作者、主题、人物、文法等问题的认识，紧随其后有三篇《序文》，主要涉及批评缘由、忠义说、评本文法的普遍性等问题，这种批评形式影响了后世的小说评点。比如，毛宗岗批评本《三国演义》在卷首就列有《读三国志法》一文，该文仿照《读第五才子书法》，阐述《三国演义》正统问题和人物中的三绝，并且将人才分类列出。此外，还用大量篇幅分析小说人物以及小说文法。张书绅批评《西游记》卷首有《西游原旨读法》一篇文字，总共罗列四十五条读《西游记》之要法。张竹坡批评本《金瓶梅》在卷首也有《批评第一奇书〈金瓶梅〉读法》一文，该文同样是阐述小说《金瓶梅》的主题、人物、文法等内容。金圣叹的批评对后世小说评点的影响还体现在对具体内容的批评形式上：其一，金圣叹《读第五才子书法》中将人物按照上、中、下等级划分，这种品评人物的方法还影响到清代《侠义传评赞》，这篇评赞对书中的主要人物按照上、中、下的等级进行评价。例如，"上上人物中，不得不为颜眘敏首屈一指也"。"展昭自是上上人物。"北侠（欧阳春）"止可定为上中人物"。"丁兆蕙自是上上人物，兆兰便是上中人物。"卢方"上上人物"，韩彰"上中人物"，蒋平"中中人物"，"柳青自是中下人物，除却哭玉堂一副眼泪，别无可取"。艾虎"其品次当在中下、下下之间"。"智化直是下下人物。""公孙策周旋包、颜之间，如药中甘草。处处用得着，却处处不担沉重。考其生平，无一件出色之事，置之中中，已觉过量。"①评赞小说中的主要人物基本上都作出品评，这无疑是受到金圣叹品评人物的影响。其二，金圣叹注重对小说正文中重复出现的字眼一一评点出来，这影响到张竹坡对《金瓶梅》小说的评点。比如，第二十二回评点武松的"哨棒"，从"哨棒此处起"、"哨棒二"开始，一直评点到"哨棒十八"、"哨棒此处毕"。第二十三回评点武大住处的"帘子"，从"帘子一"、"一路便勤叙帘子"开始，一直评点到第二十五回"帘子十六"。金圣叹运用数学统计的方法将文中重复出现的物件一一逐次点出。张竹坡在《金瓶梅》的评点中效仿此法。在对《金瓶梅》第十三回至十四回的评点中，张竹坡对这两回中"墙"一一点出，从"墙一现"到"墙十三"，当然，张竹坡评点的"墙"具有文本隐喻意义，它"向读者具体地分析了李瓶儿逾越家庭的伦理规范，对丈夫花子虚的背叛与对西门庆的迎奸卖俏"。②在第二十七回至二十九回中，张竹坡对文本重复出现的"鞋"这一物件一一点出，一共七十九次。其三，金圣叹在评语中多次以《史记》和《水浒传》作比，这种以史作比的评点方法同样影响到毛宗岗和张竹坡。金圣叹在《读第五才子书法》中评道："《水浒传》方法，都从《史记》出来，却有许多胜似《史记》处。若《史记》妙处，《水浒》已是件件有"、"某尝道《水浒》胜似《史记》"，在

---

① 以上人物品评的内容均出自清代佚名《侠义传评赞》，见丁锡根《中国历代小说序跋集》，人民文学出版社 1996 年版，第 1547—1549 页。

② 钟锡南：《金圣叹文学批评理论研究》，上海师范大学博士学位论文，2004 年，第 197 页。

正文中也多次以《史记》作比说明《水浒传》叙事艺术之妙。毛宗岗评:"《三国》叙事之佳,直与《史记》仿佛;而其叙事之难,则有倍难于《史记》者。《史记》各国分书,各人分载,于是有本纪、世家、列传之别。今《三国》则不然,殆合本纪、世家、列传而总成一篇。分则文短而易工,合则文长而难好也。"①毛宗岗通过将《史记》和《三国演义》的叙事体例对比,说明《三国演义》叙事难于《史记》。张竹坡也有类似的评语,他说:"《金瓶梅》是一部《史记》。然而《史记》有独传,有合传,却是分开做的。《金瓶梅》却是一百回共成一传,而千百人总合一传内,却又断断续续各人自有一传。固知作《金瓶》者必能作《史记》也。何则?既已为其难,又何难为其易?"②意思是《金瓶梅》叙事之难在于将一部书中几百个人物传记合成一传。其实毛宗岗和张竹坡都看到了长篇小说和纪传体史书在叙事体例上的不同。长篇小说考验的是作者将众多人物及故事编织成一篇完整的长篇故事的能力,而纪传体史书却是人各有传,独立成篇。张竹坡还评:"吾所谓《史记》易于《金瓶》,盖谓《史记》分做,而《金瓶》全做。即使龙门复生,亦必不谓予左袒《金瓶》,而予亦并非谓《史记》反不妙于《金瓶》,然而《金瓶》却全得《史记》之妙也。"③三位评点家都是用《史记》

①《读〈三国志〉法》,见［明］罗贯中著,［清］毛宗岗评改:《三国演义》,上海古籍出版社1989年版,第15页。

②［清］张竹坡:《金瓶梅读法》,见朱一玄编:《金瓶梅资料汇编》,南开大学出版社1985年版,第217页。

③［清］张竹坡:《金瓶梅读法》,见朱一玄编:《金瓶梅资料汇编》,南开大学出版社1985年版,第218页。

来比较说明小说叙事艺术胜过《史记》。此外，张竹坡还以史书作比指出小说与史书的共同之处，如二者都有计时的属性，"《史记》中有年表，《金瓶》中亦有时日也"。①

金圣叹的有些评点文字甚至被后世评点家直接挪用，比如清代冯镇峦在《读〈聊斋〉杂说》中引用金圣叹在《水浒传》中的评语：

金圣叹评《水浒传》	冯镇峦《读〈聊斋〉杂说》
今人不会看书，往往将书容易混帐过去。于是古人书中所有得意处，不得意处，转笔处，难转笔处，趁水生波处，翻空出奇处，不得不补处，不得不省处，顺添在后处，倒插在前处，无数方法，无数筋节，悉付之于茫然不知，而仅仅粗记前后事迹，是否成败，以助其酒前茶后，雄谭快笑之旗鼓。②	不会看书人，将古人书混看过去，不知古人书中有得意处，有不得意处；有转笔处，有难转笔处。趁水生波处，翻空出奇处，不得不补处，不得不省处，顺添在后处；倒插在前处。无数方法，无数筋节。当以正法眼观之，不得第以事视，而不寻文章妙处。此书诸法皆有。③
贪游名山，须耐仄路；贪食熊蹯者，须耐慢火；贪看月华者，须耐深夜；贪见美人者，须耐梳头。如此一回，固愿读者之耐之也。④	贪游名山者，须耐仄路；贪食熊蹯者，须耐慢火；贪看月华者，须耐深夜；贪见美人者，须耐梳头。看书亦有宜耐之时。⑤

---

① ［清］张竹坡：《金瓶梅读法》，见朱一玄编：《金瓶梅资料汇编》，南开大学出版社1985年版，第218页。

② 《第五才子书施耐庵水浒传》，见［清］金圣叹著，陆林辑校整理：《金圣叹全集》（白话小说卷），凤凰出版社2016年版，第41页。

③ 冯镇峦：《读〈聊斋〉杂说》，见朱一玄编：《聊斋志异资料汇编》，南开大学出版社2002年版，第486页。

④ 《第五才子书施耐庵水浒传》，见［清］金圣叹著，陆林辑校整理：《金圣叹全集》（白话小说卷），凤凰出版社2016年版，第794页。

⑤ 冯镇峦：《读〈聊斋〉杂说》，见朱一玄编：《聊斋志异资料汇编》，南开大学出版社2002年版，第482页。

金圣叹评《水浒传》	冯镇峦《读〈聊斋〉杂说》
传闻赵松雪好画马，晚更入妙，每欲构思，便于密室解衣踞地，先学为马，然后命笔。一日管夫人来，见赵宛然马也。今耐庵为此文，想亦复解衣踞地，作一扑、一掀、一蒭势耶？东坡画雁诗云："野雁见人时，未起意先改。君从何处看，得此无人态？"我真不知耐庵何处有此一副虎食人方法在胸中也。圣叹于三千年中，独以才子许此一人，岂虚誉哉！①	文有设身处地法。昔赵松雪好画马，晚更入妙，每欲构思，便于密室解衣踞地，先学为马，然后命笔。一日管夫人来，见赵宛然马也。又苏诗题画雁云："野雁见人时，未起意先改。君从何处看，得此无人态？"此文家运思入微之妙，即所谓设身处地法也。《聊斋》处处以此会之。②
天下莫易于说鬼，而莫难于说虎。无他，鬼无伦次，虎有性情也。说鬼到说不来处，可以意为补接；若说虎到说不来时，真是大段着力不得。③	昔人谓：莫易于说鬼，莫难于说虎。鬼无伦次，虎有性情也。说鬼到说不来处，可以意为补接；若说虎到说不来处，大段着力不得。予谓不然。说鬼亦要有伦次，说鬼亦要得性情。④

将冯镇峦在《读〈聊斋〉杂说》中的评语和金圣叹评《水浒传》中的评语对比，可以发现这四段文字有很多相同之处，金圣叹的评语内容被冯镇峦基本引用过去阐发他自己对文学理论的认识。前三段阐述的是同一问题，二人见解一致。最后一段，涉及艺术形象的塑造问题，二人见解不一致，金圣叹认为写虎难于写鬼，冯镇峦认为写鬼难于写虎，这是由于二人评点文本内容之不同才造成的。金圣叹是针对武松打虎而评点，重在表达小说对老虎的描写很形象，同时也说明写虎不易。冯镇峦评点的《聊斋志异》中有很多

---

① 《第五才子书施耐庵水浒传》，见［清］金圣叹著，陆林辑校整理：《金圣叹全集》（白话小说卷），凤凰出版社 2016 年版，第 421 页。

② 冯镇峦：《读〈聊斋〉杂说》，见朱一玄编：《聊斋志异资料汇编》，南开大学出版社 2002 年版，第 482 页。

③ 《第五才子书施耐庵水浒传》，见［清］金圣叹著，陆林辑校整理：《金圣叹全集》（白话小说卷），凤凰出版社 2016 年版，第 412 页。

④ 冯镇峦：《读〈聊斋〉杂说》，见朱一玄编：《聊斋志异资料汇编》，南开大学出版社 2002 年版，第 483 页。

写鬼的内容，评语借此说明塑造各种各样的有"性情"的鬼的形象同样不易。

金圣叹的评点理论、术语、形式对后世评点的影响是很大的，可以说金圣叹是小说评点史上的标志性人物。邱炜萲在《菽园赘谈》中写道："批小说之文，原不自圣叹创，批小说之派，却又自圣叹开也。"[①]金圣叹开创了小说评点派，他在小说评点史上的地位是不言而喻的，但金圣叹的评点也有局限性。从整体上看，金圣叹在评点《水浒传》时对《水浒传》作了很多修改，将梁山排座次以后的内容删去，同时在前七十回中删去很多赞语，对写宋江的文字作了很多改动。评点家删改小说原文固然可以订正原文失误、弥补原文缺陷，但也可能会偏离小说作者的原意，最终呈现出的文本容易误导读者。从评点的语言上看，有时评语会信马由缰，过度阐发。比如，第四十四回回评用了一千余字阐述佛教僧众违背佛教教义的行为，这些回评文字与本回裴如海和潘巧云私通的内容虽然有些关联，但大段的阐述容易偏离本回的主题。有时评语存在前后矛盾之处，比如，一方面评点第五十二回"此篇纯以科诨成文……读者则必须略其科诨"，"盖科诨，文章之恶道也"。[②]另一方面金圣叹在该回正文中多次点出行文的科诨之处，多次用"妙人"、"妙语"、"妙绝"评点李逵的言行。他强调读者略去科诨却在评点中多

---

① [清] 邱炜萲：《菽园赘谈》，见孙中旺编著：《金圣叹研究资料汇编》，广陵书社 2007 年版，第 39 页。
② 《第五才子书施耐庵水浒传》，见 [清] 金圣叹著，陆林辑校整理：《金圣叹全集》（白话小说卷），凤凰出版社 2016 年版，第 947 页。

次指出科诨文字，二者未免矛盾。当然，金圣叹评语中虽然存在一些局限，但瑕不掩瑜，金圣叹的《水浒传》评点在小说评点史上地位和价值是毋庸置疑的。